上海文学名家文库·40后卷

叶辛

上海市作家协会致敬文学 叶 辛◎著

叶辛自选集 一棵树旅舍

百花洲文艺出版社

图书在版编目（CIP）数据

叶辛自选集：一棵树旅舍 / 叶辛著. –– 南昌：
百花洲文艺出版社，2019.12
（上海文学名家文库.40后卷）
ISBN 978-7-5500-3427-3

Ⅰ.①叶… Ⅱ.①叶… Ⅲ.①中篇小说 – 小说集 – 中国 – 当代
②短篇小说 – 小说集 – 中国 – 当代 Ⅳ.①I247.7

中国版本图书馆CIP数据核字（2019）第230540号

叶辛自选集：一棵树旅舍
YE XIN ZIXUANJI：YI KE SHU LVSHE

叶 辛 著

出 版 人	章华荣	
责任编辑	郝玮刚	
书籍设计	方　方	
制　　作	何 丹	
出版发行	百花洲文艺出版社	
社　　址	南昌市红谷滩新区世贸路898号博能中心一期A座20楼	
邮　　编	330038	
经　　销	全国新华书店	
印　　刷	江西华奥印务有限责任公司	
开　　本	720mm×1000mm　1/16　印张　17.75	
版　　次	2020年1月第1版第1次印刷	
字　　数	240千字	
书　　号	ISBN 978-7-5500-3427-3	
定　　价	49.00元	

赣版权登字　05-2019-277

邮购联系　0791-86895108
网址　http://www.bhzwy.com
图书若有印装错误，影响阅读，可向承印厂联系调换。

自序

《一棵树旅舍》收进去的九篇中短篇小说，都是我近几年里完成的作品。实在是不多的。

从2011年开始，我陆陆续续出版了几部长篇小说，细细算来，计有《客过亭》《安江事件》《问世间情》《圆圆魂》《古今海龙屯》《上海·恋》和《五姐妹》七部。中短篇小说，我大都是在写作长篇小说之后，阅读和思考的间隙写下的。可能是写得较少的缘故，中篇小说发表以后，分别给《小说选刊》《小说月报》《中篇小说选刊》《中华文学选刊》选载过。

《老年"艳遇"》那一篇，说是短篇小说，都有点勉强，只能归入现今势头颇旺的微型小说类了。但那是我的多年的一位朋友身上前几年刚发生的一件事儿。我只是做了一点儿创作上的处理。小说发表在老年报上，我的这位朋友看到了，我害怕他会对我有意见，结果他遇见我，眼睛睁得大大的，闪烁着亮晶晶的光芒，握着我的手，使劲地摇着说："谢谢！谢谢！"我心里明白，他不会对我有微词了。

我想说一说的是《大山洞老刘》这个短篇。小说在《人民文学》杂志发表以后，没啥大的影响。除了个别名作家遇到我，说这种形式"有点意思""很有意思"之外，再没其他人和我提起，我是有点失望和失落感的。

　　写了一辈子的小说，我心中总有个念头，觉得小说写到当今，该有一种新的形式了，来冲击一下。恰好我们手机上的微信群里，经常会因某一位人物、某一件事，引起不少人针对这一人物和事件，发表各自不同的意见。各人纷纷扬扬发表出来的观点、看法、意见、猜测、赞赏，甚至抨击，往往鲜明地体现着这个人的性格。我想，这是不是也可以引发和启示我们用这一形式，写成一篇小说呢？于是选择了几个素材，写了几篇小说。《大山洞老刘》这一篇，我也将其编进了这本集子，以希望引起感兴趣的人们关注。

　　而另外七篇或长或短些的中篇，其实也同我当时正在创作的长篇小说有某些关联，比如《美丽家园》几乎是和《老年"艳遇"》同时期写下的；而《明达的婚事》则是写完《安江事件》之后几天完成的……

　　趁着汇集成《一棵树旅舍》的机会，写下这几句补白式的文字，望读者见谅。

　　　　　　　　　　　　　　　　　　2019年8月23日于闷热寓所中

目
录

情何以堪

省电台在播送一条简短的百字新闻：整个黔南都在下雪，省城通往黔南各县的长途客车，由于冰雪覆盖了公路，统统都停开。已经买了车票的同志，请凭车票办理退票手续，道路何时畅通，请等候通知……

我被困在雁河场区政府的招待所里，整天守着炭盆烤火，无聊极了。床上的被子脏而潮，那条枕巾简直同抹桌布一样。想找服务员来换吧，连个人影子都找不到。幸好区政府有个食堂，每天我还能搭伙吃上三顿饭。可吃过饭我就无事可做了，下乡来的时候，为图轻便，我没带大衣，脚上只有这双半新旧的牛皮鞋，出去打个转转，恐怕半天就受不住了。

我只好缩在屋里，守着炭盆。提包里没揣稿纸，无法趁这空闲写点东西。总算还带了个采访本，不时地可把纷乱的思绪写下来，聊以自慰。

可这毕竟不是消磨时间的办法啊。我真盼有个人来聊聊，没人来，哪怕找得到一本书也好，厚厚的长篇小说，倒是可以消磨个两天两夜。吃饭的时候，我打听了一下，这个曾被评为文明乡镇的区政府所在地，没有新华书店，连个图书销售点也没有。

白天还容易打发些，到了晚上，那可真是活受罪。招待所楼上楼下的灯全关了，整幢楼房幽静得可怖。想早点睡嘛，一见那肮脏的、潮得发腻的被窝，我就厌恶得想呕吐。而那电灯泡，虽是二十五瓦的，可它发出的光，至多只有五瓦的亮度，混浊晦暗。

这已经是第二个难熬的夜晚了，大雪还在密匝匝地往下飘洒，一点也没停的意思。雪花扑满了窗户的玻璃，结成了白茫茫的冰凌。

表上的指针才指向八点十分，我的感觉却像是深更半夜一般。我已经不止一次地懊悔这回下乡了，为啥偏偏选在这大雪封山的几天里下来呢，早几天晚几天一点都不会碍事。可我……况且，说老实话，这次下来，我并没啥实在的收获，一看我的身份，区、县政府的秘书就给我介绍起情况来，这些秘书似乎什么都知道，什么问题都能够回答，等我回过头来静心一寻思，却找不到任何打动我心灵的东西。我怀疑这样的走马观花，究竟对自己的创作有点什么益处。

是我的耳朵过于敏感了吗？我听到招待所楼梯上响起了脚步声，而且这脚步声沿着走廊，响到我的门前来了。

"笃笃笃！"门上有礼貌地叩击了三下。

我兴奋起来，总算有个伴了："请进！"

门被推开了，随着一股寒意扑进屋来，我看到一个年龄与自己相仿的男子，移步走了进来。

他头上戴一顶海虎绒的帽子，帽耳放下来遮盖着耳朵，身上穿一件雪花呢大衣，神态举止和衣着，一点也不像个乡政府的干部。我看他除下帽子拍打着帽顶、双肩的雪花时，感到他十足像城里人。

那么说，他也和我一样，是被大雪困在这里的，来住宿。也不对，他连个随身携带的小包都没有啊。

这会是个什么人呢？

他带着歉意朝我笑笑，把脱下的雪花呢大衣和海虎绒帽子随手往床上一扔，向我伸出手来："我叫池冶民。同你一样，过去也是知青，上海知青。"

"那太好了，"我跟着报出自己的姓名，"我叫……"

他朝我一摆手："别报了，我知道。听说你住在这儿，我特意来拜访你。"

"这么说，你是在这儿工作？"

"也可以这么说吧。"他微微一笑，清秀端正的脸上呈现一股令人捉摸不透的神情。

他显得比我年轻，长得很俊，身材匀称，面貌生动而又有股诱惑力。在典雅温和的风度与文质彬彬的气质里，蕴含着男子汉的旺盛精力和勃勃生气。

"你怎么……"我不无困惑地说，"怎么还会在雁河场这样的区政府所在地呢？我认识的知识青年不算少了，最差的也都在县城里混点事……"

"是这样、是这样的。"池冶民朝我神秘地笑笑，顺手从哔叽上衣袋里摸出一包"花溪"高级香烟，抽出一支递过来。我摆摆手谢绝了，他把烟叼在嘴上，点燃了，随即眯缝起一对深邃锐利的眼睛，似在考虑怎样提起话头。

这人找上门来，是想干啥呢？近几年来，经常有些当年的知识青年找我，要我替他们正在打的官司撑腰，或是申诉啥冤情，或是希望我帮他们在什么人面前说说话，写个条子，解决夫妇之间的分居问题。他呢，以他的衣着和神态举止来看，他不像是来提这种要求的人。

"你从山寨抽上来，就在雁河场上工作吗？"我拨弄了一下炭火问。

"哦不，和好些上海知青一样，我先被推荐到地区农校去读书，读了两年书，分在州林业局工作，又清闲又乏味，倒也好混日子。你别插嘴。"看我露出诧异的神色，他夹着烟的手朝我摆了摆，说，"我知道你要问，那么现在我怎么会在这儿呢？说实话吧，今天来找你，就是想同你讲讲我的经历，讲讲我的命运，讲讲我感情上所经受的一切……我只是怕你没有这个兴致，没有耐心听完一个陌生人的故事，我很犹豫。"

"我非常愿意听你讲，讲多久都可以。"不知为啥，他的谈话像有股磁性般吸引着我，令我很想听他讲下去。

他对我露出感激的一笑，接着便讲开了："我刚才说到，在农校毕业以后，我分在州林业局混日子。你是知道的，地区农校的毕业生，工资少得可怜，我每年还要回家探亲一次，几乎没啥钱存下来。小小的一个办事员，穷得叮当响，要想找个理想的对象，比登天还难。我这么说，绝不是讲没人替我介绍对象，这样的热心人哪儿都多得数不胜数，可我始终没挑中一个……这里的原因是很多的，一时难得讲清。但是得坦率地说，我得负很大责任。"

这些话我信，像他这样漂亮英俊的小伙子，是不愁没姑娘看上他的。

"总而言之，工作几年了，我还是光棍一个，住单身宿舍。白天上班，时间还好混。到了晚上就发愁了。举个例子说，就和你现在被困在招待所里的滋味儿差不多。你还有个盼头，盼着雪停，盼着公路畅通，我呢，简直愁得无法发泄。我变了，变得闷闷不乐，忧郁寡欢，变得有些孤僻，天天晚上躲在宿舍里不想见人。那天夜里，天在下雨，单身宿舍里的人全去看演出了，省城里来了个歌舞小分队表演啥迪斯科，还有服装模特儿。我抓到本杰克·伦敦的《海狼》，看得津津有味，没去剧场凑热闹。这时候有人在敲门，我恼火地站起来去开门，正想呵斥这个冒失鬼几句，可我一把门打开，就惊愕得说不出一句话来。一个浑身淋得透湿的女人站在我的门口，走廊里的路灯和我屋里的灯光从两个角度打在她哆哆嗦嗦的身上，晶亮晶亮的雨水从她身上朝下直淌，门口的水泥地上，已淌了两小摊水渍。这些都没啥，最最要命的，是这个浑身湿透打着寒战的女人同我认识。岂止同我认识啊，可以说，她就是我这些年来始终思念、始终怀着歉疚和追悔思念着的心上人。她拒绝了我请她进屋擦洗一下的提议，只简短地要求我随她到这儿，也就是到雁河场街上来一次。我莫名其妙，问她为什么要到雁河场街上来，她不是在我原先插队的于家寨上生活吗，怎么跑到州府来的？到底有什么事？她没有回答我语无伦次提出的一个个问题，她只是仰起一张微显憔悴的脸，大睁着一对泪汪汪的眼睛，嘶声哀求着说：'求你，只求你去一趟。到了雁河场，你啥都会明白，现在莫问，莫问，我求你了……'

"从州府到雁河场有一天的路程，一来回两天时间，在雁河场呆上一天，合计三天。三天的假期我是有的。我答应了她。

"见我答应了，她的眼里放出光来，抖抖索索地，从贴身的衣兜里掏出一张微湿的客车票，塞进我的手心里。那长途客车票上，还有着她温热的体温。没等我回过神来，她顺着走廊急急地一阵小跑，跑进室外的风雨之中。"

池冶民的开场白，一下子把我深深地吸引住了。这个雨夜来找他的女子是谁？她求他到雁河场来干什么？这和他现在生活在雁河场有啥关系？

一连串的问题浮上我的脑际。我耐心等待着。我知道，这一系列的谜，随着他带着深沉的感情娓娓道来，都会自然解开的。哦，我听到了一个多么不同寻常的故事啊！池冶民讲起了他和那个女人的关系，讲起了插队落户生涯里的好些往事，讲起了他跋涉在泥泞里的那条生活之路。

他是从与那个女人的相识讲起的：

第一次注意她，是在对工分的时候。那天逢雨，生产队里破天荒地在大白天开会，宣布大、小队干部开了好几个晚上的会后决定的"土政策"，诸如离寨走娘家要经批准、鸡鸭下田要罚款扣工分之类，多条禁令连宣布带解释，会竟从早上一直开到晌午时分。散会了，我这个记工员大喊了一声："我手头的工分都算清了，要查对的，赶紧来核实。要不，我就照账面工分报会计了。"

本来因散会齐向祠堂门口挤去的寨邻们，纷纷转身向我围拢过来，特别是一帮不识字的妇女，震破喉咙般朝着我问："我合共有多少分？"

"我家的呢？"

"有多少劳动日啊？"

…………

吵吵嚷嚷的，我简直无法应付，只好高高地擎起工分本，照着顺序，挨家挨户地念一遍。这一着倒还奏效，口干舌燥念完之后，推推搡搡围着我的人大部分退去了，想必是我的统计和他们自家的合计是对得上榫的。只剩七八个妇女，在众人退去之后，还是围住我追问："我家的分咋个这么少呢？"

"小池，你把我看水的那几百分算落了！"

那年头的工分，就是农民们的口粮和现金，有个几分几厘的差错，也会惹起一场祸事的。

又经过一番逐个核对，围住我的七八个人差不多走完了。

"小池，我想请你核算一下工分哩！"一个低柔怯弱的声音在我耳边响起，随即，一张裹起的麻纱帕子抵住了我的额颜。

我仰起脸来，看见了她，离得那么近地看见了她，她脑壳扎一条黑色的麻纱帕子，脸上有着几颗雀斑，脸色苍白而又憔悴，双眼怯懦地瞅着我。

"你的工分？刚才也念了呀。"

"我……我也觉得有几笔账，你没加上去。"

"哪几笔，你有条子吗？"

"有的。在屋头。"

"去拿来吧。"说着我一转脸，脑壳又碰着了她的麻纱帕子，和我说话的当儿，她自始至终俯身垂首瞅着我画满格格的工分簿。

这一转脸，我才看到，祠堂里外只剩下了我和她两个，其他的人，都已走光了，偌大的有些幽暗的祠堂里，满地是磕落的叶子烟头、痰迹、泥巴脚印。而祠堂外头，不知啥时候，雨又下大了，雨点子砸落在祠堂院坝的青岗石上，嗒啦嗒啦急骤地汇成股嘈杂的声浪。

"这样吧，有空，我去你那儿对一对工分。"

"要得。"她带点欣慰地直起腰来，说，"这些天，女劳力没活路，你哪时来我都在屋头的。"

我点着头，心头也如释重负。她那颀长高挑的个头，俯身下来时，脑壳上的麻纱帕子，时不时磕碰着我的脑壳。逗得我心头十分不安。那毕竟是个少妇头上扎的纱帕呀，碰着我额头时，我总有股异样的感觉。

"看你呀！"她的一只手落在我的头顶上，撩拨着我满头蓬乱的乌发，"头发那么长了，也不晓得去理一理。"

我惶惑地往祠堂外张望，在山旮旯里，她这举动，太大胆了！让人瞅见了，莫说是她的名誉，就连我的名誉，也将像落进茅厕里一样臭。

幸好祠堂外的院坝里没一个人。微斜的大雨哗啦啦直下，屋檐水织起了一道密密的珠帘，飞溅起来的水沫雨珠把外界的一切都同大祠堂割开了。这时我才看到，大祠堂那两扇又厚实又坚牢的大门成倒八字半掩着，外面即使有人走过，也是看不见里面动静的。怪不得她今天的举动这么出格哩。平日里，她有多么拘谨懦弱啊，简直是换了个人。

我的脑壳晃了一下，想晃脱她的手，因她居高临下，手臂又长，几乎不费一点力，手掌仍固执地压在我头上。我的心怦怦直跳，说："没工夫去赶场理发。看嘛，这么多工分账要结。"我的巴掌拍拍厚厚的工分簿。

"等你来，我替你理。"

"你会理发？"这真是新闻。

她"咯咯咯"清脆地笑了，我不由昂首望着她，在我的记忆里，她从未这么快活地笑过。笑的时候，她那两条线条分明的嘴唇扯直了，嘴角微微上翘，露出两排洁白的、齐齐的牙齿。这样的牙齿，在不刷牙的山寨妇女中间，是极少见的。她笑得眼角都闪出了晶莹莹的泪花儿，才勉强抑制住说："我哪里会理发哟……"

"那你……"

"我是同你逗着玩。憨娃儿。"

她的年龄至多同我一般大，这么称呼我，纯粹因为她是个少妇，而我只是个接受再教育的知青。

"我会去理发的。"想到我满头乱发的样子一定很狼狈，我不由得说。

"那也要等忙完了秋收结算，对啵？"

她又笑了，不知为啥笑。平时笼罩在她脸上的那股凄苦、辛酸神情，消失得无影无踪了。此刻，在她那张俏丽的、微显清瘦的脸上，泛着股生气勃勃的、清朗的光。

说老实话，同她谈，尽管明知她是个少妇，尽管晓得不该随她抚弄自己的乱发，尽管内心时不时涌起一股莫名的恐惧，我还是觉得快活和惊喜。一个完全崭新的感情领域，正在诱使我走进去。和她每说一句话，我都觉得自己有新的发现和新的欣喜。

她也不时地朝祠堂那两扇门张望，雨一点也没减弱的势头，还在倾倒般下着。这种时候，刚开完会离去的人，哪个会返回来呢。

她的手从我脑壳顶上移开了；我的心却如同擂鼓样骤跳着，越来越慌乱不安。

"雨一时不会停。"她嗫嚅般耳语了一声，若有所思地瞅了我一眼。

我张了张嘴，没说出话来。我也站了起来。同她相对站着，她差不多同我一般高，身材抽条条（苗条），一点也不像个生过娃娃的少妇。哦，在于家寨插队好几年了，我怎么会没发现她有这样美丽。

"小池……"我听得出，她这声称呼微颤微颤的，和一般寨上人唤我截然不同。

我极力镇定着自己："你……你还有事么？"

她摇摇头："你没带斗笠吗？"

"忘带了。"

"用我的吧。"她小跑着走到祠堂台阶上，拿进一只斗笠来，扬起递给我。

"那……那你呢？"

"我有蓑衣。"

"脑壳也要遮雨呀！"

"不关事。一会就跑回家了。"

"我跑得比你还快！"我把接下的斗笠递还她，"你是妇女。"

她不接斗笠，只是凝定般瞅着我说："来我家对工分时还我吧。"

说完，不待我回答，她又急遽地跑出祠堂，在台阶上一面披上蓑衣，一面跑下台阶，身子一摇一摇，跑出了祠堂门。

滂沱大雨下得更欢了。这是入秋后的第一场大雨。天老爷仿佛把一整个干旱的夏天积蓄起来的雨水，全倾泻到人间来了。

喧哗嘈杂的雨声和流水声，对我来说简直听而不闻。

我打量着空荡荡的、满地肮脏的大祠堂，颓然跌坐回板凳上，翻开了厚厚的工分簿。

工分簿上，她家那一页，写着户主的名字：于习书。至于她，我照山寨的习惯，写着于氏。她姓啥名啥，我插队好几年了，也没弄明白。一来这是寨上的规矩，人家说起婆娘来，总是称呼：习书家的，于老三家的。二来我是男劳力，平时从不和女劳力在一道干活。去年接手当记工员时，贪图方便，沿袭了上一任记工员传下的办法。只有到了此时此刻，我才感到这一做法有多么荒唐。在我同她之间，已经发生了一些重大的、撞击心灵的感情波澜，而我却还不晓得她姓啥。

刚到于家寨插队那年的有天黄昏，我们猛听到一阵声嘶力竭的咒骂，由远而近地传来。到于家寨有几个月了，对农民们追打娃崽的闹剧，我们这帮远方知青已见惯，所以谁也没走出知青点去看稀奇。

但仅仅只过了那么几十秒钟，我们又听到了声声凄厉的哭泣，这样的哭声绝对不会是娃崽的。整个集体户的男女知青们不约而同地涌了出去，只见寨路上一帮娃崽在飞跑着，娃崽们前头，有个披头散发的妇女跌跌撞撞地逃着，一边逃一边撩着自己被撕烂的衣襟，遮护着裸露的胸部。她跑近了，我们看清她的额头上淌着血，嘴里发出阵阵哀叫。在她身后，一个五短身材的老婆娘，手里抓着根同她的身躯很不相称的粗长棒棒，嘴里一迭连声咒骂着，肥胖的身子摇摇晃晃追过来。

奇怪的是那少妇一见我们涌出了集体户茅屋，愣怔了那么片刻，竟朝着我们跑来，跑近我们身前时，她未经我们同意，就一头逃进了女生寝室。

从众人七嘴八舌的议论中，我听明白了。老婆娘——于老三于习书的老娘，在追打自家的儿媳妇。这年轻貌美的儿媳妇，刚过门头一年，还是很得于家老人喜欢的，自从第二年她生下一个瞎了一只眼睛的女娃儿之后，婆媳矛盾就随之激化起来了。当婆婆的，三天两头都要找着理由咒骂儿媳妇，骂骂不解气，又发展到提棍拿棒地打。也是于家寨千百年来传下的规矩，满寨的乡亲，对于这类老辈子教育小辈子的事情，是无人过问的。于是乎，挨打的就只好撒开双脚满寨地逃避，免受皮肉之苦。

于习书的老娘"辣萝卜"（原谅我至今都不晓得她的名字），见儿媳妇逃进了知青点集体户，不敢贸然造次冲进去追打。她大概也晓得我们这帮上海知青不好惹，只得站在离知青点不远不近的地方，拉开破锣样的嗓门，唾沫飞溅地骂起来："烂婊子，老娘看你躲，躲得过今天还有明天，喊你替老娘把一盆衣裳洗了，你把老娘的话当过耳风。破屁股，黑心烂肠的肚皮才屙下个瞎娃娃……"

那些语言的恶毒污秽，都可以编进骂人辞典。我们这拨知青，当下分为两堆，一堆站在大门外，嘻嘻哈哈打闹着欣赏"辣萝卜"的污言秽语，顺便守住大门，不让她骂到火头上冲进来。另一堆退进屋去，商量如何平息战火。尤其是几个女知青，对挨打的儿媳妇深表同情，都愿救她过这一难关，只是苦于没办法。我当时出了个主意，那"辣萝卜"不是非常喜欢我们从上海带来的瓢儿菜籽嘛，拿上一包，让几个女知青做使节，呈上菜籽的同时，劝其退兵。

想不到这一招收到了立竿见影的效果，我为此整整得意了两三天。

要说同她的交往，我插队几年来，就这么一次。而且还是间接的。但关于于习书的事，我倒是还听到过一些。同原先当保管员的于习书，也直接打过交道。

在乡间，于习书算得上一个地地道道的壮汉，人长得高大粗莽不算，还有股野劲，酒可以喝几大碗，挑起二百斤的担子，简直不当一回事。他爱笑，还爱赌，我们几个知青跑去赌场上看赌的时候，总见他在场。他的手气好，差不多回回都是赢家。一年四季，他都留一撮黑浓黑浓的小胡子，模样儿很像是电影上的鬼子军官，可能是当着现金保管员吧，在于家寨上他有着相当的地位和权威。听说生产队革委会研究事情的时候，好些事情队长还得听他的。对寨上的乡亲，他倒还顾些面子。哪家急需钱了，写个借条递给他，他是经常给予满足的，并不以权刁难人。唯独对自家的婆娘，他一点也不客气，开口说话就虎着一张脸，要不干脆连骂带吼地吆喝，就像是使唤牲口："屋头那盆衣裳，你还不端出去洗啊，撂在那里是不是捂蛆？"

"狗日的，老子累得汗爬水流，你倒在这里跟人说笑，还不快滚回家煮饭去！"

逢到这种场合，挨骂的婆娘往往是忍气吞声，垂着脑壳，一溜小跑着避开去。听说，于习书之所以有如此至高无上的权威，就因为那婆娘有愧于他，替他生了个瞎了一只眼的娃娃。在于家寨上，生女儿的婆娘已经要挨骂了，莫说她生的还是个瞎一只眼的赔钱货了。

于习书那个瞎了一只眼的女儿，不满周岁时生过一场大病。乡里的人说不出生的是啥病，只说那瞎娃娃脑壳上烫得可以煎鸡蛋，烧得凶。一天深夜，夫妇俩套上马车，抱着娃娃赶到公社卫生院去。半途上娃娃就断了气。于习书撵着马车回到寨上来时，坐在车厢里的婆娘的号哭声，惊醒了满寨的人。

这以后，在于家寨上，"辣萝卜"或是于习书追着打婆娘的事，便成了家常便饭。

有一回，吃过晌午出工的队伍绕过他家院坝，听到屋头传出声声凄惨的哭叫，还能隐约听到于习书摔板凳、跺脚的声音。寨邻们压低了嗓门在议论："于习书又捶婆娘了。唉，真是的。"

"晓得是啥缘故吗？"

"还不为点家务事！"

"不是的。"有个神秘的声音传进我耳朵，"听说啊，是他婆娘……嘿嘿，来来来，这里有姑娘，不便说，到这边来点，听说啊，是那婆娘不愿和他同床，惹得他肝火旺哩。"

就在这年的秋末冬初，大队里组织查账小组，专查于家寨会计、保管员的账，我也参加了。于习书把头年上交大队的现金九百三十元的账，做在第二年的支出账上，而在头年的预拨金里，这笔钱早就上了支出账。一笔是做在头年年初，一笔做在第二年年尾。收钱的大队干部只记得有这么回事儿，其他都讲不清。总算我的腿脚勤快，除了细查账面，还几头跑，让经手的会计和干部尽量回忆。终于逼使于习书承认贪污了九百三十元钱。

为此，于习书的现金保管员职务被撤了，"辣萝卜"吵着一大家子人不替这"贪污儿"背账，同于老三分了家，还在院坝中央扎起了一堵篱笆墙，以示划清界限。

分家之后，于习书把一头大肥猪卖了，交给集体二百元现金款，同时提出，还有七百三十元，由他趁农闲时节出外到基建工地筑堡坎、打小工归还，力争在两年之内还清，改过自新，希望队里为他出去打工开一份证明。

大、小队干部答应了他的要求。

哪晓得，他离寨出去打工，一晃三年了，都不曾回过一次家。让人出外时顺便打听，也打听不着他的消息。直到今年捯谷子那几天，于家寨隐隐约约有人传，说他早在外县上的什么地方，勾搭上了一个妖媚婆娘，生下了一个白胖儿子。是真是假，没人讲得清楚。足足三年没回来，倒是真情。

翻弄着工分簿，在大祠堂的一片风雨声中，关于"她"，我搜肠刮肚，能想出来的，便是这一些事情。

盼了一年的社员们，吵着要尽快地结算分红，会计对我催了几次，要我赶紧把核对清楚的工分账交给他，于家寨上几十户人家的工分，我都结清了。唯独"她"的账，还没核对。

有过大祠堂里的那一幕，我总有种预感，感到不能贸然到她家去。到了她家，在我和她之间，是要出些什么事的。出啥事儿呢？

我似是有些怕，又确实地有所期待。这几天来，这个不晓得名字的女人的脸庞，总会不知不觉悠悠地晃现在眼前。一晃现就使我陷入冥冥的遐想。

收工回寨路上，会计又对我催了一回。看来，再拖下去不成了。我答应他。明天一早就把工分账送去。同时，我决定了，趁着傍晚天黑之前，到她家去一次，把她的账核算清楚。黄昏时分的于家寨，是一天当中最热闹喧嚣的时候，估计这当儿，人人都要忙晚饭，忙煮猪潲，不会出啥事儿的。

回到知青点，我换下出工劳动的衣裳，洗过一把脸，顺便还用凉水冲冲脑壳，随即带上工分簿，到她家去了。

插队多年了，对于家寨上的每家每户，我都可以说是熟门熟路。只是，进她家走哪个门，我有点搞不清楚。

眼看走到院坝跟前了，面对绿树翠竹掩映下的几幢砖瓦房、茅草屋，我不知所以地站住了。倒不是不敢朝里走，只是贸然闯进"辣萝卜"家，免不了一场寒暄不说，从她家出来再进"她"家，总有些别扭。再说，我也不想撞见"辣萝卜"家的人。

正在犹豫不决，路旁坝墙后头，送来一声轻柔的问话："来对工分吗？小池。"

我转脸望去，正是她，扎条围腰，在暮色浓浓的园子土里收豆架子，显得温和而又安详。我不由朝她微笑着点点头。

她像看出了我的意思，手朝坝墙边一条窄窄的路一指："走这边。"

我夹着工分簿，踏着园子土旁一条仅半尺宽的脚窝路随着她迈进一个矮矮的门洞。

"坐。"进屋没走几步，她就挨墙替我放下一条小板凳。

我恭顺地坐在板凳上，发现这是一间窄窄的、长长的屋子。屋子尽头垒起灶，我坐的这半边空荡荡的，矮矮的门洞外，就是一蓬挨一蓬的密匝匝的钓鱼竹。屋头显得晦暗晦暗的。

"大门在那边，"她见我狐疑地打量这间小屋子，手往灶那头指着介绍，"我们进来的这个小门，只通我的园子。"

她说"我的"，不说"我家的"。

我"啪啦啪啦"翻着工分簿："我来和你对工分，你不是说……"

"莫慌，"她打断我的话，两只眼灼灼地瞪着我道，"你是收工后，没吃饭就来的吧？"

我在她的逼视下点点头。

"我先替你煮点吃的。火现成。"

"我不吃饭。"我赶紧声明。

"不煮饭。随便吃两只蛋。放心，我不会毒你。"

她说话的声音里，有着女性特有的关切和温存。活到二十四五岁，还没有女人用这样的声调同我讲过话。我无法再阻止她。况且，干一天体力活，到这时分，我也当真饿了。她动作麻利地打碎蛋，小心翼翼地煮进滚沸的锅里，在光线淡弱的灶台前，她那微倾的身子，映在我的眼里，如同一尊雕塑，激起我心头一阵又一阵温情的涟漪。我凝视着她，忘却了世界上一切地凝视着她，呆若木鸡地坐着。

她蹲下身子去了，一双手摸摸索索，在灶膛前的角落里抓起一把豆荚秆，塞进了灶孔，火"轰"的一声燃大了，红亮红亮的火焰映出了她的脸，清晰地勾勒出她脸庞侧面柔美的线条。火焰的光亮里，她的一对眼睛，熠熠放射出充满期待和希望的光芒。

我的心不由得怦然一动。哦，要是我不坐在这里，她一个人守着灶做饭，煮潲，喂猪，而后刷洗锅碗筲箕，而后清扫屋头睡觉，而后又一个人煮早饭吃后出工，日复一日，天天如此。她打发过去的日子，不是一月两月，也不是三月五月，而是三年，整整的三年守着活寡，贫困清苦不说，那份寂寞和苦恼，她是怎么熬过来的呀，是茫无思想、浑浑噩噩，还是怀着被遗弃的屈辱和焦渴忍耐着？

这太可怕了。不往远说，就说我吧，秋收大忙过后，同一集体户的知青们全回上海探亲去了，只因为我当着记工员，要参加秋收结算、年终分红，不到腊月二十九走不了，只得独自一人留在寨上看守知青点这个家，伙伴们才走几天，我已经耐不住孤寂了，一到了晚上，就去串寨，看那帮好赌的汉子扔骰子，听上了年纪的老汉云天雾地摆龙门阵，直听得脑壳往下勾打瞌睡，借此来消磨光阴。而她咋个过呢……

"来，快趁热吃！"一碗亮晶晶闪着雪白光泽的煮鸡蛋，端到了我的面前，鲜蛋的淡香味直冲我的鼻子。膝上厚厚的工分簿滑落在地，我手足无措地接过了一大碗煮鸡蛋。

"谢……谢谢！"我愣怔了一下才说出口。

"好憨哟，瞧你这模样。"她嗔笑道。

一只大碗里，足足打了六只鸡蛋，以至蛋多汤少，好些白砂糖还没化开。我用匙儿搅着汤和蛋，心头热乎乎的，插队生活清苦惯了，一顿至多吃两只鸡蛋，哪敢这么奢侈，一顿吃六只蛋啊。我一边搅一边说："太多了。我哪好意思吃啊。瞧你孤零零一个，一年到头才挣多少工分，跟你说，初算下来，一个劳动日只值三角四分……"

"不碍事。"她截住我的话头说，"我喂了一大群鸡，十二只母鸡，一只公鸡，都是鸡下的。"

"你可以拿去卖。"

"我懒得去赶场的，那些打击投机倒把办公室的龟儿子，专爱找我们姑娘、媳妇的麻烦。"

"那我也吃不下这么多啊，舀两只你吃吧。"

"舀起嘛！"她爽快地答应，一蹲下身子，双手抓住我的膝盖，朝着我微仰起脸，张开嘴："来！"哎呀，亏她想得出，她是要我就用手里的匙儿，舀蛋给她吃。

她既调皮又期待地等着，我只好用匙儿舀起滑溜溜的水煮蛋，送进她的嘴里。

她微眯起眼睛，咀嚼着咽了咽嘴巴，

认真地一点头道："嗯，糖够了，还真甜。哎，你也吃啊，快吃。"

在她的催促下，我也舀起一只蛋，咬了一口，又咬了一口。是的，她放的糖真够多的，水煮蛋甜极了。白砂糖，在偏僻的于家寨，也是个奢侈品。这奢侈的糖，她还能说是家里现成的吗？不过我已不想问了。在她的窥视下，局促地吃下去两只鸡蛋，第三只蛋刚刚咬一口，她忽然一摇我的膝头，用命令的口吻道："再给我吃点。"

不等我反应过来，她不容分说地抓起我的手腕，把那只我咬过一口的蛋，送进自己嘴里。一边咀嚼，一边连声赞叹："哟，甜，真甜。来，你也吃啊！"

啊，她的一个眼神，一个脸色，一个手势，一个动作，都向我表示着亲昵和熟稔，都带着鼓励我的意味。我的心早跳得不自在了，一双眼睛里，除了她那张俏丽的脸，啥也看不到了。而事实上，就是她那张脸，我也只看到她的一对充满柔情的眼睛。

吃完蛋汤，我把碗和匙儿往板凳角上一放，掏出手帕来抹着嘴说：

"我们核对工分吧。"

"忙哪样呀！"她拿过我搁下的碗和匙儿，站起身来说，"把你喂饱了，你还急啥。我那工分小本本在屋头，等我把灶屋收拾完了，再同你对。"

吃了人家嘴软，我只好迁就她的意思。天黑了，灶屋里已是黢黑一片，看不很分明了。我木然坐着，只记得她刷过碗和锅，问过我还要不要吃晚饭，我回答说四只鸡蛋，当得一顿晚饭了，吃不下。忙碌间，她在灶旁边那扇门里进出过一回，还走过来关上了通园子的小门，然后又到灶台边去了，好像是在舀水洗脸。

我移开了脸，屋里是全黑了，只有灶孔里的火光，还在一明一灭地闪烁着，使我依稀看得到她的身影。寨路上有重重轻轻的脚步声偶尔传来，不时还响起一声两声狗叫。

我只觉得自己的心像在波浪里似的时沉时浮。

"嚓"一声，她划燃一根火柴，点亮了灶台上的油灯。油灯的光焰晃悠晃悠忽闪了几下，燃大了。

我骇然看到，她只穿一件贴身小褂，一条短裤，正从一只大大的木盆里迈腿出来。胸前一对劳动妇女的乳房，鼓鼓地突现着。

我当下明白了，刚才我以为她在洗脸，其实她是在摸黑擦身淋浴，怪不得有几下舀水声哩。我看不见她的眼睛，更看不见她的脸，只见她把一条白毛巾扎在脑壳上权当头帕，利索地穿上对襟衫和长裤。眨个眼工夫，木盆里的水倒了，她已收拾停当，朝着我走过来。

她的背对着油灯光，我还是看不清她的表情，只听她说："害你久等了。走，我们对工分去吧。"

我木讷讷地站起身，随她走去。走近灶台，她拿起油灯，"噗"一声吹熄了。

"咋个走啊？"我低声咕哝着。

"跟着我。"她抓起我一只手，推开了一扇门，我只得跟着她，朝黑咕隆咚的里屋走进去，心里直盼她快点盏灯。

挨着灶屋的那间房有窗户，方格格窗棂上没糊窗户纸，浅白色的月光从窗户里射进来，屋里的陈设依稀可辨。

这间屋头堆有几箩洋芋，还有一只大围箩，屋梁上挂着几大串苞谷和满挂满挂的鸡爪辣椒。

穿过这间类似堂屋的房间，我又随她走进里屋。

里屋比灶屋还黑，啥也看不见，像没有窗户。

"点盏灯。"我催她。

"要得。"她一只手抓着我，另一只手抚弄了一下我满头长长的乱发，"可你要听我一句话。让我替你理个发。"

"你不是不会理吗？"

"我会剪啊！剪得齐刷刷的，不比理的差。"

"我还是赶场去理发馆吧。"

她把我的手抓得更紧了："那我不点灯，也不放你走。"说着话，她的身子朝我靠过来。

我后退了半步："依你吧，剪就剪。"

她高兴了，放了我的手，点起了一盏煤油灯，还让我坐在屋子中央。

这里间屋，原来是两小间，外头一小间挨着竹园，有窗户，糊着白窗户纸，里头一小间是卧室，放一张双人大床，床上的帐子敞开挂在帐钩上，床上的被子叠得整整齐齐，糊着窗户纸的窗门，被帐子遮住了。窗户对着一道坝墙围起的园子。床边有张搁着热水瓶的三抽桌。她找来一件大襟衣裳，围住我的脖子，手里拿着一把快剪，认真替我理起发来。

剪子"嚓嚓嚓"一阵响，她一手托住我脑壳，一手剪着，果然剪得相当熟练，不是个生手。

我奇怪了："你咋学会的？"

"娘家爹教的。"

"你爹是剃头匠？"

"不是。他是大队支书。"

"那他咋会理发？"

"在部队上学的，爹是志愿军。"

"你在娘家，也替人家剪？"

"替一同长大的姑娘们剪。剪熟练了！"

"看我同你说了好久的话，还不晓得你叫啥！"

"总算想到问一声了。"只她的剪子停了片刻，"我叫吴金珠。"

一个普通得不能再普通的名字，可我心头却情不自禁地默默地唤着：金珠、金珠、金珠……

剪了脑壳两边，剪后颈窝的头发，她让我低下头，把我的脸埋在她隆起的胸前。她剪的时候，竟俯下身来，鼓鼓突起的乳房，就紧紧地压在我的脸上。

我的脑壳刹那间眩晕了，眼睛里直进金星银花。我感觉到她的柔软的温暖的胸部的气息，闻着她那被暴晒过的对襟衫上的干燥气息，不，我嗅到的，我感觉到的，远远不止这些，女性那素馨醉人的气息，使我的神经战栗了，我的双手里捏着两把汗。天哪，长大成人之后，我还从未这么近地挨过一个女人哪。我的心在狂跳，血在奔涌，我的双手情不自禁地轻轻搂上了她的腰肢。

她抽条条的身子在我的搂抱下陡地抖动了一下。我的手与其说是搂着她，还不如说是搁在她的腰肢上。尽管如此，我依然觉得，她体内的血液，正在急涌到我的手臂上来。

她已经不再剪我的后颈窝发根了，只是用左手一遍接一遍地摩挲着我的颈窝。轻柔地、小心翼翼地摩挲着。

我任凭她抚摩着自己，悉心感受着她的体贴和脉脉的温情。还要说啥呢，只要我一用力，把她紧紧地搂在怀里，她便会把一切都交付给我的。可我的手在打着寒战，怎么也使不出力，她……吴金珠她终究是于习书的婆娘呀！虽然于习书甩下她一个人生活已经三年了，可她在法律上，还是于老三的婆娘哪。我掺和进去，算个啥名堂呢？可……

我不晓得这情形延续了多长时间。只记得她在我颈窝上轻轻拍了一下说："剪完了，洗脑壳去吧！"

随后，我就跟着她摸黑退回灶屋，由她帮我洗净脑壳，抹干，她还似乎在我湿漉漉的头发上嗅了一下，说："这下好了，喷喷香。"

直到这时，我才同她走进里屋，坐在床沿上，开始对工分。

几笔工分，不消五分钟便对完了。我打了合计，把她的总分填上，又"唰唰唰"涂去了于习书和于氏两个名字，在旁边写上又粗又浓的三个字：吴金珠。

她无声地笑了一下。

我心头一亮：莫非她同其他山寨妇女不一样，还识得几个字？"你识字？"

她默默地点点头，两眼忽闪忽闪瞅我一眼。

我被她瞅得心慌，合上工分簿，把封皮角角抚平了一下，说："我走了。"

"真走？"她下意识地转脸望了望双人床铺，两眼顿时黯暗下去。

我惶惶地站起身，忍不住又看她一眼。她正仰起脸来，两眼哀伤地泪汪汪地瞅着我。

我硬硬心肠，转过身去，一步一步朝外走。

"噗"一声，她吹熄油灯，整个身子扑了上来："小池莫走，等一会儿走。"

"咋个了？"我感到她的声气不对。

她恐怖地抓着我的手臂，耳语着说："我听到有人来了。你……你听。"

我竖起耳朵，凝神屏息静听着。先是听到一阵自己咚咚的心跳，接着又听到风吹着梓木树叶哗啦啦响，静谧之中，还听到一声一声蹑手蹑脚的足音。我分辨得清楚，这脚步声，不是顺路走到门前来的，而是像贼似的，在窗外园子里乱踩着，趄到金珠窗口边来了。

我的心提到嗓子眼上。紧紧挨着我的金珠，浑身在簌簌打抖。这是哪个野汉子呢？

双人床张起的帐子后面，那扇隐约可辨的窗户上，响起了撮起指尖的轻击声，糊着窗户纸的玻璃被击得"嘭嘭"发响，同时，传来低低的呼唤："金珠妹子，金珠妹子。"嗓门压低得变了声。

我感觉到金珠恐惧地抓住我肩膀的双手，几乎勒进了我的皮肉。

急切的呼唤和击窗声来得更猛烈了："金珠妹子，金珠妹子，这么早就睡下了吗？刚才还见你亮着灯哩。你……给开个门吧。"

这回，我听出嗓音来了。眼前同时浮现出一张黄蜡蜡的、下巴尖尖的脸，一对皂白分明的眼睛总是过于精明地骨碌碌、骨碌碌打着转转。

他叫于志光，三十多岁了，屋头的胖大婆娘给他生下了可以排成队的六个娃娃。算起来，他是于习书的远房堂哥，在于家寨上，也担当着一份职务：保管员。和于习书不同的，他是实物保管，不保管现金。于习书没离寨前，两个保管员之间走动得是很勤的。难怪他对金珠这儿，是如此熟门熟路。

"金珠妹子，开门吧！"于志光已改用拳头在轻擂窗户了，声气也更大了些。

我听得清金珠局促的喘息声，她颤抖着声音问："你要干啥？"

"嘿嘿，我晓得你醒着嘛！哪会睡这么早啊，孤零零一个，夜长难熬啊！"听到金珠的责问，于志光非但不恼，相反还"呵呵呵"乐了，用甜腻腻的声气道，"要干啥，亏你还问！来陪你妹子啊……"

"你快滚！"

"滚？咋个舍得你妹子啊！"

"你不要脸！"

"随你咋个骂啰，金珠妹子，你我都是过来人，你何必那么死板哩！没得听说吗？于习书，我那堂弟，早在外乡裹上个婆娘，娃娃都生下一双啰！你还在守着空房，维护啥贞节啊，憨包婆娘，这会儿，他怕正同外乡婆娘搂着睡哩……。"

"呸！"金珠愤愤地一跺脚，"你在这乱嚼蛆，满嘴里喷粪，给我滚！"

"不滚，金珠妹子，"于志光死皮赖脸地说，"你咋个这样子不拐弯啊，你守着活寡，我那婆娘又怀上娃娃了。我们俩正好……"

"不滚我就喊啦！"

"喊嘛，喊来了人，我就说是你约我来的…………"

"你……"

"嘿嘿，金珠妹子，开门吧！"

我紧紧地咬着牙，极力抑制着愤怒的情绪，一个人的无耻，到了这样的程度，只有动用拳头和棍棒收拾，才能揍落他的邪念。于志光长得干瘦单薄，要教训他，我的一双拳头是绰绰有余的。可我却动弹不了，冲出去打他一顿，招来了寨邻乡亲，人家问起来，我咋个会在吴金珠的屋里，该怎么答复呢？那岂不是惹祸事上身？

金珠像是让他缠得无奈了，脑壳埋在我的肩头，无声地啜泣着。我能感觉得到，她那丰满的胸部在随着啜泣不断起伏。

屋里静得令人难耐。窗外的于志光似乎从金珠的沉默中感到了希望。他的嗓音变得甜腻哀怜，比先前愈加热烈和迫切了："金珠妹子，开门吧，莫以为我不晓得，你孤苦伶仃一个人守空房，也盼个人做伴呀！开了门，你欢我也欢……"

"好嘛！"倚靠着我肩头的金珠爽利地答应下来，突然她离开了我，走近双人床边，"哗"一声把遮住窗户的帐子撩了起来，"你等着！"

"嘿嘿，我说嘛，要一开头就答应，我们……嘿嘿嘿……"窗外的于志光发出一连串浪笑声。透过窗户纸，我依稀看得到窗户上映着一个晃悠悠的脑壳。我赶紧往屋角落里趔去。

金珠在漆黑的屋头转了一圈，我只是朦朦胧胧觉得她提了样啥东西，只见她爬上床去，朝着窗外低声喊："我给你开窗，你就从这里进来吧。"

"唉、唉……"窗外的于志光的声音欢得颤抖。

我只是有一种预感，感到金珠要做出啥骇人的事来了，是拿起一只扎鞋底的锥子戳他，还是抓根针刺他……不等我猜明白，窗户"嘭"一声打开了，窗外的月色里，于志光的脑壳猛地拱现在窗洞里，双手抓住窗台，正要往里爬。没等我看分明，正欲爬进来的于志光发了一声挨刀猪样的惨叫，脑壳往下一缩，哭爹喊妈地逃走了。

金珠的脑壳探出窗户去，尖声拉气地咒骂着："你个烂龟儿，喊你再敢来摸墙欺负人。再来，我用开水烫死你！"

哎呀，她刚才手里提的是热水瓶，她一定是用热水瓶里的水烫了于志光。

金珠"砰砰砰砰"关严了窗户，重又把帐子放落下来，手提着热水瓶重重地搁在双人床边的三抽桌上。继而嘤嘤出声地哭了。

我的心里乱成一团。要是为避嫌疑，我该尽快地脱身，离开这儿，免得左邻右舍好打听事由的婆娘上门来时撞到我。可面对着一个刚受过辱的少妇，我能硬着心肠走吗？我惶惑地走近了她身旁。

她止住了悲泣，一动不动地坐着。屋里静得可怕。我好像听到周围的寨邻打开了堂屋门、院坎的朝门走出来，我仿佛听到了他们走来的脚步声。我的心骤跳着，暗哑着嗓门说："金珠，我走了……"

"出了这种事，你还走？"她大为惊愕地问。

"会有人来的……"

"不会，不会有人来。你尽管放心。"

"这个寨上的人都爱管闲事……"

“没得人来，你信我的话，信我的吧。”金珠一把扯住我的衣襟，扯得紧紧地道，“他……于志光这烂崽，他来缠我不是一次了。”

“不止一次？”

“差不多天天晚上来，害我上半夜没法睡。今天不是你在这里，我、我也不敢开窗烫他。你莫走、莫走。”

我硬不起心肠来了。一个可怜的弱女子在求你，你能回绝她么？她苦笑了一下。

“呆一会儿，还是要走的呀。”

“不，不走。”

“要走的。”

“走了他又会来的。”金珠带着哭腔站了起来，“又会来的，他会报复，会破门而入。”

“你想得太可怕了。”

“是真的。小池，你不能走，你不晓得，我快要憋死了，闷死了！你不走你在这里，我胆壮。”金珠的双臂搭上了我的肩膀，急促地晃动了两下，又顺势搂着了我的颈脖，“小池，小池，你答应我。”

哦，难道这就是爱情吗？

我使劲地把脑壳往后仰，才能使自己的面颊不同她朝前倾探的脸挨在一起，才能勉强回避她那对拼命大睁着觑视我神情的泪汪汪、火辣辣的眼睛。平心而论，从未同人谈过恋爱的我，把爱情看得格外神秘而又神圣，发生过大祠堂里那一幕以后，虽然晓得她对我有着明显的好感，虽然我也对她有着强烈的兴趣，时时有股接近她的愿望，但我从来没有想到过同她如此亲密无间地相处，不，只要一往这上头想，我的心头就会产生一种莫名的恐惧……可此时此刻，小屋里是无边无际的黑暗，金珠的发梢不断地撩着我的额头和面颊，从她的鼻子里呼出声声喘息，温馨的热气暖烘烘地喷到我的脸上。使我有一种心弦为之颤动的快感。感情像股旋风般把我脑子里的一切意识席卷一空，迫切渴望亲近的欲望像急浪般掀了起来。我张开了双臂，带着股莽撞紧紧地搂住了金珠。

金珠呻吟似的低低叫了一声，热切地攀住了我。我的耳边断断续续传来她柔柔的梦呓般的呢喃："小池……你、你是不是嫌弃我，小池……"

她大约也根本不指望我回答，我呢，更顾不上答复啥话了，只是笨拙而热烈地吻着她那润滑的、烫乎乎的脸颊。哦，只有到了这时候，我才知道，她的心多么渴望着怜悯和爱抚。

小小的卧室里有着股晒过的苞谷的干燥味，微甜微甜的干燥味。这股气味，会一辈子留在我的记忆里。

"你为啥要挽留我？"

"你会不晓得么？"

"我陪着你，不是同于志光来缠你一样？"

"咋会是一样？憨猪儿。"她非常生气，骂起人来。

"人家都要讲……"

"讲啥？讲我偷汉子，是吗？就是偷汉子，也不一样。"

"不一样？"

"于志光那种男人，只配同猪睡，臭蛋一个，可你，你……"

"我咋个？"

"我就是喜欢你，记得么？那年'辣萝卜'追着捶我，就是你出主意救我的。就是那回，我记住你了，好心人！"她赤裸的手臂从我颈子后面弯过来，拍着我的面颊，又俯过脸来，一头黑发把我的脸全遮住，在我的腮边结实而毫不含糊地吻了两下，我的腮帮上再次留下了她的唇液，心头涌起一股亲昵的感觉。她接着道："于习书这种人都配过人的日子，我就该过鬼的日子？呸，我偏不信这个邪！就许他在外头乱裹女人，不许我自家找个汉子？我就是要挑个心上喜欢的人。小池，你是我的太阳！"

那个狂喜的、跌入深渊般的不眠之夜过去之后，只要我稍有闲暇独自呆着，我就会想起同她在床上的这段对话。在她的这段话里，透出了她同我相好的一点真实的意图。

　　说这些话的时候，我并没意识到这一点。是我事后想到这些话，逐渐逐渐领悟出这层意思来的。开初我也只是想当然地认为，她孤寂，她需要安慰，或者拿山寨上的话来讲，结过婚的她耐不住寂寞，情急了。翻来覆去地想到她的这段话，我开始明白，事情远不是那么简单了。单是情急了，她会开门接纳夜夜来缠的于志光，可她死也不。她有自己的追求和向往。特别是联想到那晚上，她偎依在我的怀里，在我的耳边轻声细语地讲起她的经历，她娘家的情况，我更认定了这一点。

　　她的被窝非常干净，躺着就能嗅到一股阳光的气息。

　　"你晓得吗？"她把被窝盖着自己的半边身子，倾身向着我，在我耳边柔声细语着，"嫁给这个于习书，我真是无奈，家里真是无奈。"

　　"你爹不是支书吗？"

　　"支书，'四清'前的支书。'四清'那年，清算出他在饿饭那几年给寨邻乡亲们留了点粮，背了个'瞒产私分'的罪名，下台了。'文化革命'一闹起来，老账新算，就逼着他下煤洞挖煤。日子难熬呀。爹在煤洞里挖煤压断了腿，要住院上石膏，要不，腿就要断。可住院要钱哪！爹一个下台干部，到哪里去找这么大一笔钱呀。一家人愁死了，这当儿，媒人上门来了，替我做大媒，出主意说，只要我答应下来，爹的医疗费就有办法。为救爹的那条腿，也为全家人往后的生计，我连于习书的面都没见一见，就点头了……

　　"你知道，我不仅识字，在爹的叮嘱下，我还读完了初中。我向往着，嫁了人能改变我家碰到的厄运，嫁了人能过人的感情生活。可哪晓得，相貌并不难看的于习书，有那么粗俗，那么猥琐和自私。还有他妈妈'辣萝卜'……我失望了，绝望了，厌倦地忍受着心的孤独，忍受着难熬的日子。只望生下个娃娃来相依为命，哪晓得，娃娃一只眼是瞎的，于家老少从此再不把我当个人看，'辣萝卜'满寨追着我又骂又打，不把我打残了，她硬是不甘心？更可怕的是，我那女娃儿发高烧，他们一家都不让我抱她去看。那晚上，趁着于习书出去赌钱，我偷偷地把娃娃抱出了寨子，急急地赶往公社卫生院去，想求医生给娃儿医一医，哪晓得，于习书赌钱回家，不见了我们母女，套起一辆马车，就来追我们，半路上硬把我和娃娃逼回家来。我不肯，他发疯样地对着我又是打又是捶，还要夺我手中的娃娃。可怜我那娃儿啊，有了病得不到医，半路上又遭于习书那么一折腾，还没回到寨上就咽了气……"

说到这些，金珠已是泣不成声，她的脸埋在我的臂弯里，浑身都在震颤打抖。我找不出一句话来安慰她，只是在她肩头轻轻地抚慰着，抚慰着。她啜泣了好一会儿，才又断断续续地告诉我，从娃儿死了之后，她再也不愿和于习书同床，于是乎，于习书又同他娘一样，找岔子骂她、打她。

想一想吧，她过的是这样压抑的生活，怎么可能对婆家有好感、对于习书有感情呢？她是带着颗封闭的心，生活在孤陋闭塞的寨上。

而这颗心现在向我敞开了，率直地向我露出了无尽的渴念和燃烧的激情，她希冀着温存，渴望着爱，忘乎一切的疯狂的爱。为了这爱，她可以去干平时想也不敢想的任何事情。因为这是她心甘情愿的。这样的爱，是决不能轻易待之的。

想清楚了这一点，我陡然意识到，我是在走近一堆熊熊燃烧的大火，是在走向骇人的深渊。

那一晚，同她度过了几乎不曾合眼的整整一夜，我真正感觉到狂喜、甜蜜和幸福。真正觉得被一个女人衷心爱着时的欢欣和亢奋，在那从未体验过的热情火山爆发般喷涌出来的时候，我甚至觉得，为了她，为了这个给予我温暖和抚爱的金珠，我可以去赴汤蹈火，去干无数惊人之举。

可在冷静下来以后，我也得照实承认，我感到惶惑，我有一种恐惧和不安的心情。我不得不想到她是于习书的婆娘，不得不想到我和她都生活在对男女之间这类"伤风败俗"的事情深恶痛绝的偏僻山寨上，不得不想到这个寨子上的人几乎都姓于，而这些人又几乎全都信奉陈腐的根深蒂固的家族观念。而更多地，我还想到了自己，我是一个知识青年，几年来所谓"接受再教育"的实践已经证明，我不可能，也没能力在偏远的于家寨上扎根落户一辈子，我梦寐以求地期待着抽调，我要离开这儿。而她呢，怕一辈子也跳不出这个深陷的坑——于家寨于姓人家的媳妇该牢守的空房。

我必须用毅力克制自己的感情，斩断和金珠之间已经开始了的关系。即使要挣扎，我也必须挣扎出个结果来。

工分结算完，交给会计，我的职责就算完成了。

秋尽冬来，山野里呈现出一派萧条和荒寂，我等不及年终分红，就想回上海探亲去了。

我开始整理东西，做回家的准备。

睡脏了的被窝褥子要洗干净，分给我的谷子、苞谷、洋芋要分别装进箩筐，寄存到信得过的老乡家去，还有箱子和稍值点钱的东西，也得寄存好。要走了，老乡们免不了让带点东西，那几个大、小队干部，要打声招呼，还得开一张证明。

以往，所有这些事情，抓紧一点，两天就办完了。但今年，我自己也弄不懂，为啥磨磨蹭蹭的，三五天里还没办成几件事。就说洗被窝吧：今天拆了，一看是阴天，怕不干，没拿去洗；明天飘起了毛毛雨，干脆不洗了。一不出工，我反而变得格外懒散，坐在板凳上，木呆呆、木呆呆的，一坐竟是几小时。

毋庸讳言，之所以如此迟疑不决，时常陷入冥冥的深思之中，全是因为金珠。一个招呼也不打，就跑回上海去探亲，太讲不过去了。况且，况且我只要一静下来，就会想起她来，想起那个永远难以忘怀的夜晚她和我之间发生的一切。

犹豫、自责，和对金珠的思念关切，使得我整整拖了一个星期，也没有离开于家寨。当我总算把所有的准备工作做好去向大队请假的时候，大队里挽留我在山寨上和贫下中农们一道度个"革命化的春节"，并且给我布置了具体任务：离于家寨约摸四里山路的白岩寨，账目混乱，年终结算分红搞不下去，大队决定成立个查账小组，我也是成员之一。

要在往年，我会推辞，会找出种种理由力争回上海探亲，甚至还会写信回上海，让家里赶紧发加急电报。但是这回，我只点了点头，表示感谢组织对我的信任，我一定在查账小组里好好地干。

当决定不再回上海去以后，我忐忑不宁了好几天的心反而平静下来了。

查账小组的工作，在腊月二十九小年夜那天就停下来了。白岩寨上，要在年前分红肯定是没指望了。不说现金了，就是那几笔烂账，这十天半个月，要想算清也是不可能的。查账小组五六个人，一扔下白岩寨的账本本，各自都回家忙碌着准备过春节了。于家寨虽穷，到了年关脚下，家家院坝里还是有着股喜气。

唯独我，变得比任何时候都清闲。寨邻乡亲们见我一个异乡客在山寨上过春节，纷纷邀我去他们屋头过节吃饭。从大年夜那顿晚饭开始，直到年初五，我的日程全都排满了。根本无须自己备年货，连灶火都可以熄了。

闲着没事儿，我搞点儿个人卫生。大年三十那天下午，我把里里外外的衣裳都换了下来，拿到堰塘边去洗。腊月间的堰塘水冷得僵手指，才洗了两件衣裳，我的手指都冻红了，明知无用，我还是不时地把指尖凑到嘴边，呵着热气取暖。

"小池，好勤快哟！大年夜还洗衣裳？"正想马马虎虎把衣裳清完，耳边送来清脆脆的一声招呼。

我不觉一怔：这是金珠的声气。

我转过脸去，她端着一只脸盆，蹲到我身边来了，满脸堆着笑："冷吗？"

"有点……"

"拿来我替你清洗。"

"哦不，不用、不能……"我的方寸全乱了，急忙朝堰塘团转溜了一眼，幸好，近处没其他人，听不见她刚才那句亲昵的话。

"那么，听着，"她也用眼角朝两边溜了溜，放低了声音说，"今晚上，来我那里吃年夜饭。"

"我已经答应了四叔家。"

"那也得来。"她的一双眼睛睁得老大，灼灼放光地盯着我，一点没放松的意思，"我等你。"

"呃……"她的目光犹如芒刺，这样子悍然不顾地瞅着我，随便哪个从旁走过，都会看出蹊跷来的呀。我全慌神了，可我不能答应她，不能。

"我摆好饭菜等你。你不来，我就不吃，尽等尽等。"她固执地说，那双眼睛脉脉含情地望着我。

堰塘对面，有人走过来了……我忙乱中点着脑壳说："要得，我、我来。"

"那才像句话呀！"她欢快地朗声说着，一把从我手中夺过那件棉毛衫说，"让我洗吧，看你那笨手笨脚的样儿。"继而又压低了声气说，"当真来啊，我点起红烛等你。"我朝着她点头。

天哪，我答应了她，当真会去吗？

四叔家的炉火烧得好大，足以驱散腊月的严寒。四叔家的年夜饭也备得丰盛，他杀了一口年猪，挑瘦肉炒了肉丁、肉丝，知道我是上海人，吃不惯辣椒，四叔家里的还特意把没放辣椒的小盘子搁在我的面前，要我敞开肚皮尽情地吃。

我真吃了不少，喝了苞谷烧酒，吃了饭。听到几家出外去揽工的院坝里放开了爆竹，我借口要去凑热闹，道谢告辞出来了。

外面真冷。天擦黑时下起的细雨，这会儿落得更繁密了。天上的云层很厚，风在寨路上发怒般吼啸着，轰隆隆响。尽管如此，深山幽谷之中的于家寨上，还是笼罩着一层喜气。这家那家的院坝里，不时响起震耳欲聋的爆竹声，逗得各家各户的狗，都"汪汪"地狂吠起来，有股热闹劲。虽然昏黄淡弱，不像城镇的电灯、日光灯那么亮堂，家家农户屋头，都还亮着一盏一盏油灯。

冷飕飕的风和飘飞的雨扎着我发烫的面颊，那几杯苞谷烧酒，灌得我的心怦怦直跳。一走到寨路上，一个问题就推到了我的面前：要不要去金珠家呢？

我的眼前晃悠悠地闪出一幅画面来：在搁板上跃动的油灯光影里，小方桌上端端正正放着几盘菜肴，金珠坐在板凳上，充满希望和期待地等着我，听到屋外传来脚步声，听到一阵一阵风声，都会引得她情不自禁仰起脸来仄身倾听……

我的心不忍了。我算个啥呢？值得一个女人那么真挚的爱。

"……你不来，我就不吃，尽等尽等。"她的话音在我耳边清亮地喧响着，如雷贯耳。

我摸着黑，踏着被细雨打湿了的青岗石寨路，朝着她家方向，一步一步走去。

远远的，看到她屋头窗房里亮起的灯光了，我的心又狂乱地跳起来。去吃顿饭、陪她坐一坐容易。可一进了她家屋，我还出得来吗！今晚上，不是又要重演一次那夜的情形嘛！哦，不，不能倒退回去，我不能陷进泥坑去害人又害己。

我在乌漆墨黑的寨路上停下来，任凭细雨扑打我的脸，任凭阵阵寒意不断地袭上身来。我只是透过迷蒙的雨雾，朝着金珠家眺望。天哪，只需几分钟，踅进她的屋头，我就能得到温暖，得到抚爱，得到那忘却一切的幸福。这个大年夜就会充实得多，有人情味得多，决不至于孤单单地钻进冰冷的被窝里，忍受孤独寂寞的滋味，金珠是懂得缠绵的温情、懂得爱、懂得体贴的。我顾忌那么多干啥呢？不是她很需要我，我也很需要她吗？无论是精神上还是肉体上。要是没有那一夜的经历，事情也许会简单得多，正因为已经品尝了一次禁果，金珠此时的诱惑力就比任何时候都来得强烈了。

正在我欲进不能、欲退不甘的时候，一道雪亮的电筒光横扫过来，跟着响起一个炸雷样的嗓门："是哪个？哟，是你啊，小池，站在这里干啥？找不到地方玩吗？走走走，跟我走，今天是大年夜，开禁，看赌钱去，捎便也要它一耍。走啊！"

一听就晓得是民兵连长于志文，于家寨上出了名的赌钱客。他不容分说抓住我的手臂，拉起就走。

这人的力气大，我脚步跟跄了一下，便随着他走去。转身的时候，金珠孤坐桌旁的形象在我眼前闪了一下，但已经由不得我了，我找不出推托的理由不去看赌钱玩。

说心里话，向开赌的人家走去时，我的心里还有点感激于志文这络腮胡子大汉，他这一嚷一拽，把我从犹豫矛盾中扯了出来，促使我下定了同金珠斩断关系的决心。

热闹的、带有几分穷欢喜色彩的大年过去了。过了初五，查账小组得继续朝白岩寨跑，公社主任下了条子来，白岩寨的结算分红，一定要在农闲的正月兑现。大队要求我们在元宵节前把账目搞清楚。我们显得紧张、忙碌起来，从早到晚泡在白岩寨上，每天只在傍晚时回于家寨来睡一觉。我一个单身小伙，饭也搭便在白岩寨上吃。

这个正月里的天气特别窝囊，一直在飘毛毛雨，天色几乎没好好朗开过一整天。勤快的农民也好，懒散的农民也好，在这种天气里都只得守着疙蔸火摆龙门阵。唯独我，和其他各队抽出的几个记工员、会计，还在为白岩寨的账目忙个不停，还在挣一天十二个工分。

元宵节前两天，我们把白岩寨的账理出了一个眉目，那天查账小组散得早，听取查账小组汇报的大队主任作完尽快兑现分红的指示，又用鼓励的语气对我说，看我的表现不错，大队决定推荐我去教书，四个大队联办的望云坡耕读小学，有个教师掺和进一桩生意案子，要理抹（方言，清理之意）他。大队决定了，让我去接那人甩下的班。

这当然是好消息，比起天天下田土干活，天天抱一本工分簿挨家挨户核对工分，教师这活儿要轻巧得多，单纯得多，怪不得农民们喊教书的是“干轻巧活路”的。

散了会，暮色浓郁，我踏着沾脚的泥泞道，带几分踌躇满志地走回于家寨来。是呵，一时得不到上调机会，在乡间教教书也好，总比捏泥巴坨坨、扛锄头强啊。

拐个弯，绕过废弃的砖瓦窑，就是于家寨了。

于家寨上飘散着袅袅的炊烟，雨雾重、风不大，炊烟飘散得特别迟滞。再走几步，踏上青岗石级道，路就好走了。

只顾着思忖，不提防路边大树后闪出一个人影，呆痴痴地站在我跟前。是金珠。我不觉吃了一惊。

大年三十晚上，被民兵连长拖到赌钱的场子上，那里灯火辉煌，好不热闹。不但去了好些男子汉小伙子，连一些年轻媳妇和姑娘也去了。得说句良心话，那场合与其说是赌钱，不如说是凑热闹、耍玩意。赌是赌了，下的注都很小，不准超过五分钱。

在那个场子里，我尽兴地玩了个通宵，输了九角钱，倒也心甘情愿。它把金珠对我的强大吸引力全抵消了。

过节那几天，我倒是真想见金珠一面，候机会给她作个解释。可惜，从那时到现在，我一直未曾见过她。忽然地，她在我面前出现了，兴师问罪地拦住了我的路，我咋不惊讶呢？“金珠，是你……”

“你……我真没想到，”金珠愤愤地噘起嘴呵斥道，“是这么个薄情人！”

“呃……”我瞠目结舌，嘴巴里无词了。站在寨子边上，我能给她解释什么呢？暮色浓重，雾岚四起，隔不多远便模模糊糊，看不很分明，但寨子上的人，还是随时有可能从这里走过的呀。我茫然回顾，看到了废弃的砖瓦窑子。

"我们……去那里讲吧。"我朝砖瓦窑一指。

金珠瞥了窑门一眼，领头走过去。砖瓦窑里比外头晦暗多了，从拱形的窑壁上散发着股潮味，窑坛上有几块碎砖烂瓦，有一捆散乱的发出股浓烈霉味的谷草。我把几块碎砖简单拢在一起，抓住一大把谷草铺上，就要坐下去。

金珠一把拦住了我："慢着。"她解下身上的围腰，展开铺在谷草上头。

我一坐下，她也随我坐了下来。

"大年三十晚上，从四叔家吃完饭出来，时辰就晏了。"我舔了舔嘴唇，开始作解释，尽可能说得合情合理，"刚出四叔家院坝，就让于志文扯住衣袖，去看闹热的赌钱场合。人好多哟，一去粘住了，就出不来……"

"啥出不来，脚生在你身上。"

"好些人缠住了不让走。"我极力申辩。

"你就只顾自己，就不想想人家等着你，一直等到黑更半夜，菜冷了热，热了又冷……"金珠的脑壳倚在我肩头，啜泣起来。

不行，这样解释是不行的，连我自己都觉得牵强，我得给她说实心话，不能蒙哄自己、蒙哄她了。

"金珠，你听我说。"拿定了主意，我反而镇定下来，说话声调也沉稳了。我把自己翻来覆去思索过的一切，全向她倒出来了。我说我没有权利爱她，因为我没有决心长期呆在于家寨上，因为我没有劳力，养活不了她，也保护不了她。也因为她至今还是于习书的婆娘，我们如果还是偷偷摸摸地来往，那便是不道德的，那会害了她，风声一旦透到寨上于家族人耳朵里，那些族中人不知会对她耍出啥可怕的手段来……

在我说这些话的时候，金珠倚在我肩头的脑壳移开了，她朝我探过脸来，是想借着窑孔射进的一片天光，窥视我脸上的神色吧？她聚精会神地盯着我，我的话音刚落，她的双臂就冲动地搂住了我的脖子："我晓得你怕了。我不怕，我不像你想那么多。我只晓得我的心要我同你好，别的我啥都不管。我一个女子都不怕，你还怕个啥呢？对啵？"

"不止是个怕的问题，金珠。"想到我和金珠这样两个弱者，竟然要面对于家寨上那么强大的家族势力，竟然要把青春和命运全掷在这块贫瘠偏远的山野土地上，我不寒而栗，"我说的全是真情。讲真心话，我也爱你，爱得我的心常常发痛，可在我们之间，光有爱是不够的。金珠。"

"这么说，你不能同我好下去了？"金珠尖锐地问。

"不能，金珠。"

"永远不能了吗？"

"永远……"

我的话未及说完，金珠将我重重一推，呼地一下站起身来，转身朝窑门外跑，一忽儿就跑没了影。

我颓然跌靠在潮湿的窑壁上，半晌没回过神来。只是默默地呆坐着，呆坐着，直坐到砖瓦窑里黑漆漆一片啥也看不清，我也没想到回去。

难熬的多雾多雨的烂冬终于过去了。

春天来了，转瞬到了耙田栽秧的大忙季节。

我已经逐渐地适应了山村教师的生活，天天清晨赶六里山路，到望云坡小学校去教书，在那里搭一顿饭吃，下午五点钟，随着放学回家的于家寨学生，一道回寨子来。

站在黑板前头讲课，确实要比挑粪耙田、栽秧铲田埂轻闲多了。我天天都按时到校，把学校里的事情料理完毕才离校。教书不过两个月，四个大队都传出了对我的称道和赞扬。我也干得更来劲了。

这是一个大雨后的清晨。年年春天总有那么些日子，晚上下大雨，白天放晴。拿寨上人的话来说，这是老天爷特意照顾庄稼人，晓得庄稼人白天要抢时间干活，而田土又饥渴地盼着雨水。

对这种气候熟悉了的于家寨人，往往会在清晨贪睡一会儿，待太阳钻出云层，晒去山路上的一些露水，才出工干活。

我偷不得懒，还得踏着滑溜溜的山路，按时到望云坡小学校去。走了两个月，路是熟悉的了。出了寨子拐个弯，顺一条小道弯弯拐拐地走上半把里，便开始爬茅狗垭。茅狗垭从未见过狗，倒是长满了乱蓬蓬足有人那么高的茅草，把一条半尺宽的鸡肠小道遮得看不分明。垭口两旁的半山坡上，各竖一根电线杆子，听说这电是从变电站输往公社所在地的羊子坝上去的。

一开始爬坡，茅草上的雨水就打湿了我的半截裤腿，这不碍事，到了小学校，烧堆火烤一烤就干了。烦人的是长长的草尖尖，直往我脸上、眼角撩来，撩得我时时都得留神用手去把草拨开。

还没走拢垭口，我陡地听到一声凄厉的嘶喊声，我转动身子，正要循声寻找嘶喊声从哪里传来，只觉得脊梁上火灼一般地剧痛，瞬间这剧痛又袭遍了全身。随即，我就啥都不晓得了。

住在县城的医院里，我就晓得了事情的缘由，知道是哪个冒险救了我。出院后回到于家寨上，躺在知青点床上休养，来看我的四叔说："说起，这回你的那条命，硬是金珠冒死抢回来的。你想嘛，事情就有那么巧，你被电打倒了，她正在茅狗垭上割草。一夜的风雨，把垭口两边的电线吹落在草丛丛里。你踩在电线上，被电打倒在地，金珠冲下坡来，三下两下用镰刀把电线挑开了，背起你就往寨上跑，边跑边尖声拉气地惨叫着，那叫声把满寨都惊起了，总算那赤脚医生去县医院学过几个月，用个枕头套样的玩意给你输气，把你救活了。没有金珠，你上海的爹妈这辈子看不到你喽。你真该好好答谢金珠这婆娘……"

金珠，偏偏是金珠救了我。这是不是命呢？连我这个知识青年都相信迷信了。

身体还很虚弱地躺在床上时，我就想好了，等到能走动时，我要好好地去答谢一下金珠。只是，只是她晓得我回到了于家寨，为啥又不来看我呢？

整天整夜地躺在床上，我开始想她了，想得我好苦，她也不曾来。倒是于家寨上的乡亲和我的那些学生，天天都往我屋头跑。

十来天之后，我好利落了。头不昏了，脚底板上有了力量，走起路来也踩得稳实了。

拿起镜子来一照，连我自家也吓了一跳，镜子里这人是我吗？脸上瘦了一圈，面颊上的颧骨隐显着，一双眼睛也仿佛变大了，脸色苍白苍白的。

我想到要干的头一件事情，是去向金珠道谢。还在县医院住院时，我给上海家里去了信，报告了触电受伤的经过，顺便捎带了一句，我的这条命，是个农村妇女救的。家里倒想得周到，除却寄来了五十块钱，还让回上海去探亲的同寨知青，给我带来了好些罐头，有午餐肉，有瓶装水果，还有麦乳精和凤尾鱼，同时捎来一件细毛线织的挑花绒线衫，指明是让我送给救了我命的农村妇女的。

去向金珠道谢时，我就带上了这件毛衣，还挑了几听罐头。

白天去，怕让人看见，怕那些多嘴多舌的婆娘嚼舌打趣；况且，她又要干活，忙了园子上的，还要忙出工，去了也不一定碰上。我是在一个春月清朗的夜间去的。

天色不算晚，她正在那间窄长窄长的灶屋里，伴着一盏孤灯吃晚饭，吃得很慢，却又很专注。她没听到我故意放得很轻很轻的脚步，也没觉察我站在那扇低矮的半开的小门外。

我看得清楚，她桌上只有一碗水煮烟菜，一碟辣椒水。她天天都是这么清苦、寂寞地过日子吧？我的心头涌起一股辛酸，想到她的孤独，想到她对我的爱，我的眼里涌起了泪，直想掉下来。是我不知不觉变粗了的喘息声惊了她吧，她骇然惊问了一声：

"哪个？"

"我。"我答着，低头走进小门里去。

她猛地转过脸来了，眼睛瞪得老大，极力想借着油灯的光看清我的脸。我一步一步朝她走近，她脸上惊骇消失了，变得十分冷漠，声气也是冷冰冰的："你来干啥？"

"来……来向你道谢。"

"有啥子可谢的？"

"你救了我，金珠。"

"不是啥稀罕事。哪个碰到这种事，都会救你。"她三下两下扒完饭，利索地收拾着桌面，转过身去。

"不是碰上的，金珠，"我放大了一点声音，"满寨的人都说你是碰上的，凑巧了，唯独我晓得，你不是凑巧碰上的……"

"这倒稀奇了，不是碰上的，莫非我算准了你会踩到电线？"

"金珠，你晓得我去望云坡小学校，天天要从那里过……"

"亏你说得出口。原来你是晓得的啊！足见你是个薄情人，足见你是个铁石心肠，"金珠抱怨的声气忽然低弱下去，抽泣起来，"足见你、你……"

我一下子手足无措了，她哭的声音不大，可是听得出，她哭得真伤心。愣怔了片刻，我朝她走过去，把带来的装着罐头、毛衣的提包放在桌上，冲动地抱住了她的双肩："金珠，我……我向你道歉，向你赔罪。我、我太自私，我只……只想到自己，金珠……"

我说不下去了，和她那么近地相挨着，我忘记了小门还敞着，忘记了油灯的光焰在晃悠晃悠闪动着，我悍然不顾地捧起了她的脸，猛地吻了一下她的嘴角，她惶悚地避让着，挣扎着，我又吻了一下她的额头，吻了一下她那睁得大大的眼睛。

她"哇"地一声，放开嗓门哭了起来。

慌得我连忙伸手去捂她的嘴，她把我的手一推，脑壳倏地埋在我的怀里，哭了起来。

这时候，我才慢慢意识到，我以往拒绝她的举动，给她的心灵造成了多大的伤害。我追悔莫及地搀扶着她，默默地坐到一条板凳上。

灶台上的大锅里，正煮着的猪潲开了，"扑笃笃"地发响。灶屋里弥漫着一股浓烈的青苦味。

她的哭声渐低渐弱，我伸出巴掌，胡乱朝她眼角抹去："金珠，莫哭了。都怪我，你……求你莫哭了……"

"憨娃儿！"她忽然嗔斥起我来。

"呃……"

"哭是我最后的法宝了。哭一哭，我的心会好受些。"

我的心像被啥戳了一下，一阵凄然的寒气直向我心底扑来。真想不到，这乡旮旯里的女人，会有这么强烈的感情。而我，我把她情深似海的一片真心，只当成了……我惶然地抚着她的肩，愧疚得无地自容。

她仰起脑壳，把我的脸扳向了油灯光，两眼贪婪地瞅着我，微显蓬乱的鬓发使得她的脸更显妩媚。继而，她那只让锄把磨出一层茧花的手抚摸一下我的脸颊，凄声道："你瘦了，瘦得我心疼……"

我的心又是一震，我对她的爱，有这么深沉吗？我又向她俯过脸去，耸起了嘴。她轻轻推我："慢着。去把门关上。"

我顺从地走过去，拉上了门，还重重地合上门闩。重又向她走去时，我想到了家里捎来的毛线衣。

当那件雪青色的绣着醒目的几朵腊梅花的毛衣在油灯光下抖开时，她欢欣地笑了，把毛衣贴在隆起的胸前比试着，对我说："这么说，你把我跟你家里讲了！天哪，我活这二十几年，没穿过这么好的毛线衣……"

我让她站在屋当中，硬要她穿上试试，合不合身。她起先不愿意，看我执意要求，拗不过，还是穿上了。哎呀，这毛衣穿在她身上，小了一点，紧绷绷的，胸脯鼓鼓地突出来，好显眼哟！

"走啊，走几步我看看。"

她忸怩地来回走了一趟，讪笑道："看你这对眼睛呀，鼓那么大看人……"

"我喜欢看。"我拉住了她的手。

"有啥好看的？"她羞涩地朝着油灯转过脸去。

"你好看极了，穿着整齐些，你比城里女子还好看！"

她似嗔似喜地瞥了我一眼，噘起嘴，"噗"一声吹熄了油灯："不让你看！"

我张开了双臂，把金珠紧紧地搂在怀里。她凑在我耳边悄声问："还像以往那样，只来道谢我这一次吗？"

"不。我要常常来……"

"哄人。"金珠牢牢地抱紧了我，语气里满是担忧地说。

"不哄你，金珠。我要常常来伴你……"

"再说一遍！"

"金珠，我要常常来看你。"

"池……小池，我是你的，你……你也是我的，是吗？是我的吗？"

"是的，金珠，现在我还有什么呢？我的命是你救的。我的一切都是你的。"

我们紧紧地拥抱着，醉了似的亲吻着。

灶屋里唯有灶孔那边闪出点点火光。煮沸了的猪潲"笃笃笃"。直扑腾，青苦的潲味里，弥散着微甜微甜的气息。

夜，静谧深长的夜，幸福而狂喜的夜……

说真的，我绝对没有想到，触电受伤一场祸事，会这么快地给我带来福音。也许，人对受到伤害的远方知青，还是有点恻隐之心的吧。地区农校招生的时候，县知青办的同志，首先想到的便是我。

初听到这消息，我还将信将疑。直到发下正式的铅印表格来，让我逐项填写，我才晓得这是真的。

晓得即将离开于家寨了，我的心不知是个啥滋味，是为总算要脱离这无依无靠的生活而欣慰，是为要同金珠别离而生出无限的怅惘。为了填补心头的惶遽，我一得闲空和机会，就悄悄地踅到金珠家里去。金珠比我还要缠绵，还要忍受不了即将来临的别离。她常常久久地睁着一双泪汪汪的眼睛凝视着我，不说话，连喘气也是轻轻的，柔柔的。每当我要离开她的屋子时，她总像抓人似的紧紧抱着我，不让我挪动脚步。但我又不得不走，集体户里的几个男女知青探亲回寨之后，我必须天天回去睡觉。幸好他们谁都没起疑心，总以为我确实像对他们说的那样，去其他几个寨子替学生娃娃补习功课了。

不过，尽管金珠对我恋恋不舍，但听说我是去读书，读完书有工作，她还是极力支持我去。于家寨上的生活实在是太清贫、太难得打发了。

单纯的金珠，她好像一点都没想到，随着我们之间的命运变化，我们偷偷摸摸的病态的爱情是可能夭折的啊。

事情发生在我到县医院去体检回来的那天傍晚。

体检是合格的，归途上也顺利，我搭到一辆运水泥的翻斗车，只走了不多的一截山路。快拢寨子的时候，夏日的太阳还没落坡。金色的余晖把于家寨上的树木、屋脊和山墙都涂抹上了一层柔柔的橙色，堰塘水清得发绿，有几家茅屋顶上，飘散着一缕缕淡蓝色的炊烟。

刚踏进寨子的青岗石级道，我就觉察到气氛不对头。在一片喧哗嚣杂的吼叫声里，无数人杂沓的脚步响得骇人，还没待我辨清这声音来自何方，唉隆隆，从后街上涌出了一大帮大人娃崽，推推搡搡地簇拥着一个被五花大绑的女人，扯直了喉咙的怒喝一声比一声响："杀了她，这烂婆娘！"

"败坏于家寨的风气，让她跪在满寨男女跟前！"

"偷野男人，肚子偷大了，她还敢在我们面前走路哩！"

"舀大粪来泼她。她喜欢臭，让她臭个够！"

　　我瞪直了双眼，两脚一步也走不动了。被拉扯推拥着的女人，正是金珠。她勾垂着脑壳，一头乌发全披散开了。娃崽们捡起石子泥巴砸她，气疯了的婆娘们脱下鞋子打她，使劲地擤出鼻涕来涂抹在她身上，还朝着她吐口水。

　　"轰"一声，我的脑壳里炸了，小腿肚索索直抖，一点力气也没有。寨上的树木、屋脊，寨外的岭巅、山峰，顷刻间都像在往我身上倒过来。

　　于家寨上发了狂的寨邻们，将金珠押到一棵柳树跟前，把她牢牢实实地捆绑在柳树干上。手脚麻利的于家族人，已经舀来满满一粪瓢粪水，臭气往四下里弥散着，不少年轻姑娘退避到一边去了。

　　"莫走散啊，莫走开！"生产队实物保管于志光扬起两只巴掌晃动着。他那张黄蜡蜡的、下巴尖尖的脸在人堆里时隐时现，滴溜溜转得极快的眼里闪烁着幸灾乐祸的神情。在他的招呼下，嘈杂的声浪果然逐渐平息。他的脸向着金珠转过去了："说，烂母狗，当着满寨老少你说，你偷的野汉是哪个？"

　　"说出来，打断这野汉子的腿。"平时对我很好的四叔，鼓起一对血红的眼珠，跺脚吼着。

　　一阵寒噤在我身上发作了，我的心提了起来。

　　"不说，打下她的身孕来！"

　　"丢她进粪坑里去。"

　　"拿条条抽，抽烂她下头那个地方。"

　　在众人七嘴八舌的怒斥声里，金珠的脑壳抖了抖，仰起一张惨白的俏丽的脸，她的脸上是一道道污痕、血迹和青紫，一双大大的眼睛像落进了眼窝深处。她茫然地瞅着围在身前的寨邻，干燥的带着丝丝血痕的嘴唇嚅动了一下，就在她一昂首的当儿，她的目光和我的相遇了，她的眼里有道光一闪，倏地一下又熄灭了。

　　我的心擂鼓般骤跳起来。仿佛有团火烧灼着我，焦虑、担忧、羞耻伴合着恐惧，把我包裹起来了。我若是个真正的男子汉，这时候，就该站出来，大胆承认金珠肚里的娃娃是我的，有什么麻烦，与她无关，该找我，由我承担一切后果。可是我不能、我不敢。承认下来了，我怕会被寨上的乱拳乱棍打伤打死，我怕自己的前程彻底断送，我怕，我怕……哦，我真无耻！真没有骨气！我……

"不要你们管，我的事，你们管不着！"陡地，金珠的声气响起来了，尖脆中带点儿嘶哑，带着她的固执，"要管，你们把在外头裹上婆娘的于习书管起来，是他先败坏风气的……"

"撕烂她的嘴，这烂婆娘！"随着一声暴跳如雷的吼叫，围住了柳树的人们愤怒地扑了上去，众人讨伐般吼出的声浪把一切都吞淹了。

我不忍目睹这悲惨的一幕，像个胆小鬼似的溜回知青点去了。

她终究没把我供出来。

我也没一点儿勇气去承认自己犯下的过失。

几天以后，农校的通知发下来，我草草整理好该整理的东西，向几户要好的农民道了别，和还留在集体户的知青们聚了顿餐，该做的事情，似乎全都做了。

第二天一早，马车装上我简单的行李，我就将永远永远地离开于家寨了。照理，我该早点儿歇息，可为啥我总觉得心头空落落、悬乎乎的，像欠着点什么呢？为啥我会在临别前夕，撇下众人，偷偷走上通向金珠屋头去的小路呢？

我是绕了个大圈子后，才向她家走去的。

她住的屋子黑幽幽的，没丁点儿光亮。受凌辱以后，她几天没在山寨上露面。只听人说，她被打得遍体鳞伤，下不了床了。又有人讲，她的腿脚被打断了，走不得路了。

这些传闻愈加激起了我临别前见她一面的欲望。

这是个没有月亮、没有星光的夜晚。我不敢带电筒，全凭着走过多回的经验，一步一步趑近她家。

窄长窄长的灶屋那扇矮小的门，牢牢地抵着。我侧转身子，警觉地窥视着四周，轻轻叩着门板。

屋里屋外都静寂无声。金珠躺在床上，是听不到这边的敲门声的。

我只好猫着腰，借着葵花盘、苞谷叶的掩护，翻过半人高的石坝墙，悄悄来到她卧室的窗户外面。

嘴凑着窗缝，我压低了嗓音叫："金珠、金珠。"

是叫的声音太低，还是她没听出我的声气来。总之，四周还是寂寥一片，屋里一点儿动静也没有。等待的这几分钟，真有几年那么长。

我硬着头皮。又轻轻喊了两声，还在窗玻璃上大着胆子敲了几下。

"哪个？"屋里终于传出了金珠微弱的声气。

"是我啊，金珠，我。"我抑制不住惊慌和激动放大了点声音。

金珠的嗓音贴着窗传出来："你等等，我……我去替你开门。"

灶屋那扇低矮的小门打开后旋即又关上，我跌跌撞撞地趱进了屋头，好像把金珠重重地撞了一下。

我们俩都还没站稳，就紧紧地搂抱在一起，泪脸贴着泪脸，无声地啜泣开了。

这是一个沉默的、生离死别的夜晚。金珠躺在床上，我跪在她的床边；她俯身向着我，我仰脸对着她。我找不到任何话来安慰她，只把我身上仅有的五十块钱，趁她不留神时，塞在她的枕头下边。记不清我们淌了多少眼泪，除了告诉她，我明天就要离开之外，我在她耳边说的唯一的话，便是我的忏悔和自责："我无耻，呵，金珠，我真自私，我对不起你，我让一切苦果由你来尝，我……"

金珠把我的脑壳扳近她的胸脯，要我的脸颊贴着她的心房。她的手伸进我的发丛，贴着发根抚摸着我，听够我呢喃般的忏悔，她双手捧起我的脸，柔声说："金珠要说，有你这句话，我挨骂挨打，都不算什么了。你是该离开于家寨。我巴望你过上好一点的日子！我不怨你，一切都是我自家找来的，不怨你。你来看我，像现在这样，我就更不怨了……"

说完，她一把将我抱在怀里。我能听得到她胸怀里的心跳声，感受得到她对我的深沉的爱和温情。

我们就这样厮守在一起。夜，静而安宁，没有点灯的屋子，更是黑成一团。风轻拂着窗外的苞谷叶子，簌簌地响着。哦，金珠遭到这么大的侮辱和伤害，一点也没责备我的意思，相反还对我爱得如此赤诚，如此真挚，深深地震撼着我的心。要是我不是个即将去读书的知青，要是我稍稍有点经济能力，我真愿意带着她离开这个可诅咒的于家寨。可我……

金珠的身子陡地颤抖了一下，我连忙仰起头来："怎么啦？哪里痛？"

"不。你听……"金珠惊慌地说。

我惊愕地坐直身子，凝神细听着。

除却风声，啥声音也没有。我正要说话，金珠像已料到一般，伸手掩住了我的嘴。果然，声音响起来了，似有什么东西撩着窗户，又好像楼笆竹上有耗子在啃咬啥东西，跟着，轻微的脚步声也听得见了。我慌得手足无措，不能自已，心狂跳不已。

金珠利索地下了床，一扯我的衣袖，在我耳边道："不好，他们把房子围住了。"

我的心惊得要从嘴里跳出来。

外面的说话声也听得见了："砸门冲进去。"

"慌啥，还是先敲门，进去慢慢搜！"

"跟我来。"金珠拉住我的手，走出了卧室，而后在墙角抓起一把柴刀，递到我手上，引我到一架木梯旁，凑着我耳朵说："你快上楼笆，走到山墙挡风的篾帘那头，砍断篾索，那外头就是猪圈上堆柴的木楼。到了木楼上，你就住外跳，跳出去就是后山的林子。"

"那你呢？"

"门那头我来应付。"

"不，金珠……"

"快，池……小池，快走！他们抓住你，会把你打死的。快呀！"她的脸朝我贴了一下，双手推着我上楼梯。

我忙慌慌爬上楼梯，朝侧边山墙那头摸索着走去。我能听出金珠移开了楼梯，继而又听到了敲门声："咚咚咚，咚咚！"

这哪里是敲门，简直是在砸门！我摸索到簸帘子，比试了一下，挥起柴刀，朝簸帘子狠狠砍去。

"是哪个？"我听到金珠拉长了声气在答应敲门声了。

门还在"砰砰嘭嘭"乱敲着，一个粗嗓门吼道："有急事，快开门！"

"等着，我穿好衣服来开门。"又是金珠的答应声，她在替我拖时间哪。

我疯了似的朝簸帘砍去，总算砍出条逃路来了。我悍然不顾地钻了出去。同时，"咂啷"一声，金珠家的门也被撞开了："有野男人吗？"

"搜，快搜！""

一间一间屋下细地看！"

几个人在胡乱嚷嚷。

我站在柴楼上，刚一朝外探脑壳，一支电筒光朝柴楼上射来。我忙蹲下身，躲过电筒光。电筒光乱晃一阵，借着它的光影，我辨清了方向，慢慢移到柴楼的圆柱边，不料，正要往下跳，脚底踩住一小捆散开的柴棍，"骨碌骨碌"发出了一片响声。

"哪个？"有人厉声喝问着，紧接着，两道电筒光交叉射来！"来人哪，柴楼上有声音。"再不跳就脱不了身了。我悍然不顾地跃身跳下了柴楼，脚跟没站稳，就往后山林子里跑。

"不好啦，柴楼上有人！"

"野汉子逃跑了，快追啊！"

"往后山上追！"

"先把这婊子婆娘放一放，追野男人要紧！"

我的身后传来声声狼嗥样的嚎叫，跟着，脚底板踩着山野重重的声音响了起来，好些电筒光乱晃乱摇着，有人在嘶喊，有人在怒骂，有人在诅咒，一帮人齐向山上涌来。

可这时，我已经跑进了后山密密的树林。

听着池冶民的叙述，不知不觉之间，我把啥都忘记了。

炭火呛人的烟雾弥漫了一屋子，堵着我们的喉咙，我似乎觉得，讲话都有些困难。"你歇一歇，我去夹点炭来。"

新添了炭，快熄灭了的幽光微闪微闪，便渐渐亮堂起来，我又使劲吹了吹，火接上了。

池冶民搓了搓双手，将就炭火点燃一支烟，喝了两口茶，用他那低沉并带点粗哑的嗓音接着说："这以后的事情，说起来就简单了。我逃进后山树林，没被抓住，第二天就离开了于家寨。攥马车替我送行李的四叔告诉我，没抓到野汉子，以于志光为首的那帮抓奸客气疯了，他们硬是把金珠吊起来拷打，直打得金珠满身淌血、怀着的娃娃小产才歇手。要不是那殷红殷红的血吓住了他们，他们不知要把金珠折磨到什么程度。

"我呢，怀着创伤，怀着屈辱进了农校，读过两年书，就分在州林业局里混日子。那些年里，我也想金珠，想得厉害，有几次，甚至都买好了客车票，要回于家寨去看她，但我想到于家寨于姓族人的观念，想到金珠在他们眼里的地位，我又丧失了勇气。过去，我在于家寨还有集体户那个烂草房可以栖身，现在回去，知青们走光了，烂草房坍塌了，我住哪儿去？即使能在相好的农民伙伴家住下，我一个回寨去的客人，众目睽睽的，怎么去同金珠见面？那不反而把事情全惹出来了嘛。我就这样苟且偷安地混着没有感情、没有波澜的太平日子。现在回想起来，我做的唯一对的事情，就是在那几年里，由于对金珠的思念，由于感受过金珠如火如荼的爱，我没和其他女人沾上。

"这以后，便是我一开头同你讲，雨夜里发生的事情了。

"你想嘛！金珠找上门来了，连车票也买好了，更主要的是我们有过那么一段永世也难忘的感情，我能不跟着她跑雁河场一趟吗！

"令人心奇的是，一路上我同她并肩坐客车来雁河场时，她一句话也不说，关于她在于家寨的生活，关于她同于习书的关系，关于她的近况，她都不说。我小声地、焦急地问她，她只把脸转向车窗外头，一声不吭。

"奇迹在雁河场上等着我。

"下了客车，她把我带到场街的十字路口，领我走进了一家捎卖面食的饭馆。进门前，我还惊奇地发现，这饭馆叫金珠饭店，竟然同她的名字一模一样。我炫耀地把这发现告诉她，以此来证明我的目光灵敏。却不料她毫不在意，轻描淡写地说'是啊，这饭馆是我开的'。

"乍一听见这话，我吓了一跳。直到看见饭馆里几个服务员，主动同她打招呼，喊她吴经理，我才有点信了。

"她把我领进饭馆后面一间小屋，相对坐下，将根根由由告诉了我。农村责任制推行开的那年，她爹平反了，寨上乡亲念他饿饭那年救了大伙的命，都愿帮他家一把。恰巧他们寨子做的豆腐在雁河场上占领了市场，长期置下了两个铺面，寨上人推她爹出来统管这两家铺子，她爹谢绝了寨邻乡亲们的好意，只求大伙替他出个头，救一救他那嫁出去后又被人遗弃的女儿金珠。寨邻乡亲们都说应该，金珠的婚姻，本来就是她爹遭迫害带来的。于是乎，寨上人出面了，组织出面了，找于家寨，找于习书，早已同外乡婆娘同居多年生下三个娃娃的于习书，事实上犯了重婚罪。金珠同他的离婚事宜，顺顺当当办妥了。她又回到了娘家，并且认认真真地表示，她愿承包雁河场上的两家铺子。

"她找到我的时候，两家铺子已承包了半年多。她把一家铺子照旧卖寨上出产的豆腐，另一家铺子改成了饭馆。我想不用说她找我的意图了。她起先啥也不讲，只让我回来，让我先瞅一瞅生意兴隆的饭馆，让我晓得，她不仅能自己养活自己，还能养活我。她要我到雁河场上来，替她当掌柜的。她说了，她这饭馆里，太需要一个男人了，她喜欢的男人。

"我仍得说实话，起先我是犹豫的，放着清清闲闲的工作不干，却去干侍候人的活儿，还得撇下铁饭碗，我心里不愿意。不过，我又舍不得她，她是个多好的女人哪！不是相貌好，而是心地好。同前些年相比，她的相貌当然要老成多了，眼角有了细细的皱纹，像我们这些人一样，毕竟过了那么多年压抑的生活，她受了不少罪啊！可在我眼里，她比过去更吸引我，是她的外貌，更是她的心。我取了个折中方案，回地区后，给林业局打了份报告，主动要求到雁河场区林站工作。这个你晓得，林州政府要求下到县下面的区里工作，比啥都顺当。金珠没怨我不愿扔下工作，她反而说我这办法好。工作调成后两个月，我们就结婚了。雁河场上的人说我们太草率、太荒唐，才相识两三个月就结婚。他们哪晓得我们曾经经历过那么多往事呀。

"结婚那天，由我提议，把金珠饭店改成了梅松饭店。为啥这么改？我给金珠说，冰天雪地里盛开的腊梅花象征着我们以往经受过考验的爱情；万年长青的松柏象征着我们未来的爱情。

"婚后一年，我们生了个漂亮的女儿。我呢，也停薪留职了。理由很简单，金珠要休息、要照顾娃娃，而饭店呢，丢不下。饭店的生意兴旺极了啊。

"关于梅松饭店，关于我那宝贝女儿，关于我的妻子吴金珠，我不想多讲了。我相信，你明天都会亲眼看到的。

"这就扯到我拜访你的目的上来了，其一，我是想请你去我家做客，看看扩修一新、颇可以同省城一些酒家媲美的梅松饭店。你能去吗？看，雪还下得很大，明天你走不了，你一定会去的，是吗？"

　　我笑了，点点头。别说走不了，就是马上雪住天晴，听了他的经历，我明天也一定要去看看他引以自豪的饭店，看看他那可敬可爱的妻子和小宝宝。

　　"啊，你答应了，真令人高兴。"池冶民兴奋地把烟蒂扔进炭盆，说，"第二个要求，如果你还觉得我的那些经历，有点点意思，我贸然地希望，你能把它写下来，不是写我，我这个角色是不光彩的、平庸的，甚至是可耻的。是请你写写吴金珠。你能写吗？写下来还有点意思吗？会不会让读者厌烦？你、你能答应我吗？"

　　面对他率直的、急迫的要求，我该怎么回答呢？真有点为难。

　　我站起身来，在房里踱着步子。他的目光追随着我，一刻也不放松。

　　雪越下越大了。雪花随风扑腾着窗玻璃，发出低微的"嘭嘭"声。客房里的炭火呛得我喉咙里痒痒的，我走近窗户，轻轻把窗打开。

　　霎时，一阵清冷的空气伴着几朵雪花扑进了客房，送进了一股沁人肺腑的清新气息，寒冽冽的，真舒服。

　　"你说，能不能写呢？是不是你觉得写下来不会有意思？"

　　池冶民也站起身来，走近我，再次询问着。写下来，可能会有人说，这故事能说明啥呢？它给我们什么教益和启示呢？如果文学的功能仅止于此，那么这故事可以放弃不写。可是，面对池冶民急切期待的目光，我决不能这么回答他。我转过身来，严肃地对他说："是的，我要写。"

　　于是我便把它写在这里。

老年"艳遇"

老年"艳遇"发生在我的朋友吉高身上。

吉高年长我两岁。退休之前是一个基层单位的党支部书记，以善于做职工思想工作著称。退休之后，因在企业，每月才3000多元，退休金不算高。一位当房地产老总的亲戚看中了他的管理能力，请他到外地一个房产工地当总管，每月给他一万元。连打了四年多工，他有了一笔积蓄，于是便辞了职，趁着身体健朗，到祖国各地去旅游，实现了他年轻时走遍全中国的理想。

他参加旅游以个人自费为主。在网上参加"驴友"团，同行的都是像他这样热心于旅游的男男女女，喜欢自由，喜欢随遇而安。这一天登上了武当山的金顶，吉高发现驴友团中范燕神情有点不对劲儿，站在金顶的边缘处直往山下的深渊里探望，双脚还朝前一伸一伸的。吉高顿觉范燕神色有异。这女子30出头，穿一身露脐装，衣着时尚，脸貌端庄，很有几分姿色的。参加驴友团几天里，团内单身男子有意无意向她搭讪，逗她说笑，她都爱理不理的。到了景点要购票，进入旅馆要收身份证了，碍于她那冷漠的神情，团里人都推年长的吉高去收她的身份证和门票钱。有一回在宾馆大堂，吉高走近她时，发现她在偷偷垂泪，故就多了一个心眼。

这一次看见范燕举动古怪，吉高连忙走近她身旁，笑脸相问："小范，你往后退一点，站在这里太危险！"

不料范燕没听他的话，反而又朝前倾了倾身子，吉高一惊之下伸出手去，一把逮住了她："下面有啥好看的？你不要命了？"

不料范燕陡地一跺脚，哭出声来："我就是不想活了。跳下去一了百了！"

吉高大惊失色，使劲拉住了范燕，问出一句话来："那你站在这里好一会儿了，怎么不往下跳？"

范燕一怔："我就是想看个准，保证能跳下去就死掉。我是怕跳下去死不掉，不死不活的，就惨了。"

吉高使出浑身之力，把她拉了回来，遂而一转身，拦住了她说："你跳下去是痛快了，那你孩子怎么办？嗯？"

在前些天的旅行中，吉高从和范燕的简单交谈中，已知道她有个六七岁的儿子。

这句话果然奏效，只见范燕泪流满面，跟着吉高步下金顶，随着驴友团来到了一个简易旅馆投宿。

谁知道这60元一张铺位的旅馆，只剩下了一间客房。同行的驴友半羡慕半妒忌地开起了吉高的玩笑："老林，小范只和你一个人讲话，她就像你女儿一样，今晚你俩就住一间房吧。"

吉高怕客房被后面来的订去，掏出身份证就把客房里的两张床订下了，让小范和他在客房里休息。这间最后入住的客房，门正对着长长的走廊。晚饭后，吉高和范燕在客房内相对坐着讲话，走廊进进出出的客人，都能看得清清楚楚。吉高干脆就约范燕坐到旅馆的大堂里来，问她为什么要在风景秀丽的武当山自寻短见。

原来，少妇范燕是个留守妇女，丈夫在武汉打工，她在湖北乡下守着公婆，带着儿子干农活。一年到头不回家一趟的丈夫在武汉打工的单位和女同事组成了临时夫妻。范燕去探望时被丈夫打出了门，伤心至极的范燕回到家乡还被村里人看不起。更有甚者，村里一个老光棍听说了她的遭遇，一有机会就找上门来调戏她，教唆她一报还一报，让范燕和他同居。范燕痛不欲生，觉得自己这样活着还不如死了好。于是跑出来参加了驴友团，找个机会一了百了。

吉高搞清了事情的原委，凭借他善于解开人心结和侃侃而谈的口才，对她谆谆善诱、进行了全盘细致的分析，讲故事，举实例，摆道理，一个晚上，说得范燕破涕而笑，连声说："林伯伯，我听你的，听你的！你真好，真是听君一席话，胜读十年书。"

以后的几天里，范燕好似换了一个人，欢欢喜喜地参加完旅游团的全程旅行，和大伙有说有笑，还争着帮吉高背他那只20多斤重的双肩包，在吉高身前身后跑动，一声一声叫林伯伯。驴友们不无醋意地调侃道："老林，你交桃花运了，碰上了老年艳遇！"

吉高哈哈大笑："这'艳遇'好啊，救了一大家子人哪。"

范燕回到家乡，照着吉高给她出的主意办，丈夫和"临时夫妻"分了手，一大家人恢复了正常生活，逢年过节，范燕还总给吉高发问候短信。我想一探究竟，问吉高："你教她什么办法？"吉高神秘地对我一笑道："天机不可泄漏。你不是写了本《问世间情》嘛，我的'艳遇'，正可以给你做注脚。"

迷途

　　事后回想，刘一凡总觉得那不是真的，他的生活中，不曾有过这么一段刻骨铭心的经历。但清晰的记忆，却让那些往事中的细节历历在目，难以忘怀。

　　对于刘一凡这样一个大忙人，实在难得。

　　不是么，他原来就是忙中偷闲参加笔会去的。聆听了峡谷的涛声，饱览了幽谷中雪浪般的飞鸿，放肆地在有惊无险的激流中体验过了漂流的滋味，他告别了笔会伙伴们，搭上了一辆面包车，往省城机场赶去。

　　主办方介绍说，接下来游览的景点还要精彩，有气势磅礴、充满神韵的万峰林，有波平如镜、蓝得出奇的万峰湖，还有湖上的绿岛和绿岛上的古堡，在古堡住上一夜，可媲美法兰西卢瓦尔河谷的皇室城堡，那种爽洁、那股幽静、那拂面而来清净如洗的空气，那空气中的幽香……不管主办方吹得如何天花乱坠，湖湾也好，渔歌也好，都不能吸引刘一凡留下来。

　　他真的忙。黄昏赶到省城机场，如果飞机不晚点，他也得半夜十一点左右才能回到杭州的家中。若是遇到飞机晚点，那么半夜甚至下半夜到家，都是极有可能的事。他想得出半夜三更蹑手蹑脚地步上地处市中心的浣纱路家中楼梯的情形。杭州也是美若天堂的城市呀，用湖光山色来吸引刘一凡，那是留不住他的。

明天一早，他就得赶到西湖畔的香格里拉饭店去陪同外宾早餐，那是来自世界上五个国家的诗人、小说家、剧作家。早餐之后，还得陪同他们游湖，西湖的美，比起万峰湖，总不会差吧。游完湖，告别外宾，他还得到浙大去。十点半，浙大中文系研究生和他有一个恳谈会，由他主讲。午餐时，他得和女儿的英语老师通话，妻子已经把情况给他说了，催他别只顾忙自己的事儿，女儿的英语成绩最近下降得厉害。和英语老师沟通之后，还得设法替女儿找一个辅导教师，是找长期教英语的中学老师，还是找外教，他和妻子还得商量，要命的是恰恰在他忙得不可开交的时候，远在宁海的父亲病重，母亲来电话不算，姐姐也来了电话，让他务必赶回宁海去一趟，医院发了病危通知，姐姐说了，他如果不及时赶回，很可能会误了和父亲见上最后一面。故而下午赶到编辑部，把本职工作处理一下，签发几篇必须写下意见的稿子，最迟在晚饭之前，他得坐上杭州去宁海的客车，而晚饭，就只有在路途中设法解决了。

多种原因使得他必须忍痛割爱，再美的风景，再丰盛的晚宴，再热闹欢快富有民族特色的联欢晚会，他都不能参加了。游了峡谷，漂流了半天，他有了感觉，完成了一篇二千字的散文，已没啥问题。主办方给了3000元稿费，又是众多文人编在一本书中，他还真得写出点水平来，不要让人小瞧了自己。现在他坐上了直驰省城机场的面包车，就放心了，司机说了，驶过这170公里盘山公路，就能拐上高速公路，那就有把握在下午的五点到五点半之间抵达机场。刘一凡的飞机是晚上七点二十起飞，不会误事儿。

盘山公路不但拐弯多，起伏也大，不是下坡就是上坡，司机开得快，就是在攀上岭巅的弯路时，他也不减速。透过车窗望着路侧深渊般的峡谷，刘一凡不由有些紧张。稍一不慎，司机只要一走神，就会发生车翻人亡的事故，电视上不是常有这样的报道嘛！

偏远的山乡风光可谓独特，漫长的旅途却也潜伏着不测。刘一凡依窗而坐，心头思忖着，以后遇到这样的事儿，得好好地掂量掂量，三思而后行，千万不能贸然出行了。今天阳光明媚，道路通畅，山野里一掠而过的景致给人以欣欣向荣气象万千之感。若是遇上恶劣天气，雾气弥漫，或是雨天，山路上像擦了油，那危险系数就大了。刘一凡眺望着春夏之交连绵无尽的山山岭岭，正盯着岭腰间一株足有脸盆大的杜鹃花出神，陡地，急速下坡的面包车一个急刹车，随着一声锐响，车头往边上一拐，"嘎剌剌"一声停住了。

由于停得太突然，车上所有的乘客都往前一倾身子，有的人还失声叫了起来。

刘一凡身手敏捷，一倾身的当儿，双手已紧紧扳住了前座的后背，幸好他抓得稳，没甚大碍。

司机嘴里恼火地"咕噜"了一声，回头朝众人道了一声："老师们，对不起，车子出了点小故障，我得检查一下。你们可以下车抽支烟，到坡后头方便方便，不会耽搁大家很长时间。"

说真的，这是旅途中的常事，刘一凡没往心里去。再说，他也确实想方便一下，山野里清静，空气好，比上那些污秽不堪的厕所，感觉要好一点。

下了车，转到一处小坡后面舒心畅意地方便之后，刘一凡又转回到公路边来。司机埋头在掀开的车盖底下，同车的客人们都三三两两地抽烟、看远近的山景。刘一凡没啥烟瘾，但并不戒烟。闲站着无事，他点起一支烟，耐心地抽着，心想这支烟抽完，小故障该排除了。

没等刘一凡把烟抽完，司机从车盖下钻出身子，重重地把车盖"嘭"一声盖上，转过身去，摸出手机边朝前走边拨打电话。

刘一凡望着司机的背影，心想司机打完电话，便可启程直驱高速公路了罢。他重重地抽了一口烟，这烟的味儿不错，尤其在这个无所事事干等的当儿，抽来感觉真的不错。

司机的一个电话打得挺久的，刘一凡的烟抽完，把烟头丢在地上，用脚尖重重地踩熄了，司机这才转过身来。

司机一转身过来，刘一凡就预感到情况不妙，他看到司机一脸沮丧。

果然，司机没招手让大家上车，只是露出一脸抱歉的苦笑："对不起各位老师，我的车轴断了，寸步难行……"

"啊！那怎么办？"刘一凡身旁一位戴眼镜的中年女子叫了起来，"就把我们扔在这荒山野岭上么？"

刘一凡没叫出声来，可他的心里比这中年女子更焦急，他脑际闪过一系列的念头：父亲的病，研究生的讲座，外宾，飞机的起飞时间。还有……他愣怔地盯着司机。

司机朝中年女子摆手，咽了一口唾沫，无可奈何地道："我已打电话联系了，我们领导明确表示，尽快安排车辆赶过来，送有急事的人赶往省城……"

"我们要在这等多久？"一位年老体弱的老师问。他随身挂着一根拐杖，还把拐杖提了一下。

众人的目光都朝着司机。

司机勉强笑着："两个半小时……"

"怕来不及吧。我们发车到这儿，开了都快三小时了。"一个嗓门冷冷地道。

"我是说，这位老师说得对，我是说，要等两个半小时到三个小时。"司机补充说，"真是对不起大家了，碰到这样的意外。"

"反正我们也没啥急事，等就等一会儿吧。"一个胖乎乎的老师道，"既来之，则安之，到了这个地步，急也急不出来。"

刚才共同坐了一阵子车，刘一凡已经从同车人的对话中，了解到这是一个民主党派组织的支教活动，同行的都是中或小学里的高级教师、优秀教师。而他呢，只是一个搭车的，心里再急，还不能表示出来。他暗暗叫苦道：计算得好好的，本来时间绰绰有余，现在看来，就是后面的车辆以最快的速度赶来，他要赶搭上七点二十的飞机，也不行了。唯一的办法就是让笔会主办方尽快同机场联系，改签晚上的票。省城飞往杭州是没航班了，只有改签省城飞到上海的机票，哪怕是半夜的航班，飞到上海以后，他再设法以最快的速度去杭州，只要在天亮之前到达杭州，明天的那么多事儿就不会耽搁。

想到这儿，刘一凡摸出自己的手机，准备拨打笔会主办方的电话。

司机又说话了："各位老师，我还给丰县教委联系了，他们表示，如果你们呆在公路边休息不方便，他们可以派辆车来，接你们去丰县教委的宾馆休息。丰县离这儿半个小时车程。"

支教的老师们喊喊喳喳说开了，有的说半小时开进去，再半个小时开出来，能有多长时间休息啊？有的说这也不失一个办法，有将近两个小时可以坐定下来，喝个茶，我们这里还有糖尿病人哩。

司机插话了："不忙着赶路的老师，可以在丰县教委宾馆安心等。我可以和领导商量，让后面的车直接到丰县教委宾馆接大家。"

一个老师说："那不要多坐一个多小时的车？"

另一个老师道："多坐一个多小时，也比呆在这前不着村后不着店的山岭上强啊！"

司机笑起来了："丰县教委领导在电话上表示，欢迎支教的老师们去休息，更欢迎老师们在宾馆住下，给丰县的中小学老师们传经送宝，举行一次支教讲座。"

年老体弱的老师举起了手中的拐杖："这不失为一个办法，让我们读一读丰县这本书。"

中年女教师快言快语："我听说，丰县本来就想请我们去的，他们早有这心愿。"

听着他们的对话，刘一凡暗自不住地叫苦，支教老师们真会随遇而安，将弯就拐，而他这个搭车的，孤零零一个被丢在旁边，谁来管他？看来，擅自离开集体队伍，孤掌难鸣了。他不由得把焦急的目光投向司机。

司机敦实的身材稳稳地站着，细细地倾听着老师们的对话，刘一凡的目光刚和他的眼睛相遇，他就朝刘一凡招了招手说："你不用急，我已让领导……"

话没说完，刘一凡的手机响了。

司机催促地向他做了个接手机的手势，他把手机贴住了耳朵。

"一凡老师，我是小宋，你那儿的情况我们都听说了，宣传部领导批评了我们，说我们应该派专车去送你……"

"不不，那是我主动要求的。"刘一凡赶紧申明，"不怪你们，不怪！"

小宋接着道："你听我说，一凡老师，现在专车已经派出来，我会随车赶过来，就是委屈你得在路边等待三个小时，师傅说了，不堵车，三个小时准定能到。反正你把手机开着，我们随时保持联系。你可以在路旁的草坡上、树阴下安心休息。"

刘一凡连声道过谢，挂断了手机。现在他放心了，支教的老师们是在路旁静等，还是去丰县县城的宾馆休息，和他的关系都不大了。从他的角度出发，他倒是希望老师们原地不动，和他一样等待又来辆车，同去省城。但若他们要去丰县宾馆里休息，他也不便阻挡，那是他们的选择，他只得静候在路边，拨打几个电话，忍受独处的寂寞。

刘一凡跃身跳到公路边的草坡上，选一处洁净干燥的绿地，一屁股坐下来。草地上非但不潮，还有股热烘烘的气息。离地面近了，刘一凡嗅到一股草坡上特有的清新气。

不足半个小时，约摸过了20多分钟罢，一辆国产面包车开在前头，一辆拖车在后，从丰县那条支线公路上开了过来。看到面包车开到了跟前，起先有些犹豫不定的支教老师们纷纷在丰县教委派来的人热情相邀之下，陆陆续续上了车，决定去县城宾馆里休息。司机协助拖车师傅，把挂钩挂上自己的面包车，充满歉意地向刘一凡打声招呼，也随着拖车慢慢吞吞开走了。

目送着面包车和拖车拐进支线公路，慢吞吞地爬坡翻过山垭口，终于消失在大山后面之后，刘一凡陡地发现，偌大的山野里竟然是那么安静，静得耳朵都有点发闲。在赶路的途中，坐在不停疾驰的面包车里，是不会有这种感觉的。连绵无尽的山峦伸展到目力所不能及的天边，层峦叠嶂的山峦上空，似有一层薄雾飘浮缭绕着，浓翠的树林、青葱的草坡、草丛里的野花，峡谷深处奔泻急湍的河流，那白色的浪花看得清楚真切，可说是一派气象万千的景象。但都因离得太远，是无声无息的，倒是一只小蜜蜂，迎面飞来在刘一凡的脑际盘旋了几圈，发出清晰的"嗡嗡嗡"的声响。

眺望着山野中的景致，一阵寂寞感生上来。刘一凡晓得，要挨过这余下来的两个半小时，是十分难耐的。小宋让他安心休息，他偏偏就是安不下心来。要是带着本书，或是把手提电脑随身带着，那就好了，两个多小时一忽儿工夫就打发过去了。可能为了图方便，连张报纸也没带，提起就能赶路的包里，只带着几件替换的内衣。

无奈之下，他只能拨弄着手机消磨时间，先是将他无可奈何困在大山荒坡上不能准时登机的情形发信息——告知相关各方，妻子、姐姐、外事处陪同外宾的小吴，浙大中文系，编辑部，遂而又把一些垃圾短信删除，接着又一一检索平时收到的可回可不回的短信，挑选出几条回复对方，再把那些平时不屑一顾的免费播报——浏览着："高管杀妻案"判了几年？中国好声音，被网络和彩信利用。大要案，谁来审？王立军案件始末。城乡居民收入比超……

一条一条精简过的新闻，看得刘一凡刚忘记了自己现实的处境，一个闷雷在岭巅上炸响，惊得刘一凡不由得抬起头来。

雷声虽不是惊天动地，却也吓了他一跳。刚才还是好端端的天气，这会儿已变得阴云密布，就在他低头专心浏览着一条条手机信息时，蓝天白云已被一团一团乌云所遮盖笼罩，山野岭腰间的光线顿时晦暗了好多。远处峡谷深处那条清晰可辨泛着白浪的河流，这当儿已经被一抹雾岚笼罩得看不见了。从垭口那儿吹来的风里，明显地带着春寒时节的凉意和湿气。

"山乡的天，娃娃的脸。"

刘一凡想起了前两天，来此参加笔会时导游姑娘说的话。

原来心安理得地消磨时间的心态没了，他担心下雨，那他仍坐在草坡上，非被淋成落汤鸡不可。

他把手机揣在怀里，站起身来，扫视着山间公路附近的山崖地势，寻找一个可避雨的地方。

这一截公路是拐了个弯的缓坡，公路两侧都是隆起的山包和低洼下去的山弯弯，路况不算险峻，却是荒寂无人，远远近近都不见一路开来时可见的农舍。远一点的山山岭岭，浓荫一片，细细看去，荒草、荆棘、高高低低的树木，哪里有躲雨的地方？

刘一凡的目光投向两座山之间的垭口，这个垭口恰好在丰县来车的相反方向，地势要比去丰县那个垭口低，还有一条弯弯的小路通过去。

促使刘一凡不由自主下意识地朝这个垭口走过去的，是垭口那边的天色明朗亮堂，显然还是晴天，生活常识告诉他，在天色说变就变的山区，十里不同天，山的这边在下雨，山的那一边很可能是晴天。离开来接他的车到达，还有两个小时呢，他得先找着躲雨之处。反正有手机，随时可以和小宋保持联系的，误不了事。

沿着灰白色的沙砾小路朝山垭口走去，没花多大工夫，他就站在山垭口上了。嗬，到这里来真是选对了，山垭口那边，完全是另外一副出人意料的景象，仿佛完全是另一个世界。刘一凡只觉得，一幅画卷在他的眼前展开，从云层里挣扎着穿透过来的阳光下，草坡是绿茵茵的，坝子里的水田一片金黄色的油菜花儿，随着田块的形状修的一条一条弯弯拐拐的小路，远远地望去是洁白的，更令他欣喜的是，从垭口通往郁郁葱葱的山岭上去的半坡上，有一幢白墙红瓦的房子，走到房子跟前，不但能躲雨，还能有椅子、板凳坐。遇上一个热心的主人，说不定还有一杯山里的野茶喝。那清香四溢的野茶，一点不比狮峰龙井差哩。

思忖着，刘一凡的脚步不由自主地放快了。他没有察觉，在他疾步往红瓦白墙的房子走过去时，天空中的风儿卷起了云朵，颜色逐渐深起来的云朵野马似的狂奔起来，顷刻间把云层里的太阳包裹得严严实实。山野谷地里的光线顿时昏暗下来。掠地而起的风，以一股强悍的势头横冲直撞。

刘一凡只觉得这往上攀登的山路走得艰难起来，两条腿也沉重起来，他越是想加快步伐，越是觉得有些体力不支。幸好他没甚行李，正逢壮年，仍凭着毅力快步向前行。

雨点落下来了，是那种扎扎实实的小泥瓦般的雨点，落在山坡上嗒嗒有声，落在他头顶上生痛生痛的，有种被小石子砸中的感觉。这感觉使得他沉不住气了，他迈开腿跑了起来。上坡的路不算陡，却仍跑不快。他一咬牙，使出劲儿撒开腿跑，风卷着雨势迎面扑头扑脑地扫来，顷刻工夫，他的浑身上下已被雨帘裹住淋湿了，身上的衣裳顿时沉重起来，骤雨来得太狂了，雨箭像薄竹片抽打般揍在他的脸上，他只觉得眼前一片灰白，雨雾蒙蒙地把他笼罩得睁不开眼睛。他的双腿仍在往前迈动，可已跑不快了，脚底下滑溜溜的只觉得似踩在油上，惶惶惑惑地一使劲儿，只觉得脚底下一滑，迎头风裹挟着大雨扑来，他像被人重重地推了一把，失去了重心，一跤摔了下去。初初摔在坡上的那一瞬间，他仿佛还有知觉，只感到身子一阵骤痛，遂而顺坡在往下滚落、滚落，继而滚落变成了慌乱的坠落，他就啥都不晓得了……

醒过来的时候，刘一凡只觉得浑身疼痛，是那种从未有过的全身疼痛，却又不是破皮割肉般不能忍受的痛，而是一种年轻时疲劳过度、通宵不适般的痛。痛得他只想这么躺着，一句话不想说，一无所思，慵懒放松地歇息下去。

天花板是那种天然的木质纹理，粗厚的梁就那么裸露着，墙是用青砖砌起来的，砖与砖之间的缝隙勾着白色的线条，横竖都十分匀称，看得出装修得很用心思，很讲究。光线不甚明亮，却又晦暗。看不出这是什么地方，也不晓得现在是什么时候，只知道是白天。

门被推开了，声音很轻，唯恐惊动了谁似的，与其说刘一凡是听见的，不如说他是感觉到的，不等他转过脸去，一个穿着湖水蓝真丝裙的女子映进了他的眼帘，她探询地瞅着他，看见他醒了，她露出了微笑，往他床前走近一步，说：

"你到底醒过来了，我们还以为你是摔昏迷了呢！"

她笑的时候脸上灿烂，目光柔和。刘一凡还感觉到，从她的身上，拂过来阵阵幽微的好闻的女性的香气。这香气有点儿特别，不像他在杭州城里经常能闻到的来自异域的香水，也不像栀子花、玉兰花的香味，而是他从来未闻到过的、带点诱人的香。他想支身坐起来，可他一动，就觉得胳膊、腿脚的疼痛。更要命的是，他一动自己的四肢，就察觉到了，自己此时此刻，是赤身裸体躺在被窝里。乍一意识到的时候，他顿觉有些害臊。

女子似已看出了他想起床，急忙伸出一只手臂，做了一个阻止的动作，淡淡一笑道：

"你一定饿了，没吃晚饭，又没吃早饭。你可以起床先吃点东西，再洗一洗，用温水洗一下，能消除疲劳。"

说完，没等刘一凡有啥表示，她又微微一笑，像刚才来的时候一样，又轻盈地退出了房间。转身之前，她分别指了一下刘一凡的枕边和房间里的一扇门。

她刚退出屋子。刘一凡利索地坐起了身子，他双手搂抱了一下自己赤裸的肩膀，俯身一望，看见了枕边的浴袍，他展开浴袍，穿上身钻出了被窝。意识回到了他的脑子里，想这是刚才那个美丽的女子让他光赤着身子睡进被窝，他的脸膛顿时有些发热。

他拉开了女子刚才指点了一下的门，里面是个简易的盥洗室，呈长方形，很像宾馆里的卫生间，他试了试水温，热乎乎的，他脱去了浴袍，站在花洒下面，尽情地沐浴起来。

水温偏热，喷洒在他仍显微疼的身前背后，他感到一阵阵舒适。仰起脸来的时候，他看见盥洗间里有扇小小的气窗，窗玻璃让水汽蒸得白茫茫的，看不见外面的天空。不过他感觉外面好像在下雨，有雨天里的声响气息。

风是从哪儿来的？

他警觉地一转脸巡视着，盥洗间的门打开了一条缝，刚才那个女子的声音传来：

"洗完了，你可以出来吃点东西。"

不等他说话，门又"嘭"一声关上了。

刘一凡不敢久恋沐浴的愉悦，抹干身子出了盥洗间。躺着的时候感觉不强烈，沐浴之后，他明显地觉得饿了。

一转脸的当儿，他看见了自己的一身衣裳，整洁地折叠在床后的一张方凳上，他脱去浴袍，换上了自己的衣服，走出躺了一整夜的房间。

外面是个小厅，临窗隔着一对椅子，厅中央是一张餐桌，桌上一碗面条正冒着热气，盘子里有两只煎好的荷包蛋，还有两小块米糕。刘一凡四顾无人，想起女子的叮咛，坐在桌旁，撩起面条就吃。

他真饿了，感觉微辣的葱花面条，两只荷包蛋，一只煎得很嫩，一只煎得蛋黄硬硬的，都可口极了。尤其是两小块米糕，微甜淡酸，他咀嚼得有滋有味，吃完了他还有点儿余味未尽的遗憾。

他把碗、盘堆在一起，想送回厨房去，拉开门一看，不通厨房，是个露台。他信步走到露台上，露台四周白茫茫的一片，全是山岭间的雾岚。

露台是厚实的有机玻璃的顶棚，透过顶棚望去，天空中也让雾气堵满了，连附近的山峦都看不见。他走到露台边上，下面是一塘清冽的碧水，有乳白色的雾气，在缓缓地飘悠升腾。

这是什么地方，他辨别不出来。

他滞留在哪里，自己也不知道。

好在没伤着，无大碍，有人管着吃喝，有睡处。可他不能这么耗下去啊，他还有好多的事儿，当务之急，他得离开这儿。他习惯地一摸衣兜，他的手机呢？

他掏遍了衣袋，没找着。

在露台上呆久了，他感觉一阵清凉。退回饭厅里，他堆叠起来的碗和盘子不见了，换上一壶茶，一只杯子，是洁白的有托盘的骨瓷杯。杯子里是碧澄的茶水，他端起喝了一口，真香，是不同于龙井、也不同于近年来浙江卖得很好的龙顶的香。

喝着茶，他看见了饭厅的第三扇门，对了，一扇通他睡觉的卧室，一扇通露台，那么这第三扇门，肯定是通向厨房的，厨房里必定有人，他走过去，想拉开第三扇门，可是门纹丝儿不动，他拉了几下，又往前推。

不管他怎么使劲地推和拉，门都关得紧紧的。他试着朝门那边问：有人吗？开一下门，我要出去。

没人应他，他又叩击了好几下，同样无人理会。他百般无奈地退回到椅子上坐下，端起茶杯品茗。

滋味儿很好的新茶。

气温不冷不热，饿了有饭吃，渴了有茶喝，露台、饭厅、卧室、盥洗间，都收拾得朴素干净，什么都无需他操心。唯独没事儿可干。屋外仍在下雨，是那种下得不大不小、落落停停的雨，雨雾把山野里的一切，峰巅、树林、草坡、小路全都遮蔽了。他在自己卧室的桌子上，找到了手表。表盘告诉他，这是午后的一点钟。

可这时候的时间对他有什么意义呢？手机没了，屋里没电话，他又出不去，和外界所有的联系全断了，他啥都干不成。从这间屋走到那间屋，从屋内走到露台，又从露台走回屋内，走来走去，很快走乏了。茶凉了，他也不想喝了。

"扑落扑落"的雨声催人入眠。百无聊赖的刘一凡从来没这么清闲过，生活于他好像在山岭深处的这幢房子里停顿了。

久坐着困乏，干脆回屋睡吧。睡个够离开这儿，把耽搁了的时间再追回来。

是淅淅沥沥的雨声还是水声使刘一凡从酣睡中醒过来的，他分辨不清了。连续几天了，屋外的雨声似乎永不停息地下着，下得他的听觉几乎麻木了，有一阵子，会觉得雨已经停了，但只要凝神细听，仍会听到雨在下，有时候是下得细刷刷地响，有时候能听见沟渠里的流水。

女子告诉他，这是雨季，几天里是不会晴的，几天的大雨把离开这里必经的小道上那座桥冲垮了，山洪还将泥石流淤积在低洼的道路上，即使桥修好了，也得等清除了道路上的石头、淤泥，才有可能走出这里。

他只能无可奈何地等在这个地方。吃饭、睡觉、喝茶、发呆，现在他确实地放心了，从斜坡上滚落到峡谷里，身上只是皮肉受了点挫伤，并无大碍，随着体力的恢复，天天无所事事地酣睡，他只觉得自己是在养精蓄锐。再无限期地等待下去，他感到自己的整个身体都要像潮湿的大气一样在精神上发霉了。可他被困在这里，犹如关在一只无形的囚笼里，四顾茫然，动弹不得。每一次，女子总是在他最没准备的时候出现，一次是在他洗脸的时候，一次是在他刚脱衣上床的时候，回答完他的问题，待他还想继续和她攀谈的时候，她就像出其不意地出现在他的面前时一样，又消失了。

这会儿又是，显然是夜深人静的时候，他从沉沉的睡眠中醒来，察觉了动静。他吸取了前两次的教训，屏息凝神地不动声色，侧耳倾听。

是的，屋外的雨仍在下，听声响下得还不小。沟渠里的水流声，雨点落在叶片上的刷刷声和风声交织在一起。但是，屋里分明还有另一种响声，是从盥洗间里传出来的！他保持着睡姿不动，睁大了眼睛望着盥洗间。

他的判断没错，盥洗间的磨砂玻璃后面，亮着灯。是在深沉的黑夜里，那灯光亮得还有点刺眼。

他正在诧异，这可是几天里没有过的动静，他马上联想到几天里出现过的女子，他始终不晓得她姓甚名啥，仅从相貌看也分辨不出她的年龄，二十七八、三十三四，还是更年轻些，更年长一些，和自己差不多。但她显然很美，是女子中少见的一种美，身材高大，轮廓分明，体态丰腴却又结实，走路轻盈得像一阵风，悄无声息的。

思忖着，磨砂玻璃后面出现了她的身影，隐隐绰绰的，哦，她正在穿上裙子，灯影里，她的曲线显得分外突出。

刘一凡双眼一眨不眨盯着那影子，盥洗室里的灯熄了。随即，门一声响，打开了，她仿佛迟疑了片刻。是在凝神倾听，还是取什么东西，才从盥洗室走出来。

就在这一瞬，刘一凡做出了一个连他自己事先都没想到的举动。他以少有的敏捷，从被窝里跃起，一个箭步趋到她的身侧，张开双臂，悍然不顾地环抱住她。

他感觉得到，在惊醒地叫出一声的同时，她浑圆的身躯在颤抖。

"你……你……"她颤抖着问，"要干什么？"

"不让你像阵风般地消失。"他尽量说得柔和一些，双手却像钳子般紧抱着她，"我要闷死了，再这样下去，我要窒息了。"

"空气不好？"她语气里的慌张减弱了，但仍带着恐惧和不安。

"不是空气。"他觉得她是在故意耍弄他，"这是什么地方？"

"一个小水电站。"

"你叫什么名字？"

"这重要么？"她反问他，那语气好像在说，"我都没问你呢。"

"你回答。"他固执地问。

"沙婉丽。"她回答的时候，他觉得她的脸扭动了一下，他的额头上感觉到了她没干透的发梢撩拨着自己。

"我叫刘一凡。"为了表示自己没恶意，刘一凡主动道。

"我看到你的证件了。"

"为什么不还给我？"刘一凡的语气又生硬起来。他以为自己随身带的包坠落山崖了，现在看来她捡到了。

"你也没问啊！"她说，"包里的东西，都晾干了。"

刘一凡想说，你给我机会问了吗，每次出现在我面前，来无影去无踪的，搞得神秘得很，不过他没说出口。他的心"突突突"地跳得快起来。说话间，沙婉丽的脸颊，滑爽的细腻的柔媚的脸颊贴在了他的脸颊上，她的一只手臂，同时伸过来搂着他。

刘一凡的头脑顿觉有些眩晕，他张了张嘴："你……你告诉我的，桥垮了，泥石流堵路，都是真的吗？"

"你可以去看啊！"她讪笑了一声，脸颊在他的脸膛上摩挲了一下，"我不会害你的。你摔晕了嘛，是我救起了你。"

刘一凡觉察到了自己的唐突，他钳子般紧抓着她的双臂不由得放松了。她面朝着他，两条光溜溜的手臂举起来搂着他的脖子，说："你看我像个坏人吗？"

他摇头，但他心头的疑惑并没有消除，说："小水电站，怎么不见其他人？"

"有值班的运行工。"

"你是负责的？"

"嗯。你不冷吗？"

经她这一反问，刘一凡愣住了，从床上蹿起来抓住她，他也只穿着贴身的内衣衫，这当儿，和身上只穿着丝绸裙子的沙婉丽抱在一起，他也有些冷了，只是她柔嫩的胸脯和丰腴光滑的身子贴紧了他，他才不曾感到。他不知所措地站在那儿，双手却紧搂着她温暖的充满弹性的身子，她挨着他是那么近，她异性的气息是那么强烈，他分明听见她在轻微的喘息，她的脸颊不时触碰着他的脸，她的眼睛闪烁着幽微的光芒，她胸前的乳房紧贴着他的胸膛，她搂着他的双臂没有放松，他像跃身从床上跳起来一样耸起双唇吻着她。他觉得她的嘴唇丰满、温暖、热烈，就好似在等待着他。

他们狂热地吻在一起，陌生感消失了，猜忌心消失了，有的只是男与女的交融，有的只是相互之间久违了的渴望。

这是一个如梦似幻的夜晚，这是一个如痴如醉的夜晚。刘一凡沉浸在从未感受过的幸福和狂喜之中，和他亲密相拥在一起的沙婉丽以她的体温和滑爽的肌肤吸引着他的灵魂，他浑身痉挛和四肢慌张地接受着这种甜蜜的感觉，她的两片嘴唇始终不停息地热吻着他，她的双手缓慢地在他的身体各个部位游移和抚摸，有时候她停留在他的肩头，有时候在他的脊背上滑动，有时候又伸向他的腰肢，他贪婪地嗅着从她胸脯散发出来的体香，他不由自主地伸出自己的手去抚摸她的乳房。天哪，她有着一对饱满的令他陶醉赞叹的乳房，他轻轻地抚摸着它们，遂而又忍不住地想抚平它，终于他耸起嘴亲了上去。刘一凡的妻子是个身材修长的、体态优雅瘦削的女子，见过的人都说她很美。把她和沙婉丽带给他的感觉作对比实在是一种罪过，可他在沙婉丽身上感觉到的，确实又是从未体验过的在云里雾中翻滚的燃烧般的欢乐，似醉酒又似梦幻。

当一切像大海的潮汐般渐渐平静下来的时候，他察觉到她的双手在探询般柔柔地抚摸肩胛和腰肢，他忍不住问：

"有啥异样么？"

"哦不，我只是想晓得，你身上的伤痊愈了吗？"

"伤？"他不明白。

她轻声一笑："在山坡脚发现你的时候，你真伤得不轻呢！"

刘一凡哑然，讪讪地说："可我苏醒过来之后，没觉得难忍的疼痛啊！"

她的手掌轻拍着他赤裸的脊背，道："这说明没伤着你的骨头和内脏，不过，那天你身上的乌青和伤疤，还是让我吓了一跳。你晓得我在你的身上，施了啥法术吗？"

刘一凡内心里骇然，表面上仍平静地反问："啥法术？"

"其实只是一种草药，"她又轻笑着，"一种叫百通的草药，说明它真是有奇效的，你看，你身上一点疼痛都没有，也没留下啥疤痕。看样子，百通可以推广出去。"

"百通？"刘一凡喃喃地重复着，"你是说，可以把它推广到社会上去？"

"是啊！它的功效全哪，伤筋动骨，腰肌劳损，风湿关节痛，像你这样的摔伤摔疼，都能治。"她放缓了语速，一只手搂着他，慢悠悠地说着，"你说，能不能卖出大价钱？"

刘一凡没把握地道："该是可以的吧。"

屋外的雨声又下大了，沙婉丽翻了一个身，像想起了啥似的，一弓身坐了起来："夜深了，你安心睡吧。"

不待刘一凡反应过来，她离床下地，动作利索地抓起衣裙，摸黑出了屋子。

刘一凡茫然地躺着，屋外的风雨声、流水声喧嘈不绝，显然是真实的。可他的感觉，却像是在梦中。

说是梦罢，被窝里分明还残留着沙婉丽的体温和余香。还有她说过的每一句话的余音。

他睁着双眼，回味着刚才的一切，疲惫感袭了上来，他不由自主合上了双眼。

早餐是一杯香喷喷的鲜奶，刘一凡只尝了一口，就觉得余味未尽般的鲜爽清新，杭州城里哪种品牌的奶他没喝过啊，自从出了三聚氰胺事件，他们家尽挑顶级的品牌奶买，可没一种奶让他喝得有这么好的感觉。和牛奶一起吃的鸡蛋同样让他有这种新鲜柔嫩感。沙婉丽还让他把苞谷粑、荞麦粑一一尝过，并且告诉他，这都是秀峰谷当地产的，他们喝的是秀峰湖里清丽纯净的水，他们吃的是秀峰山坡上下田地里生产的谷子、麦子、苞谷和杂粮蔬菜，他们喂养的是从新西兰引进后杂交的奶牛，他们的山野棚圈里的鸡、鸭、鹅、羊、猪，用的都是自古以来传统的饲养方式，用城里人的话来说，全都是生态环保的农副产品。

从沙婉丽不急不慢的叙述中，刘一凡听出她语调里的自足和自得，有滋有味地品尝着她让他吃的早点时，刘一凡忍不住问：

"你的钱从哪里来？"

沙婉丽胸有成竹地笑了起来，好像她在期待着刘一凡的这个问题，她说："天晴了，我陪你出去转一转，眼见为实，亲眼看到了，你就晓得了，秀峰谷是个啥子地方。"

这是刘一凡求之不得的。

雾岚笼罩着秀峰谷的这几天，确确实实难耐和潮湿得黏人的。可随着沙婉丽走上露台，走出他住了多日的这幢砖石结构的屋子，刘一凡看到的是啥呀！

哦，那真是如诗如画的景观。

迷离的云雾轻纱般飘悠在岭腰山巅上，你觉得它凝然不动，它又在变幻着渐行渐远，铺展到峰峦叠翠的天边。怪不得这里要叫秀峰谷呢，所有的山峰都让绿阴浓翠包围着，在灿烂的阳光照耀下，远近高低的绿层次分明地呈现悦目的秀。还有座座山峰的形状，有的突兀而起，有的亭亭玉立，有的膀粗腰细，让人生出无尽的遐想，猜度着它形似什么，葱茏的山色映在波平似镜的秀峰湖中，碧澄的湖水稍起涟漪，映在水里的一座座山峰随之晃动起来。湖水无语，清波却在泛笑。秀峰无语，向着世上敞开胸怀。

　　望着秀峰湖水辉映出的蓝色，刘一凡惊讶得心中震撼。他生活在杭州城里，自认为阅尽了西湖的美和西湖的妖娆，可像眼前宛如仙境般的美，他还是第一次见着。

　　"人们说，生活在秀峰湖畔，一年等于一季，"沙婉丽在他的耳畔轻声细语："一季等于一天。"

　　"一天……"刘一凡咀嚼着她的话。

　　"而一天，又等于一世的回忆。"沙婉丽稍稍提高了一点声气："你看，那边的草坡。"

　　顺着她手指的方向望去，绿茵茵的一大片平缓的草坡上，有一群牛羊似云朵般在晃动。

　　他问："你说，那牛是从新西兰引进的？"

　　"二三十年前，新西兰总理来访，他随员中的畜牧专家考察了秀峰河谷，觉得这里甚至比他们国内的牧场条件还要好，于是就有了合作、有了引进。"沙婉丽简单地介绍着："事实证明，这一片山岭土地孕育的奶牛，产出的奶，质量比新西兰本土的还要好！"

　　"怪不得，"刘一凡由衷地叹道："你天天让我喝的牛奶，滋味那么令人难忘。"

　　沙婉丽笑出声来，她的手指着远远近近的秀峰道："一湖碧水，万峰涌动，只为的是山水环绕的一片山野沃土和村寨。你瞧嘛，山野生长着五谷，繁荣着周围的村村寨寨。"

　　刘一凡顺着她手指的方向，眺望着远去的淡雾，眺望着山巅上青青的树、繁艳艳的花儿，眺望着语言难以形容的座座山岭，感受着秀峰河谷大自然的醇香和生活的纯美。他觉得这地方非仙非实非梦非景，活脱脱是哲人追寻的心灵的家园，可耳闻目睹，亦仙亦实亦梦亦景，眼前分明是磅礴的春天正在展示山野的秀姿。

正在扪心自问是否坠入梦中，沙婉丽一挽他的臂膀，不无自得地告诉他："这周围的村村寨寨，用的全是秀峰湖水电站发出的电。"

"这小水电站，是属于你经营的？"这分明是极为现实的话题，就同引进新西兰良种的奶牛一样，刘一凡一边问，一边拿眼望着沙婉丽。

沙婉丽的双眼，在明丽的阳光下显得分外清澈，她肯定地说："它就是我的。靠着它，我建起了楼房，雇了人，在这离尘世山水遥远的地方，活过一天又一天，一季又一季，一年又一年。"

"很少与外界联络？"刘一凡的心头疑惑又起。

"也联络。"沙婉丽把头颅往刘一凡的肩头一靠，说："场街上、县城里，有人会来要我们的牛奶；比如要把百通卖出去，就得进县城找人。"

刘一凡不习惯在大白天光之下和她如此亲昵，又不便推开她，便指着湖畔的石头房子，说："那不是你的水电站么，去看看。"

两个人朝水电站走去。

小水电站管理得井井有条，整洁得令刘一凡吃惊。他只看见一位运行工，起先以为是男的，走近听她和沙婉丽打招呼，才发现是个女子，看脸貌比沙婉丽年长几岁，沙婉丽说她是自己的表姐。原先在州水电厂任职。

小水电站几乎是全自动化的，只需要人值班，按时检修，一年到头都不出啥故障。刘一凡随着沙婉丽走出来，又去参观了果园、牧场、鱼塘、家禽园，还走进了一个村寨，沙婉丽说这寨子叫丙茶，刘一凡觉得怪，问为啥叫这名字，沙婉丽说不晓得，人家自古以来就是这么叫。刘一凡还发现，村寨上家家户户的屋顶露台边，还蓄有一个水池，多半敞着口，水波同样清丽碧澄。丙茶寨上的道路、院坝、山墙都显得干干净净，天色好，阳光明丽，多日雨天的潮气收得快，空气显得分外清新。刘一凡心头暗自愕然，真没想到，在这山野深处，竟有如此安详和谐悠然的农家。

爬坡下坎，大路小路，走得累了，沙婉丽引刘一凡走进一个亭子，在亭子里弯成弧形的椅背上坐下来。

刘一凡依靠着椅背，惊奇着亭子边竟然还有个水井，井台上放着供路人喝水的木制水瓢，沙婉丽舀来井水，让他喝，见他有些犹豫，沙婉丽先喝了一口，道："很甜，你试试。"

瓢里的水清亮清亮，刘一凡喝上两口，果然甜津津的，好舒服。

沙婉丽轻拍了一下亭子的椅背，双眉一展，问："知道这叫啥吗？"

"不是椅背吗！"

"你靠着觉得咋样？"

"舒服。"刘一凡发现，这椅背弯成人脊背的弧度，坐上去就有股舒适感。沙婉丽又笑了："这叫美人靠。"

刘一凡一定又露出了自己惊异的神色。沙婉丽笑得更欢了，接着道："让你惊讶的事儿，还多着哪！你今天看到的秀峰湖，还有个名字叫情人湖……

"情人湖。你都看见了，一片的蓝，蓝得幽谧；一汪的亮，亮得透明；一味的绿，绿得赏心。到了这里的人，都要坠入爱河，爱得欲仙欲死。故而这里的人们相传，这是进入了秀峰仙境第一层，听雄鸡报晓，不愁吃穿不愁无收成，谈情说爱时，无论男女走到哪里，都没有蚊子、苍蝇、虱子、跳蚤、臭虫……"

刘一凡觉得自己是在听童话，他讪笑道："有第一层，还有第二层啰？"

沙婉丽道："不错。秀峰仙境第二层，就像是民间传说了。"

"你说说看。"

"民间传说你没听过？那就理想化了，进入秀峰仙境第二层，收一季庄稼，够吃一辈子；小羔羊和大奶牛，不消人照料就会传宗接代；相好的情人对对都能白头偕老。只不过，还有缺憾。"

刘一凡猜测道："那就会进入秀峰仙境第三层……"

"你猜对了！"沙婉丽笑得脆声朗朗，"那就是神话般了。秀峰仙境第三层，相亲相爱的男女，青春不老，美貌永驻。只要相好，就会像远远近近的座座秀峰山，永永远远活在人世间。你不觉得，自己来到了秀峰仙境第一层么？"

没料到，沙婉丽话锋一转，会问出这么个话来。刘一凡不觉一怔，近几年来的遭遇，一一掠过他的脑际，他情不自禁地道："真有点像呢……"他眨巴眼睛，盯着貌如天仙的沙婉丽，说不出话来。

一连多日，生活在宛若仙境的秀峰河谷的美景之中，品尝着鲜爽无尽的美味的美食，如花似玉的沙婉丽天天陪伴着他，夜夜用她的热情、温度和体香伴他共度良宵，刘一凡觉得自己过的是神仙般的日子，他乐不思蜀了，他忘记了尘世间的一切，妻儿、亲属、工作、事业，甚至于时间。他还需要什么呢？他还有啥不满足的地方呢？

都没有了。

可只要他一个人独处，他就会觉得乏味，觉得无所事事地烦躁，觉得莫名的空虚，他有吃有喝有人生享用不尽的美食美景美人，沙婉丽愿意和他相依相伴，这是他看得出的，可他爱她吗，他愿意在今后的日日夜夜都守着她吗，他茫然。

他想杭州了，想他的家人了，妻子、女儿、还有重病的父亲，他所有的亲属、同事、朋友，还有他的工作、他的事业、他的追求，杭州城的大街小巷，琵琶街、扇子巷、九溪十八涧，龙井人家的茶，雷峰塔、保俶塔、六和塔、岳庙和钱王祠，留下无数传说的断桥、苏小小坟和胡雪岩故居，还有他求学过的杭州大学。虽然并入了浙大，他想起来那股校园气息，仍会扑面而来。流传千古的梁山伯和祝英台的故事，还有白素贞与许仙这样的民间传奇，难道不比秀峰仙境一层、二层、三层的传说更美嘛？

沙婉丽是有其独特美丽的神韵，可满街走着的靓丽清秀、细皮嫩肉、身材苗条、衣着入时、化妆得体的杭州女人，不更有着人间的烟火气息？桃花都难比杭州女哪，这可是古人说的。

这念头一冒出来，一时比一时强烈，一天比一天强烈，屈指细算算，他在雷阵雨中跌入山崖误入秀峰河谷，足足有十几天了，山洪堵住的路，该修通了吧，大水冲垮的桥，该重新架起来了吧。他不能在秀峰河谷这温柔乡里久远地待下去了。再待下去，他会沉溺其中不能自拔，他会丧失在人世烟尘中已有的一切，可他怎么走出这美若仙境的秀峰河谷，他如何摆脱待自己亲若情侣的沙婉丽呢？她嘴里没说，刘一凡却看得出，她是想把他永久地留在这里的。

想到有可能永远地留在秀峰河谷，刘一凡不由得打了个寒战。

想着困难，真走的时候，刘一凡走得十分轻巧简便。

那天他正绕着秀峰湖畔的房子散步，看见房前的路侧停着一辆厢式小车，奶白色的，车身上刷着小小的红十字，还有两条淡黄色的杠杠。走近了一看，他几乎惊喜地叫出声来，车门上写着丰县卫生局。

这丰县，不正是那天支教的老师被拖去休息的县城嘛！搭这车到了丰县县城，设法和联系人小宋通上话，不就有办法坐车去省城回杭州了嘛。

他和司机搭上话儿，司机问他想去哪儿，他说丰县教委，司机二话没说，一挥手就让他上车，说顺路，进县城去卫生局，路过县教委。

刘一凡二话没说，拉开车门就坐在司机身旁，连声道谢。自从生了心要离开秀峰河谷，刘一凡把属于自己的东西，全揣在兜里，随时准备着机会不辞而别，这机会让他给候着了。

司机好像已办完事了，没等他坐踏实，就发动了车子。

车子沿着盘山公路，急驰而去。

就这么和秀峰河谷告别了？刘一凡都不敢相信这是真的。车子拐弯的时候，他透过车窗，望着渐离渐远的秀峰湖，望着秀峰湖畔那幢建造的城堡般的白墙红瓦小楼房，在小楼房里度过的这十几天难忘的时光，一一在他眼前掠过。而最为清晰的，就是沙婉丽的形象，她的容颜，她的微笑，她的体贴，她带给他的那种温润如玉般的感觉，还有和她躺在一起时，她的体香，她的呼吸，她的如火热情。她这会儿在哪里呢？

这些天里，她不是几乎总形影不离地陪伴着他的嘛。如若她发现他消失了，她会怎么做？会不会追来？

这么忖度的时候，刘一凡嫌车开得慢了。这一阵，车子始终在秀峰河谷深处的公路上盘旋，这弯弯拐拐的公路，盘旋着、盘旋着开往岭腰之间，还要从岭腰间攀爬着跃上山巅，才能翻出秀峰河谷。

刘一凡心急如焚，只嫌上坡的速度慢，他问司机，到小小的水电站上来干什么，司机转了下脸说，听说这里有一种叫"百通"的药，灵验得很，是用秀峰河谷里产的草籽做的，县卫生局让他来取几盒，拿到县医院去试试。司机瞅了他一眼问："你听说过吗？说这药贴上去止痛的效果特别好，吹得像灵丹妙药一般。"

刘一凡说，他贴过，果然有效。见这司机容易接近，刘一凡忍不住问："开进丰县县城，要多少时间？"

司机告诉他，主要是爬坡慢，爬上了岭巅的路，半个小时左右就能到丰县县城。

这么近？

刘一凡欣慰地想。转念一想，确实也不很远啊，那天县教委来接老师们的车，二十几分钟不就到了嘛！

转得脑壳也有些微晕了，小车才爬上了秀峰河谷的岭巅，刘一凡转过脸去，想最后望一眼河谷深处的小水电站，眼前万峰奔涌，座座山头都像在展开姿容呈现波峰浪谷，小水电站的影子也看不见了。

下坡的路开得分外顺畅，不到半个小时，车水马龙的丰县县城就在眼前了，开过一条路灯整齐美观的景观大道，一进入县城的马路，车速明显地放慢了。

车窗半开着，汽车的喇叭声，小贩的吆喝声，店铺里放出的音乐声，路人的说话声，全都涌进了刘一凡的耳朵。油炸饼的香味，前面的车子开过后扬起的尘土，面条铺子里的热气，路边慢吞吞走着的一辆马车上驮着的饲料味儿，刘一凡全都闻到了。他使劲地抽了抽鼻子，心头道：这是人间的烟火气啊！

堵车，小车只得随着前面的车子停下来，司机指了指前头："过了前面那个街口，就是县教委。"

"不急，"刘一凡善解人意地道。他真的不急，进了县城，即使沙婉丽追来，还能把他怎么样呢？

在一片不绝于耳的喇叭声里，小车过了十字街口，在县教委棕色大门前停靠下来，刘一凡向司机郑重地道过谢，下了车，回头又朝司机挥手告别，这才迈步走进县教委的大门。

刚步入大门，一个女人张扬地叫了起来："嗨，这不是搭车的刘作家刘老师嘛！你还没走出丰县啊。"

刘一凡定睛望去，说话的女子正是支教的中年女教师，快言快语的。她身旁的几个，正是曾和他同车的老师们。那个挂着拐杖、年老体弱的教师，也眯眯含笑，在和他打招呼呢。

刘一凡怔住了，十几天过去了，怎么这一帮教师们还滞留在丰县？他们在丰县的支教活动，拖得时间真长啊！

"刘老师，一凡老师！"一个熟悉的嗓门欢叫着，直冲他而来，人堆里出现了三十出头的小宋的身影，他几乎是扑到刘一凡跟前来的，伸出双手，抓住了刘一凡的手使劲地摇晃着，"昨天那场突如其来的雷暴雨，把一切都打乱了，我们的车开到你们出故障的地方，天快黑了，哪里都找不到你，我们真怕你出意外啊！发动了周围村寨上几百个老乡，直找到夜深人静，嗓子都喊破了，只得退回丰县来。你是找着躲雨的地方了吧？"

小宋上下打量着刘一凡，支教的老师们也都团团围住了他，眼神关切地盯着他。

刘一凡眨巴着双眼，环视着众人，他的脑壳整个儿晕了，不是过去十几天了嘛，怎么还是昨天？他舔了舔嘴唇，点了点头道："我在水电站上躲雨……"

小宋一怔，反问："水电站，什么水电站？丰县这附近，没水电站啊！"

刘一凡笑着："是水电站，我都参观了的，在秀峰河谷。"

小宋的脸惊愕得几乎揪在一起，两只眼睛瞪得大大的，紧盯着刘一凡的脸，审视着他的神色，放缓了语气道："刘老师，一凡老师，我在调去州里之前，就在丰县工作，几年之中，走遍了丰县的山山水水，丰县地盘上，既没有秀峰河谷，又没啥水电站。你一定是把躲雨的房子，误看成小水电站了。没关系的，重要的是你回来了，没失踪，没受到伤害。哈哈哈，要不然，我这负责接待的，真得吃不了兜着走呢，刘老师。"

刘一凡还能说什么呢？他定一定神，一一望着连连颔首点头的支教老师们，迟疑地问出一句：

"你们……在丰县这里，住了多久？"

"就一个晚上呀！"小宋高声道，"人不留人天留人，老师们上半夜为你担惊受怕，议论纷纷，下半夜才睡，今天上午，应丰县教委要求，和他们的老师们座谈，丰县的教师们都说收获大呢！这会儿，天晴了，路也畅通，我们正要去省城机场。一凡老师，你也一起走吧！放心，机票我们都调整好了。"

刘一凡机械地点头答应，脑子里一团糨糊，这么多人都只在丰县教委宾馆住了一个晚上，想必人家不会错。那么自己迷途走进秀峰河谷，呆在沙婉丽的小水电站上一过十几天，是怎么回事？难道这是他这一辈子，他这一年之中，多出来的十几天？他所有的感受、体验、情感的波动，他的所见所闻，还有活灵活现留在他记忆之中的沙婉丽，都是一场幻梦？

不，绝不可能。

他怎么也想不明白。

一棵树旅舍

镇子叫一棵树。

不是这个镇上只有一棵树，镇子上、镇周围树木多着呢。

镇子叫一棵树，说的是这个镇上有一棵三千多年的古树。古银杏树。树阴浓密，枝丫虬曲，光是深入泥巴底下、裸露在泥土之上的树根，绵延都有几百米。当地人说有里把长的根根。

于天成开着摩托车，驶进挨着一棵树浓荫下的古镇旅馆院坝，抬头望了望树丫，竟是密密簇簇的一片，正月间，树上没叶子，光是纵横交错粗粗细细的枝枝丫丫，就把天际遮没大半，使得院坝里比外头更加幽黑。

在县城里工作的老同学林开林对他说，一棵树镇上，只有挨着一棵树的旅馆还将就着能下榻入住。其他的客栈住得进去只怕躺不下。

挨着一棵树，只有一家旅馆。于天成没费劲儿就找着了。旅馆名字就叫一棵树旅舍。

办入住手续的时候，两眼眯成一条缝的店主边把钥匙丢给他，边对他说："稀客呀！正月十五没到，你是新年里一棵树旅舍的头牌客人。"

于天成要付入住一晚的费用，店主笑眯眯摆着手道："不用不用，明天离店时你再交吧！"

服务台上写着，住一晚上九十元，于天成心想，可能是见他掏出张一百元的票子，店主没零钱退。

转身走向楼梯时，不知为什么，于天成觉得店主的双眼瞪得大大的，一直盯着他的背脊。

恐怖的感觉也许就是从产生这一想法的时候开始的。他身上带着钱，还不少。

上了二楼，面对长长的走廊，于天成不由打了一个寒战。偌长的走廊，鬼火似的只亮着一盏灯，阴森森的。

于天成看了看手中的钥匙号头，219，得走到二楼尽头，才是19号房吧。

果然，到了走廊尽头，把钥匙插进锁孔开门的时候，于天成侧转脸瞅了一眼，妈耶，鬼火般幽幽闪着的灯影里，长长的走廊像一眼望不到尽头的山洞。

进了客房，于天成开了灯，昏黄的灯光下，床、桌椅、床头柜，像林开林说的那样，收拾得还算干净。他把双肩包往桌面上一放，简单进卫生间梳洗了一下，一头往床上倒下去。这个春节，他过得太累了。大过年的操办妈的后事，他忙得几乎没好好地喘一口气。

于天成这次过大年时回乡，始终沉浸在懊悔的心态中。他没有想到事情会发展到这个地步，一年多之前父亲去世了，他赶回来奔丧，已经产生过悔恨，他还没在省城里混成器，具体地说还没成家立业，还没报答过对他有着养育之恩的父母，像那些混出个人样儿的乡亲们一样，至少把一辈子生活在穷乡僻壤的父母接进省城，享上几天福，见识见识省城的繁华，见识见识省城夜晚璀璨的灯光，他们能习惯就住下去，愿住多久就住多久。他们不能习惯住一阵再回老家，这样他的心也可以安然一些。哪晓得还没等他尽这份孝，父亲就走了，走得那么突然、那么意外。走之前的几天于天成和他通话，他还乐呵呵的，哈哈笑着在电话里对他说，你忙吧，我和你妈都挺好，用你寄给我们的钱，翻盖了二上二下的砖瓦房，寒冬腊月间都暖和多了，比原先那板房强多了。你忙，惦记着我们打个电话就成，你妈她想你，空了你就多拨拨电话……多识大体的父亲，于天成一直想攒下钱，多给父母寄点儿，把家乡那屋基地上的老房子，翻盖成三上三下气气派派的传统样式。乡下盖房子不贵，比省城黄金地段万把块钱一平方米便宜多了，可父母亲硬不让，说两个老人，二上二下都有四间房了，哪住得下这么多地方。

给二老说着了，处理完父亲的后事，于天成硬逼着母亲随他去省城里住。是的，他还没成家，是的，他目前只是租住着一室户的单元房，可那房里有卫生间，有小厨房，况且他还需要母亲照顾，洗洗涮涮，煮饭洗衣。

母亲很快适应了陪伴儿子的省城生活，她把房间收拾得干干净净，她去菜市场买回的菜，往往比于天成双休日买回家的便宜。除了催促他快娶个媳妇有些唠叨，母子俩相处得其乐融融，于天成已经习惯了享受母亲的悉心照料。

清明节前几天，母亲闹着要回老家，她说要在清明给父亲上坟，她说出了嫁的姐姐和姐夫要回娘家来，她说得赶回家乡接应亲戚朋友和四乡八寨的拜祭者，她说父亲太孤单了，她不能离他那么远……啰唆得于天成没有办法，只得把母亲送回老家，陪伴母亲接待亲友，祭拜父亲。清明忙过后，说什么母亲也不愿随他去省城了。她说省城里那福她已经享受过了，她得待在村寨上陪伴父亲，老家二上二下四间房屋总关着不吉利，每天得有人守着这四间房开窗透气。再说她吃惯了自家园子里的新鲜蔬菜，省城菜市场的菜贵不说，西红柿没西红柿的味，豆荚没豆荚的味，只长成了蔬菜的模样……

于天成无奈，只得孤身一人回到省城，继续他的朝九晚五的上班生活，继续他的加班加点的拼搏。好在他这一年进步比以往都快，钱也赚得更多了，他也攒够了在省城并不太偏的地段购买一套两房两厅的首付款。

　　更为喜人的是他谈了一个对象，女孩儿叫尹晓娟，白净，微胖，脾气好。父母都是省城里的职工，人家没嫌弃出生在偏远山乡的于天成，还表示小两口真谈成了准备结婚买房，他们可以补贴女儿一点。于天成到哪儿去找这么好的未婚妻啊，他沉浸在恋爱的欢悦之中。转眼又要过年了，他不想回老家去，于是他给母亲打电话，劝母亲到省城来过年，看看他新找的对象，她未来的儿媳妇。他以为母亲一定会来的，她不是总唠叨着要他赶紧找么。哪晓得母亲说不想来，住在省城里她嫌吵，夜里总是睡不着，做梦，净梦见他父亲。醒来之后睁着眼睛等天亮。

　　于天成这才晓得母亲到省城来并不是在享福，而是在受罪。唉，妈住在这里的时候怎么不说呢，他还以为她挺适应的呢！于是他决定回老家陪伴母亲过年。可决定下得晚了，已经买不到长途客车的票。咬了咬牙，他在大年夜前一天，腊月二十八骑着天天上下班的摩托车，"突突突"地回到了村寨上。到了家中，到了那二上二下的砖瓦房里，母亲见着他，那个欢乐啊，那个笑容啊，让于天成感到自己顶着凛冽的寒风赶这一天半的路值了。

　　"天成，你咋个像从天上飞来的，说来就来了呀？"母亲双眼溏着泪，满脸笑着问。

　　"我想妈了！"于天成响亮地回答。

　　"想妈你像往常一样，打电话啊！"母亲指着家里那架老旧的电话机说，张着嘴笑得合不拢。

　　于天成凑到母亲跟前，眼睛睁得大大地说："我就想像现在这样，看看妈。"

　　"你就骑着那突突突……"

　　"骑着摩托车来的，好快的。妈。"

　　"骑了几天啊？"

　　"昨天一早出的省城。"

"那你昨晚，宿在哪儿啊？"

"县城老同学林开林那儿，他住信访办宿舍。"

于天成回到家中，才知道妈不愿意到省城来的真正原因。妈的两条腿瘫了，走不成路了。在家里，妈得双手撑着板凳、撑着桌面扶着床栏勉强挪动。二上二下的房子，楼上那两间屋，她足有半年没上去过了。于天成上楼去一看，楼上的灰尘，都厚厚一层了。

于天成那个揪心啊，过年这几天，他把所有的家务活全包下来了。他打扫干净二上二下的四间屋子，擦干净玻璃窗子，他把水缸里的水挑得满满的，足够他娘俩过完这个年了。最主要的是，他到场街上去买来了肉，买来了鸡和鸭，还有鱼。母亲说豆腐香，他买来老豆腐，又买嫩豆腐，还买了香豆干。煮饭之前他一遍一遍地问妈，想吃什么菜，汤里面盐放得少一些还是多些？他全顺着妈的心意做，他要补课，他要补偿一年到头对二老双亲的亏欠、对良心的亏欠。妈一天到晚都朝着他笑，望着他笑，让他顺着自己喜欢做饭做菜，不要顾及她，她老了，再好的东西吃上去都尝不出多少味，说完仍是笑。

于天成看到母亲的笑容心里涌上了一阵阵辛酸，妈脸上是在笑，可妈的双眼里分明噙着泪。妈说这是欢喜的泪，高兴的泪。于天成却觉得妈笑得那么可怜，那么令他这个做儿子的揪着心。

他下定决心，过完这个年，哪怕是背，也要把妈背到省城去，给妈看病，他觉得妈的双腿是瘫了，妈却说不是瘫，只不过是乏力，依靠双手撑着两只小板凳，撑着桌面、扶着床栏，妈还能挪动，还能应付日常起居，还能摸索着干些家务……于天成不和妈争，他要让妈高高兴兴地过个年，过完了年，就由不得妈了。反正他已经拿定了主意。

可是妈没等过完年，就……

妈走了，走得毫无征兆，走得安安静静。是接财神的鞭炮响得震天动地的时候，于天成手里拿着杯茶，给妈端过去，刚才妈说口渴，想喝一口茶，是那种味儿浓浓的野茶，罐儿里有。于天成照着妈的意思，找出山崖上采来的野茶叶，煮开滚烫的水，泡上了，又稍凉一些，才给妈端去。

手里捧着茶杯时，于天成叫了一声："妈，茶泡好了，我端来给你。"

没听到妈的回答，于天成端着茶走到端坐着的妈跟前，妈没反应，他定睛一看，妈的脸仰起来，脸庞上挂着慈祥的笑容，布满鱼尾纹的眼角挂着晶莹的泪花儿，几乎和往常的神情没啥两样。于天成刚想说什么，茶杯从他的手里掉落在地上，茶水、茶叶、玻璃碎片溅了一地。

妈一动不动，脸上的表情是僵滞的。

于天成扑上前去，双手紧紧抓着妈的肩膀，惊慌失措地大喊大叫，他摇着、晃着，妈再也没有应答。

妈死在他的眼前，他捶胸顿足，号啕大哭，有一种天塌下来的感觉。

接下来的几天，出嫁了的姐姐一家子赶了回来，操办后事，把妈葬在一年多之前离世的父亲旁边。老家二上二下的房子变卖了，这个决定于天成做得十分果断。父母不在了，老家的根没了，他不可能再回来居住，房子留着干什么？以后回来给父母亲上坟，尽可以住旅馆，一棵树镇上的旅馆，县城里的旅馆。远嫁的姐姐赞同他把祖屋卖了，多点钱让兄弟在省城买婚房。

二上二下的房子，照乡村里现今的实价，值个十五六万。于天成表示要拿现金，最多只能得个十一二万。居中帮忙传话的村长来来回回跑了多次，最终敲定了实实在在的价格，现金十二万。由于天成做东，欢欢喜喜喝过一顿酒，整了很多菜，荤荤素素摆满了桌子，腊肉、血豆腐、盐酸排骨……都是家乡味的农家菜，姐姐、姐夫心痛还剩下那么多，太浪费了。于天成让村长全打包带回家，还送给他两包烟，两条腊肉火腿，两箱酒，乡间的那种土酒。姐说于天成送多了，谈定的价格中，村长肯定已经算上了他该得的那份。于天成心中明白，面子上还得这么做。他拿出其中的两万块钱，给姐姐、姐夫，姐姐只肯收一万。姐说天成，爸妈常说这二上二下的砖瓦房是用你寄回的钱翻盖的，我当女儿的没贴补过爸妈，再说……再说你需要钱在省城发展壮大，省城里那房多贵啊，你拿着，买了房，姐一家子上省城来，早点有个落脚处。姐说的虽是实在话，于天成还是把两万块钱塞到姐夫手里，说：这已经很少了！我要富裕点，真想多……姐截住了他的话，一把从姐夫手里把装着钱的信封夺了过来，厉声说："不能给他，一晚上在牌桌上给你输个精光。这钱是我娘家的，得由我管着。"

于天成看得出，姐夫虽然不满意，却也不敢再吱声，使劲儿转过脸去猛抽着烟，也斜着眼不说话。过大年，外出深圳、武汉、上海打工的汉子们回来了，凑在一起好赌，于天成是风闻一二的。从姐抱怨的话语中，他听出姐夫在牌桌上的战绩肯定不佳，心中愈加认定，给姐两万块钱是对的。

客房里弥漫着一股烟与酒的陈气，还夹杂着一股潮潮的腊肉发霉的味儿。

于天成倒在床上歇过一阵，堵得嗓子眼里难受。

他缓过一股劲来，起身打开窗户，让客房外头清冷的新鲜空气吹进来。俯首探脸往楼下院坝里瞅了一眼，他看见停放在根深须方的银杏树下的豪爵摩托，在夜色里闪着幽光。于天成心里忖度着，车停的位置不错，一眼就能看到。

他转身回进房里，找着热水壶，煮了壶开水。热水壶声音响起来的时候，他又端详了一下整间客房，决定不脱衣裳，就在床上对付着睡过在家乡的这个晚上。

他庆幸自己是穿着一条休闲裤和一件工装马夹来的。十万元的现金，休闲裤膝盖旁的两只兜中，分别放了两万元。还有六万，分开塞进了工装马夹的口袋里，重是重一点，贴身穿着，感觉得到钱都在，踏实。骑着豪爵摩托回故乡来的时候，他背着双肩包，包内满装着省城里买的糕点酥饼，那是他孝敬妈的，鼓鼓囊囊塞得满满的。办了妈的后事，姐也把他的双肩包塞满了，那是姐带给他的袜垫，特意给他织的一件毛线衣，还有两块花甜粑。姐说记得他小时候爱吃花甜粑，让他带上两块，吃的时候有个念想。至于二上二下四间屋子里的那些日常用具、家什，于天成一样没要。姐夫表示，改天他会找两辆车，请寨邻乡亲帮忙，一家伙全拖去。

和姐姐、姐夫分手，骑上摩托离开寨子的时候，于天成的心头陡地显得空落落的。这一走，他和寨子的关系就割断了，他再也不会回来在寨子上住了，以后即使回故乡来给父母上坟，只可能住在一棵树镇上，或是县城里。他和故乡和土地和自小长大的山水田坝的关系，就此像被一把刀砍断了。

尽管离别故土的感觉使他的情绪沮丧，但他仍保持着十分的警惕和戒备。他带着钱，十万元之巨的现金，妈去世了，他卖了祖屋，得到了一大笔现钞，寨子上男女老少几乎都知道。

走上二楼的时候，于天成感觉到人家盯着他的双肩包，这是一种下意识吧。

水煮开了，于天成刷了杯子，斟了大半杯白开水，晾在床头柜上，等水稍凉些，就关窗睡觉。睡过这一晚，明天骑上摩托，路再远也要回到省城去，回到他的窝里去。

一棵树镇上的夜，真安静啊。静得让人不敢相信这是正月的夜晚，怎么一点儿也没有过年的气氛。

一阵脚步声响到了他房门前，于天成正在警觉地倾听，敲门声响了起来：嘭嘭嘭，嘭嘭嘭……

急促而慌乱。

于天成快步走到门口，他轻轻拨拉了一下从里面盖住的猫眼，往门外望去。

敲门声仍在继续，还传来一个女人的哀求声："开门呀，快开门！"

于天成凑近猫眼，幽暗的门口站着一个头发蓬乱的女人，她边敲门边惊慌地侧转脸往楼梯口那儿张望。她的身边没其他人。

隔着门，于天成听这声音似曾相识，是寨子上的什么人呢？她的声音带着哭音。

"天成，快开门！"女人喊出了他的名字。

于天成的脑子里"轰"的一声响，他听出来了。石淑女，他曾经的同学，他曾经的……

他开了门，石淑女扑了进来，转过身子，她举起颤抖的手就挂门后的防盗链，太紧张了，挂了几次，都没挂上。于天成伸手过去，帮她挂上了。

他们的手触碰了一下，于天成感觉到她的颤抖，她的手粗糙而灼热，但手背依然纤细。

他刚要把自己的手收回，突然被她一把紧紧抓住，她双眼噙着泪道：

"天成，救救我！"

于天成往后退了一步，她挨得他太近了，她浑身上下都散发着女人才有的那股味儿，夹杂着她紧张的神情，慌乱无措的举止，忐忑不宁的眼神。还有她那两片不住抖动的嘴唇。

"你怎么知道我在这里？"于天成警觉地问。

"我……我看见你进来的。"

"我上楼时没见有人啊？"

"我隐在暗处，老板转进屋里去时，我跑上来的。"

"你知道我住在这一间？"

"就你这一间门缝里有光。"

"大过年的，你不在家里待着，怎……"

于天成疑虑重重。

"天成，"这回轮到石淑女用惊讶的语气反问他了，"你……你真没听说？"

定睛瞅着石淑女惊惧的双眼，于天成镇定了一些。

他退回到床沿边，推出一把椅子，示意石淑女坐下。随后他坐在床沿上，他还有疑问，但他不能没礼貌地盘问下去了，他得冷静下来好好忖度一番。他端起刚才晾着的白开水，试探着抿了一口，开水不烫了。他喝了一口，望了一眼桌子上的杯子，问石淑女：

"你要喝水吗？"

不料石淑女倾身向前，双手夺过他手里的杯子，一仰脖子，大口大口地喝起来，一会儿就喝光了。一抹水渍从她嘴角淌了下来，她用手指抹了两下，又把空杯子重重地放在床头柜上，道："渴死了！"

看着她一系列失态的粗鲁的动作，记忆回到了于天成的脑海里。

母亲的葬礼上，有过石淑女的身影，于天成没和她搭话，远远认出是她的时候，只是礼貌地点了点头。当时他没往细处想，她为什么会出现。他以为她嫁给了附近村寨子的汉子，听说了妈离开人世的消息，她就来了。

山乡里的风俗，人死饭甑开。她和妈熟识，她该来。现在想来，她那时候就留神他的行踪了吧。

哦，对了，年前骑着豪爵赶回家来，在县城里的同学林开林那儿住了一宿，熄了灯，林开林睡前曾对他提过一句石淑女，他们都曾经是县中的同学。林开林问他听说过石淑女的婚姻吗，他说没有，这是真话。自从他上了省城里的大学，他们好像不约而同地感觉到了相互之间的不合适，便不再保持联系，高中阶段那种朦朦胧胧的好感，那种愿意接近的愿望，也便随着距离的遥远而淡薄了。后来听说她在乡下嫁了人，于天成连想都不再想她了。

林开林是怎么说的？他说石淑女惨了，她那男人把她押在赌桌上，当赌注输了！

在弯弯拐拐的盘山路上骑了整整一天的摩托，神经始终处于高度紧张状态，又多喝了几口酒，回到林开林的住处躺下来，于天成的倦意就上来了，他一点没有谈话的兴致，只对这荒唐的消息哈哈干笑了两声，一转身就睡着了。

这会儿和石淑女面对面坐着，于天成把一切都想起来了。瞧这女人，他和林开林当年共同的县中同学，蓬头垢面，一双眼睛含着幽怨，粗声地喘着气，瘦削的脸颊上泛着一层暗黑的油光，身上的衣裳东歪西斜，一只纽扣，明显扣在不对称的纽洞里，一眼看去，整个人就是个叫花子。

"你……"于天成站起身来，手指了一下卫生间，"要不要洗洗？"

说着他快步走向客房的卫生间。只想着对付一晚上，他自个儿都还没细细地看一下卫生间的设施呢！

他走进卫生间，打开了灯，还好，卫生间里有简陋的沐浴设施，是那种电热的淋浴器。他转过身，石淑女已经无声地站在卫生间门口，眨巴着眼睛盯住他。

他指了一下水龙头："洗一下？"

石淑女惶惑地点了一下头，一步走进卫生间，一把拉起他的手："我洗的时候，你要伔起耳朵，仔细听着。"

于天成疑惑地望着她。

她舔了舔嘴唇，说："危险！你有钱，他们要来抢你。"说完呼呼地直喘粗气。

于天成只觉得自己的脑壳胀大了，头发从根根里直竖起来。啥子？妈的，这大过年的，光天化日之下，就要抢人？什么年头了！可看石淑女的神情，又不像是骗他。他吸了一口气，道：

"这是在镇上啊……"

"镇上咋个了？"石淑女显得振振有词，她顺手把台盆里的水龙头拧开，水流得哗哗响，"跟你说，那些赌输了血红眼的汉子，连婆娘都押上去卖，啥事儿干不出来？"

于天成瞪直了眼，这么说林开林听到的传言是真的，这么说石淑女是沦落到了这样的境地！那她今晚上……

"你想想，这些在外头，一年干到头的打工仔，把辛辛苦苦的血汗钱输个精光的时候，是个啥绝望的心情？他们啥做不出来？"

说完她把脸凑近台盆，使劲地搓了搓手，掬起水往自己的脸庞上泼了几下，从晾杆上抽下一条毛巾，抹拭着脸，水龙头的水响得杂。

于天成的心"怦怦"直跳，所有的疲惫和困倦都被恐惧赶跑了，他把祖屋卖掉得了十多万块钱，满寨子的人都晓得，他是一个大目标，这当儿他只有孤身一个人，遭抢之后他找什么人去追讨？他……他该怎么办？

"你……"他茫然地瞪着石淑女，却不知朝她问什么，她能帮上什么呢？

"我是从柴房逃出来的，"石淑女把毛巾往晾杆上胡乱一塞说，"被那些赌鬼卖几回了！赢了我的畜生，连姓啥都不晓得，就要我陪着睡，你说我这过的是什么日子？我洗洗，你仄着耳朵细细听着。"

说着她扳住于天成的胳膊，把他往盥洗间外一推，"砰"地一声关上了门。

于天成站在门口愣怔了片刻，他听见她把热水器打开了，里面的水声淌得更响了，"哗啦哗啦"的，分不清是台盆的水龙头还是沐浴器的水声，反正响得有些刺耳。

于天成几大步走到窗户边，隐住身子，小心翼翼地朝外望去。他的心扑通扑通直跳。

三千多年的古银杏树像一尊顶天立地的大佛般耸立在那里，偌大的树冠笼罩下一片阴影，有一根虬曲的枝干有力地伸到窗户前来，纵横交错的枝丫之间还能看到幽黑的鸟窝。他的那辆豪爵摩托车仍闪着暗光停在那里，早知道一棵树镇上这么乱，他再累都会骑车直接赶到县城去。

于天成从兜里摸出手机，给林开林打电话，把自己所处的险境告诉他，让他务必设法救救自己。他该有办法的，他不是在县政府信访办么？

没想到林开林一接电话，比他还要紧张慌乱："天哪……你了，天成，你没听说吗，去年春节，一棵树镇上出了个大案，赌钱的山洞发生了爆炸，死了好几个人，现在都没结案呢，我能有什么办法救你？"

于天成有一种往悬崖下坠落的绝望感，不由道："那你就看着老同学被抢、遭难？"

"光是被抢算你命大了，"林开林的回话更残酷，"我是怕你活不过今晚上去。"

"你是在咒我？"

"我是在把你的险境讲给你听。"

"那咋办？"

"我要你尽量想办法拖，保住自家性命要紧，其他啥子都可以舍弃。"

"你……"

于天成话没讲完，林开林已经把手机挂断了，这家伙，是逃避责任，还是急着要去设法找人？没得到他一句准确的回话，于天成愤愤地把手机放进兜里。

他拉过客房里的桌子，对准了客房的门，把它推过去死死地顶住了房门，顺手还将两把椅子也拖了过去，抵住了门板。万一有人砸门，多少也好抵挡一下。

219客房里又静下来。除了卫生间里传出的"哗啦哗啦"的水声，客房里外都没啥异样的声响。

于天成蹑手蹑脚地走到他刚才打开的窗户边朝窗外望去。银杏树笼罩下的阴影似乎更幽暗了。他的那一辆从省城骑来的豪爵，仍停放在那里，附近没什么动静。

夜在渐渐深沉。

于天成目测着窗口和横生过来的那一根银杏树粗壮的枝丫的距离，真是触手可及，跃上窗台，跳到枝丫上去，看来是可行的。只是，真来了强盗抢钱，他能从枝丫上逃走，石淑女怎么办呢……

正全神贯注地思考着，于天成的身子被一双手猛地紧紧地抱住了。

他惊惧地转过脸，慌张得几乎喊出声来，石淑女沾水的发梢贴近了他：

"在想咋个逃走？"

于天成认准了是她，这才镇静下来。可他仍不习惯一个女人这么紧紧地悍然不顾地抱着自己。他本能地想挣扎，可石淑女的力气十分大，两条手臂牢牢地箍紧了他。

真是的，在省城里正和他谈恋爱的对象，那个微胖的、见了面总爱笑眯眯的女孩尹晓娟，都还没和他这么亲近过哩。他们之间，至多只是拉个手，连亲吻都得找个幽暗得有诗意的地方，匆忙地局促地亲一下。更亲密的行为，诸如拥抱、相互更近的抚慰，都还不曾有过呢。这会儿，你看，什么预兆也没有，女人就紧紧地亲昵地把他抱住了。

他没使出更大的劲儿挣脱，只是对她点头："我能跳出去顺着树枝逃，你行吗？"

说着，他指了指树阴下浓重阴影里的豪爵摩托车。

"不要爬树跑，"石淑女摇晃了一下湿漉漉的头，发梢上沾着的水珠拂到了于天成脸上，有点儿香波的味儿，"那样太危险！人家把树一围住，你到了地上，就给逮住了。"

"那怎么跑？"

石淑女的一只手在于天成身上摸了一下。摸着了他工装小褂的口袋，她晃了一下问："这是你卖祖屋的钱，对吗？"

"是的。"于天成承认。他的神经顿时紧张起来，这一别多年的老同学，别也是为了他的钱而来的！

她叹了一口气："钱钱钱，命相连哪！人家冲着你这钱，要你的命来了。"

"我又没招他们、惹他们，"于天成委屈地说，"他们竟敢公然来抢？"

"你有钱哪！"

"才10万！"

"10万，你晓得，我那男人把我输了去，作价多少？

"8万。睡过我之后，又拿我去押，只够5万了。"说着，石淑女的眼泪夺眶而出，泪水如雨般淌下来。

于天成仰起脸来，不晓得说啥才好。他大学毕业之后在省城里打拼，干的是一份为省市电视台做节目的活儿，固定收入每月4000元上下，再有一些津贴、奖金之类，平时社会上好好坏坏的事儿，啥没听说过？可是在他的故乡，在他生于斯长于斯的偏远山乡，竟然出了这等咄咄怪事，让他瞠目结舌，不知所以。

石淑女挂满泪水的脸朝于天成面颊上贴了一下，扯了扯他的工装小褂，耳语般说："随我来。"

说着，她朝着客房的一面墙走去。

漆成板栗色的这一面墙上，开着一扇门，同样漆成板栗色，不细看还极易忽略。于天成进屋之后就没细细地打量这间客房，他走近石淑女身边，轻声问："门外通哪里？"

石淑女道："原先也是一间客房，一上一下两个套间，220和120，本是为出得起钱的客人备的，可住进套房的客人，半夜总是吓得惊叫着跑出来，说是房间里闹鬼……"

"闹鬼？"于天成越听越玄乎。

"是啊，"石淑女破涕为笑，笑了一声之后道，"请来魔公鬼师跳神，又请来风水先生，说出的是一个底细。"

"一个原因？"

"对头。都说一棵树旅舍这最边上的屋基，建在了三千年古银杏树的树根上，伤着了神树的血脉，冲撞着圣灵，神树恼火了。"

"后来呢？"

"只得把楼上、楼下两间套房都拆了呀！"石淑女接着说，"你说稀奇不，房子拆了之后，一棵树旅舍就不再闹鬼了。"

于天成将信将疑地指着门："那这门外……"

"就是一架梯子。"

"梯子？"

"是啊，一架窄窄的梯子。"

"那我们快下。"于天成说着，一个转身扑到床边，拿起双肩包就边背边说："到了院坝里，骑上摩托就走。"

他觉得如释重负。

石淑女却并不打开门："这梯子不通院坝。"石淑女指了一下窗户。

"那通往啥地方？"

"树洞。银杏树根底下的洞穴。"

"这洞……"于天成迟疑了，"通往哪里？"

石淑女困惑地摆着脑壳："不晓得。我也没往洞里钻过。"

于天成皱紧了眉头："那你又咋个晓得这客房里有门，这门又……"

石淑女又啜泣起来："嫁了个赌鬼，我在这旅舍里打工，混口饭吃，就都晓得了。树洞通到哪里，连老板都不知晓。"

突然门上"咚咚咚"响起了敲打声，很不客气。

于天成和石淑女对望了一眼，噤若寒蝉。

只有卫生间里的水声，仍在"哗啦啦"响着。

石淑女往于天成身前凑凑，低声叮咛道："说你在洗澡……"

于天成往客房门口走了两步，放声问道："谁呀？"声音慌张又不自然。

门外响起了一棵树旅舍老板的声音："于天成，你开开门。有人找！"

"等一会儿，我在洗澡，"于天成拉直了嗓门不耐烦道，"一会儿就好。"

"那我们在门口等着，你快点！"老板的声音又道，"跟你说，我手上有钥匙！"

话音落毕，可以听见门外杂沓的脚步声。卫生间里的水声持续不断地响着。

石淑女把墙壁上的门拉开，有一股阴冷的风吹进屋来。

于天成只迟疑了一刹那，就往门外走去。他刚踏上窄梯，石淑女也出了屋门，重新把门关上，从门外拧上了锁。

窄梯上下一片乌漆墨黑，什么都看不见。于天成站在梯子上，往自己的双肩包侧袋里掏摸。他记得，每次回老家乡下，他都带着一支手电筒。手电筒虽不大，但有点亮，总比啥也看不见强多了。

石淑女下了两步梯子，紧贴在他身后问："不敢走了么？"她的气喘得粗粗的。

手电筒掏摸不着，照习惯他是放在双肩包侧袋里的，这次出门前他还瞅过一眼，姐姐给他整理双肩包时，是不是给他调换了位置？他找不着了。

石淑女的手在他肩上拍了两下，催促着："快走呀！你听。"

隔着门，于天成听到房门又被敲击得山响，还有人呼喊着。他摸索着往下走去，直怕自己一脚踏空了。

"快走，莫怕！"石淑女仍在催他。

好了，手电筒找着了，被挤压到了双肩包侧袋部的角落里，于天成颤抖着把小小的塑料壳手电筒掏出来，按亮了。一圈光照射下，窄梯直通一个洞子里，他加快了脚步，钻进洞里。

前头有了亮光，石淑女在他身后看得分明，钻进树洞，把他往旁边一推说："你照着光，我走前头，你太磨蹭了！"

说着，她弓着腰，低下头，连走带爬地，直往树洞深处小跑而去。

嗬哟！于天成真没想到，三千年的古银杏树的树根底下，会有一个这么大的树洞。他晃动着手电筒的光，紧随在石淑女身后猫着腰走去。

"妈的，这龟儿子钻进树洞里去了！"一声斥骂清晰地传进于天成耳朵里。

几支手电筒的光，在身后的洞口边乱晃着，光影闪烁进洞子里来。

于天成惊愕地站停下来，熄灭了手上的电筒光。

"于天成，你乖乖地出来，没你的事儿！"一个嗓门声嘶力竭地吼着，"老子们只是借你两个钱花。"

于天成敛声屏息，大气都不敢出。这拨人盯上了他的钱，看来是算计好的。

"你要不出来，惹恼了老子，老子燃起烟把你熏死在里头！"又一个声音威胁道，"还是放乖点，出来吧！"

于天成犹豫了，是啊，充其量就是卖祖屋得到的10万元，钱被他们抢去了，还能赚回来，命没有了，留钱有什么用？他呆站着不动了。

"听清了没有？"洞外又喊起来。

石淑女一阵风般扑回他跟前，逮住他的双肩包，压低了嗓门道："别听他们鬼扯！钱抢了去，命也保不住。你没听说，去年春节，为了抢钱，把个山洞炸塌了，压死一伙人。快走啊！"

"走哪儿去？"于天成惶惶不安，"这树洞口一堵死，我们俩都跑不出去！"

"憨包！"石淑女骂起他来，"这树洞还有个出口，我听人讲起过。快走！"说着，就势又拉了他一下。

于天成跟着石淑女走去，又把小手电筒按亮了。果然，电筒的光影里，这树洞曲里拐弯，又深又长。

石淑女边低头弓腰走得飞快，边不屑地说："烧洞子，他们敢！真是狗胆包天了。"

于天成不解："你不是说，为了钱，他们啥都做得出来嘛？"

"烧神树要遭报应！"石淑女头也不回地说，"一棵树旅舍那两间套房，为什么老闹鬼？是伤了神树的根根，砍着了神树的血脉。他们放火烧神树的根根，熏树洞，非要遭雷劈不可，看他们哪个敢动手？"

于天成不吭气了，他的中学时代，是在一棵树镇上度过的，他还记得，年年春、夏、秋三季，三千年的古银杏树枝繁叶茂，像一尊顶天立地的金色大佛，耸立云霄。在阳光的辉映之下，满树的银杏叶片鲜艳夺目，闪烁着金黄色的光芒。风吹来，树上雀鸟鸣啭，流波泛光，煞是好看。那个时候他听说过，一户离大树不远的农家，在挖园子土时，不小心伤着了宛如游龙般的树根须须，当天夜里吐血身亡的事。没有人深究过，这事儿是巧合还是真灵验？但是千百年来，类似的传说总是绵延不断。

石淑女这样的女子深信不疑，那也情有可原了。

走着走着，于天成感觉在上坡了，这么说，这树洞还通到山上去。他记得，读书的时候，他们九个男孩，手牵手围绕着大银杏树干才合围过来。而九个中学生，有的站得低，有的站得高。那站得高的男孩，还踢着脚尖喊："嗨，我都站在你们头上啦！"

古银杏树的根根，往山坡里探伸生长，是顺理成章的事。

手电筒的光影摇曳着，于天成一边跟着石淑女走，一边仄耳倾听，果然，身后并没烟熏火燎的味儿传来，连嘈杂的喧嚷也听不见了。

随着一股冷风隐隐地吹来，走在前头的石淑女突然趴下身子，往前爬了几步，兴奋地叫了起来："洞口，前头就是个洞口！"

说着，她双手有力地在树洞里扒拉着。

一股枯枝腐叶的泥土味钻进于天成的鼻子里，于天成也跟着石淑女趴下身子，为她打着电筒。

树洞口的腐殖土堆缠得很松很软，石淑女使劲地扒拉推搡了一阵，就推出了一个偌大的洞口。

石淑女钻出洞口，只顷刻工夫，就转脸对于天成道：

"你出来吧，啥动静也没有。"

于天成照着石淑女的姿势，四肢一齐使劲，爬出了幽黑的树洞。

洞外的空气清冷寒冽，没等他站起身来，石淑女发现了什么似的轻轻叫道："你看！"

于天成顺着石淑女手指的方向望去，只见远远的山坡下，一棵树旅舍旁的夜幕里，燃烧着两支火把，火把的光影里，有人影子在晃动，还有人打出手电筒的光，朝着四周照射。隐隐地，似有声音传来，但一句也听不清楚。

于天成不敢站起身来，就势坐在潮湿阴冷的坡地上，紧张地往四周环顾。

在树洞里仿佛走了很久，钻出洞来，他和石淑女却仍在古银杏树虬曲的枝丫下的半山坡上，和山脚燃着火把亮着电筒的那拨人，离得只有咫尺之遥。

那拨人显然还不甘心，在找抓到他的办法。

他呢，他该怎么办？他的豪爵摩托车仍停在一棵树旅舍的院坝里，他们肯定发现了他的车子，料到他会去找车。没车，他回不到省城去。

石淑女坐到他身旁来了，她把身子挨近他，下巴靠在他肩头，脸贴近他耳畔，低声问："冷吗？"

终究是正月寒冬的下半夜，石淑女一问，于天成不由打了个寒噤。刚才是因为紧张、害怕，忙着逃跑，把严寒忘了。或者说是感觉不到冷。这会儿，当真是冷得彻骨。

石淑女张开双臂，环抱着他，抱得紧紧的。

他一动不动地凝坐着，经过了刚才那一番脱逃，他们之间的距离一下子拉近了。没有她来给他通风报信，没有她引着他逃跑，他不晓得这会儿是什么情况。也许已经被抢，已经被毒打，甚至、甚至命也难保。她救了他，救了他的难，救了他的命……

她的脸贴住了他的脸，她的脸冰凉冰凉的，唯有她的嘴里，呼出的气息热辣辣的，他感觉到了。

她亲了他一下。他转过了脸，她张开了双唇，吁出一口气，又咬住他，他们吻在了一起。

风飒飒地吹来，耳朵里嗡嗡响。夜很冷很长，古银杏树枝丫间的鸟窝里，有只小鸟叽叽咕咕像在梦呓。

"说你找了个对象？"她搂紧他的脖子，一字一顿喘息般问。

"刚开始……交朋友……"他用城里人的说法，讷讷地道。

她轻笑一声："说你在省城工作几年，还没尝过女人的滋味。"

"条件……不成熟……"他觉得她不是在讪笑他，她说的，肯定是故乡村寨子那些人对他的议论。他只能用城里人的价值观，省城人的规矩来回答她。他读大学，大学毕业之后在省城里拼搏打工，哪怕是自由恋爱的男女双方，至少得赚出一份房屋首付的钱，才有资格谈婚论嫁，这婚是要"谈"的，"嫁"更是要"论"的。谈什么？论什么？就是条件呀！他要力争在省城里生存下去，成家立业，就得照这规矩行事。他没有想过越出这规矩，他也超越不了。母亲离世之后，故乡的根断了，他更得在省城里牢牢地扎下根来。他和故乡的关系，以后只不过是年年有空时来给父母上个坟罢了。他还能怎么样？他只能按城里的习惯势力行事。

石淑女一把抓起他的手，他感觉得到她的手上还残留着刚才扒拉洞口腐殖土时的那股味，但她这时已全然不顾，把他的手放到自己的胸口，压在乳房上，梦呓一般说：

"我没那么多条件，嗯……"

他像被火烫了似的想抽出手，可是她把他的手压得紧紧的。他敏锐地感觉得到，她的胸部一片松软，她隆起的乳房鼓鼓的，可他不敢挪动，不敢抚摸。成年以后，他从未接触过女性的乳房，他没想到是这么诱人，这么刺激，这么让他神魂激荡。

她又吻他了，吻得贪婪而又热烈，还摇晃着脑袋，哼哼出声。

他开始抚摸着她的乳房，鼓鼓的大大的乳房，她掀开了衣裳，让他把手伸进去，他触摸着她的肌肤……她一声粗一声细一声叹息地哼着，嘴里还不住地叫唤着：

"天成，天成，你别在乎，你……天成，噢，天成……"

她突然一下子坐直在他跟前，双手捧住他的脸，认真地询问道：

"天成，你想要么？要我么？"

于天成只看到她脸上一双眼睛野火般灼灼地放着光，惶惑得不知说啥好。他想要她，可又不是在古银杏树旁的野地里要，这不是他要的方式。

她又吻了他一下，说："你是怕冷吗？来，我们钻进树洞里去，那是地底下，谁也看不见……"

话音刚落，"砰"的一声枪响，震耳欲聋地划破夜空。

那回声，在一棵树镇里镇外回荡了很久。

"咋个回事？"石淑女受惊地在于天成耳畔轻语。

于天成朝山坡下一棵树旅舍那边望去，只见燃起火把的地方更亮堂了一些，更多的手电筒光在摇来晃去，有几道光还往半山坡里晃了晃，似要辨清山坡上的动静。喧喧嚷嚷的声音更响地传开来。

继而，火把熄灭了，手电筒的光柱也不再来回晃动，喧哗声渐渐平息。

一切复归于夜深人静时的沉寂，连一棵树旅舍门前的那盏灯也关了。

下半夜的风却更大起来，呼啸着吹过银杏树密密匝匝的枝丫，发出吱吱呀呀的响声。

石淑女的脸往于天成跟前凑过来，悄声说："你这祸，躲过去了。"

"嗯。"于天成哼了一声，刚要说一句啥，揣在兜里的手机，却出乎意料地响起来，声音响亮又清晰，惊得两人跳了起来。

于天成赶紧掏出手机滑动接听键，机屏显示是林开林打来的。于天成连忙放在耳旁：

"开林，你说。"

"天成，你那儿的危机过去了吗？"

"好像是……"于天成回答得不那么有把握。

"这么说奏效了，"林开林用肯定的语气十分有把握地说，"我用了假传圣旨的办法，给一棵树镇派出所打了个电话，说是县信访办接到报告，有人策划要在镇上旅舍抢劫，县领导十分重视，要镇派出所赶紧出动查一下，千万不能再出事。去年山洞炸死人还没结案呢，再出事就完了。你目前安全，就证明这法子奏效了！"

"亏得你……"

"亏我啥子唷！"于天成的道谢话还没说出口，就给林开林打断了，"你老兄向我求救，我能有啥办法。既指挥不了武装部，又不能让公安出动，更调不来武警。只能用这办法吓唬一下，看来还管点事儿。不过只管得了一时半刻，你老兄，天一亮赶紧动身吧，到县城我这里来吃早饭。"

"要得。"于天成的喉咙有点发紧，林开林哪里晓得，他今晚上遭遇的惊险一幕啊，看样子刚才的枪声和喧嚷嘈杂，都同镇派出所的出动有关系。他放下手机，才觉察到自己连一声道谢都没说。

"是林开林打来的？"石淑女问。

于天成点头，深夜的坡上十分安静，林开林说的话，想必石淑女都听见了。

"我说呢，"石淑女如梦初醒般说，"这伙子输红了眼的赌鬼，怎就歇手了呢！是林开林喊动了警察。走，我们下坡去。"

"去哪里？"于天成想不出这当儿能去什么地方。

石淑女笑了："派出所啊！离天亮还早着哪，只有在派出所，才能安心眯一会儿。"

这是一个好办法，哪怕就是在派出所的长椅上歪一会儿，都是安全的。

于天成站起身子，拧亮电筒，随着石淑女，一脚重一脚轻地往一棵树镇派出所走去。

…………

拂晓的薄明时分，于天成走进一棵树旅舍的院坝，打开了豪爵摩托的锁，跨上车座，发动了车子。那声音刺耳而闹心。

他看得分明，一棵树旅舍的大门紧闭，门厅里黑幽幽的，门口的灯也关着。

照他吩咐，石淑女从车后备厢里，取出一只头盔，递给了他。

他把头盔戴上，石淑女坐在他身后，双手环抱过来，紧紧地搂住了他的腰。

豪爵发出一串"突突突突"的响声，驶出了一棵树旅舍的院坝。门厅里的灯亮了，不过他俩都没看见。

于天成熟练地驾驶着他心爱的豪爵，驶出了故乡一棵树镇。车后坐着石淑女，一个数次在赌桌上被卖的女子，曾经是他和林开林的同学，如今无家可归的可怜女人。他不晓得怎么对林开林说，他也不晓得石淑女只是想到县城还是想到省城，他更不晓得如何对自己刚谈不久的省城女朋友尹晓娟解释石淑女，他只是觉得不能丢下她，丢下了她，她这一辈子……

出了一棵树镇，有长长的一截下坡公路，直驱县城。公路上弥散着黎明时分的雾纱，豪爵摩托风驰电掣一般绝尘而去……

（原载《广州文艺》2015年第11期）

深河桥头

这个故事的线索，最初是四十六七年前，我插队落户当知青时听来的。

给我讲这个故事的布依族汉子，当时不过近50岁。讲的是他青年时代刻骨铭心难以忘记的一段经历。他叫勒普，布依族的名字，意为勤劳、勇敢。汉语的大名叫罗智勇。可是一个寨子上的老乡，很少叫他勒普的，更不习惯称呼他罗智勇的姓名。叫他罗智勇的，只有我一个人，因为我是生产队里的记工员，给他记工分时，我要求他报正式的名字，每天给他记工分，问他在哪块田地干活，我就连姓带名称呼他罗智勇，我觉得这名字很好，很符合他的性格。

寨邻乡亲则不然，他们喊他的时候，都叫他乖甲习。乖和甲习之间，稍有片刻的停顿。起先我一直以为，乖是姓，甲习是他的小名。

后来老乡悄悄告诉我，不是这个意思。乖甲习是憨厚的布依话发音。他那么有智慧又敢于担当的汉子，怎么会憨呢？憨厚当然也是褒义词，只是看老乡们说他憨厚时嘴角露出讥诮的笑纹时，我便猜大伙儿更多地认为他为人处事有点憨的成分大。

一晃那么多年过去了，年事渐长，很多我自己亲身经历的往事都渐渐淡忘了。而罗智勇当年给我讲述的事情却还记在心头，很多细节似乎历历在目。

后来我开始写小说，从来没有想到要把这个听来的故事写出来。年过60，回忆往事，竟然仍把这个听来的故事记得那么清楚，可见这个故事自有它的魔力和生命力。于是我重返年轻时插队落户的第二故乡，从县志、州志，从文史资料中，了解到很多老人所讲故事的时代背景，社会状况和村寨风情。对于故事发生的那个年代，竟然犹如历史的画卷一般，在我眼前徐徐展开。我很想再次拜访罗智勇老人，他若活着的话，该有90多岁了。但是村寨上的乡亲告诉我，活到91岁，老人去世了，不过几年前的事。我深感遗憾，老乡说你也不要遗憾，过了85岁，乖甲习更加惹了，一句话总要翻来覆去说七八遍，听的人不胜其烦，城里人说这是老年痴呆。

于是我决定把这个颇有意味且令人难忘的故事写下来。

故事的核心是一座青冈石桥，河谷幽深，水流湍急，当地布依族、水族、苗族老乡称其为深河桥。故而我就把小说的篇名定为《深河桥头》。

勒普离开韭黄寨，往深河桥这边走来，是因为接亲半年多的新婚妻韦发妹的催促，让他务必到朗寨上去看看，这几天里让人心里不踏实的消息一个一个传过来，发妹惦记着朗寨娘家父母弟妹的安危，饭吃不好，觉睡不着，弄得勒普跟着心中不安。

听说日本鬼子穿着蜡黄的军装，要穿过朗寨的青冈石阶路，往独山县城赶。占领了独山，他们还要过深河桥，去打都匀、麻江、贵定，一直打到贵阳去。

像在三都九阡的石板寨一样，日本鬼子在朗寨也遭到了水族老乡们的抗击，枪炮声响了好久，打死了几个日本鬼子，水族老乡也有伤亡的，经过一天一夜抗击，满寨的男女老少水族乡亲，全部四散逃进了山林里，鬼子进村之后，烧杀抢掠，无恶不作，见粮食就拉起走，见到猪、牛、马、羊全部枪杀之后宰来吃，临走之前，还点起大火烧寨子，火光烟雾燃了好久都不见平息。

发妹听到这些消息，魂都不在身上了，不晓得自己的父母弟妹是不是遭害，伤着没有，躲进了山林里，天寒地冻的，这日子怎么过？她催着勒普，往朗寨跑一趟，探一个究竟。鬼子窜进了独山县城，朗寨团转，想必太平一些了。

勒普当真答应去了，发妹又不放心自己的丈夫了。她让勒普带上那管猎枪，防个身，真碰上了鬼子，还能打死狗日的几个。她还给勒普蒸了一背篼的苞谷粑，说一家人躲在山林里肯定是缺吃少穿，多带一点。只是怕装得太满，背着走太重，她才没把蒸好的苞谷粑全装上。

发妹的手巧，蒸出的苞谷粑糯香糯香的，勒普背在身上，都能闻到透过苞谷叶拂来的清香甜酸的滋味。

走出弯弯拐拐的羊肠小路，翻过朗寨通外头的山垭口，一眼看到那条独山通往州府都匀的大马路，勒普的双眼惊恐地睁得老大，天哪，怎么会是这样子？

那条平时看去宽敞得顺着山拐带一点弯曲的大马路上，汇聚着数也数不清的成千上万的难民，他们穿着破衣烂衫，老老少少肩挑背扛，有相互搀扶的，有嘶声啼哭的，有呼天抢地哀嚎的，有在路旁临时架锅煮食的，有在石板上倒头睡的，马蹄声，汽车的喇叭声，呼叫声，此起彼伏，不绝于耳。前头一辆横起的车子开不动了，蠕动着的蚁群般的人流停滞下来，一声刺耳的枪响，震得山谷里发出阵阵回响，继而又陷入一片骚乱之中。

勒普的两腿一阵晃动，站在山垭口上不知所措地看着这一从没见过的景象。

他不敢下坡往大马路扶老携幼的人群里走了，一挤到人群里，他也就成了难民。他们是从长沙、从柳州、桂林背井离乡逃难来的，他们潮水般地涌了来，要沿着这条大马路奔省城贵阳去逃难，去找一个活命处。

风吹来，好冷。勒普不由得打了一个寒战，出门之前，他把能穿的衣衫都套上身了，没想到还是这么冷。往年的十一月底，黔南的山山岭岭，没有这么冷的。才站停下来一会，脚僵了，手都有些发颤。脸皮上感觉阵阵刺痛。

勒普心头拿不定主意，放眼四望，那条挤满了难民的大马路上，车流滚滚，柴油车、马车、独轮车、板车、卡车，挤作一堆。人流堵住了走不动，马路两边的小路上、溪沟边，也都是人。啼饥号寒、老弱妇孺有的走不动了，席地而卧。一个娃娃拖着鼻涕，在仰脸哭泣，哭声都淹没在嘈杂哄乱的喧嚷中。这不，大马路两侧的半坡小路上，不时地走过一个又一个赶路的难民。

勒普惊惧地瞪着他们，他们有的瞥一眼勒普，有的望都不望一眼，只顾埋头喘着粗气赶路。

一听他们喘得这么凶，勒普就晓得他们是外乡人，不懂得如何走山路。这么赶着走，不说累得人要趴下，喘也要把他们喘死。

怪不得前些天朗寨打响之后，韭黄寨上就传说，逃难路上有冻死、饿死、踩踏而死的人，尸体就随意地抛撒在坡上，惨不忍睹。看来是真的。心中慌啊，怕挨日本人的枪炮子弹，怕被打死，才要逃难啊！

勒普从来没有像今天这样，感觉到日本鬼子的可恶，感觉到被侵略的受辱，感觉到当亡国奴的可怕。日本人打进中国，他晓得国家遭难了；日本人得寸进尺，不断吞食国土、南进北犯，中国老百姓纷纷往贵州、云南、四川逃难，长途流亡，背井离乡，他晓得中国人这难遭大了！但是，韭黄寨上的老人们说，贵州是块福地，山高林子大，日本人打不进来，我们布依族还是过自己的日子，多收粮食，把余粮献给国家，打鬼子。故而勒普心里总觉得，抗日这件事，离自己很远。他不用穿上军装扛起枪到前方去，他要做的是种好庄稼，闲来上山去打猎，过好自己一份小日子。况且他已经娶来了水族女子韦发妹，开始收庄稼那几天，发妹体力不支，韭黄寨上的伯妈老奶们都说，发妹有喜啦！让勒普多照顾她。要不是发妹多次催促，勒普真不愿离开发妹，往朗寨走一趟。

没想到，走出韭黄寨，竟然会看到眼前这一幕逃难途中的凄惨景象。

勒普不想走到大马路上去，人群杂沓的难民，他怕自己带着猎枪、背着背篼。挤也挤不过去。更怕饥肠辘辘的难民们一旦发现他背篼里的苞谷粑，顷刻工夫就把苞谷粑全抢光了。

他呆痴痴傻站了一阵，想了想，决定沿山坡的小路，斜穿过深河桥，往朗寨放心去探望发妹的父母弟媳。这样走，比走山谷间的大马路难行一些，却近一点，只不过翻山越岭，都是羊肠小道，湿滑难行一点。

打定了主意，辨认了一下方向，刚转过身子，往朗寨去的小路上走出几十步，勒普听到身后有人喊他。

"前面那位兄弟，问你个事。"

勒普一听，就晓得这是逃难的外乡人，说的是北方话。他站停下来，提了一把肩上的猎枪，转过身来。

风迎面吹来，湿漉漉的，打在脸上冰冷冰冷。勒普伸手抹了一把脸，冷得直刺骨头，再一看，不好，风中飘着小雪花，一小点一小点，稀疏稀疏的。

他看清了问路的是两个和自己年岁相仿的国军士兵，两人穿着军装，肩上背着枪，枪口朝着地下。前头那兵脸貌清秀一些，后头那个脸盘显得更年轻，只是络腮胡子，黑乎乎的，有几天没刮了。

勒普打量着他们，脸上的神情分明在说，问啥子？你们说啊。

前头脸貌清秀的兵谦恭地笑了一下，问："兄弟，去深河桥怎么走？"

勒普想说你们跟着我走就行了，话到嘴边，变成了盘问：

"你们到深河桥去干啥子？"

"噢，"问话的兵笑得更加灿烂了，他指了一下同行的兵，勒普现在看得更清楚，满脸络腮胡子的兵，比问话的这个年轻好几岁，看他那样子，不过20来岁。"我们是黎明关退下来的国军79军199师187团士兵，打散之后，长官命令我们到深河桥头集结。我们没走错吧？"

虽然天天守着发妹生活在韭黄寨上，前些天荔波县的黎明关国军阻击日本兵，凭险布防，迫击炮和机关枪响个不停，打了几天几夜，200多日军死伤。后来终因鬼子抄小路包抄，国军腹背受敌，才退出阵地后撤，勒普听到寨邻相亲绘声绘色地讲述。看这两个士兵，满脸疲惫，身上没有受伤，勒普说：

"随我走吧。"

"到哪里去？"问话的国军警觉地问。

勒普知道他心疑，说："我也要过深河桥，你们安心。"

勒普说这话是让两个国军士兵放心，他不会把他们带到其他地方去。

"还有多远？"还是问话的士兵关切地打听。

"不远，半天能走到桥头。"勒普头也不回地道。

风刮得大起来，星星点点的小雪花，也比原来下得密一些。雪花落到窄窄的山道上，顷刻间就化了。勒普加快了脚步，小雪花下繁密了，凝结在泥巴路上，就像擦了油一般，会难走得多。

身后两个国军士兵，显然不习惯走这高低不平、曲里拐弯的山路，他们走得气喘吁吁的，粗重的喘气声勒普听得清清楚楚。

"兄弟，"紧跟在勒普身后的士兵又在喊他了，"你有没有吃的东西？"

勒普转过身来，目光从问话士兵的脸上，扫到更年轻的络腮胡子士兵的脸上，有几朵小雪花，落在络腮胡子上，一时间没有化，白花花的，使他的脸上看上去像抹了一层霜。但是从他俩闪烁着饥火的眼神中，勒普看出了他们很饿了。饥饿的人对食物有种特殊的敏感，挨过饿受过冻的勒普是晓得的。莫非，这两个饥肠辘辘的国军士兵，闻到了他背篓里苞谷粑的气息。

天气冷，发妹刚刚蒸出来时苞谷粑的香气，已经不是那么浓烈了呀。再说，他背的苞谷粑是要送给发妹的父母——他的岳父母的，他不能随便拿给陌生人吃啊！

山坡下大马路上的难民那么多，他这一背篼苞谷粑经得几个人吃。

勒普目光游离着，摇了摇头。

问话的士兵从军装兜里掏出一叠钱，递了过来："给，换点吃的。"

哇，这么厚这么多票子啊！勒普双眼一亮，道出一声："发洋财咯！"

几个苞谷粑能值多少钱。往常在山林里打猎，逮到了麂子、锦鸡、竹鼬，那种好吃的小动物，挑着到赶场天卖，也卖不到几个钱，这会儿，几个苞谷粑就能换来这么多票子。韭黄寨上的乡亲，说过这发洋财的话，有人用几块米糕、糯米粑，就换来了难民的金戒指、首饰、怀表。摆弄来摆弄去，闲下来就玩个不停。

脸貌清秀的士兵晃了晃手中的票子，票子发出诱人的哗哗的声响："拿着，有吃的，你给我们一点。"

勒普接过一迭票子，忙慌慌揣进了衣兜。他穿的是布依汉子斜襟衣衫，衣兜在胸前，把钱往衣兜里塞的时候，他的手都激动得抖了。

一辈子，他都没得到过那么多的钱。

他一转身把背篼放下来，揭开盖着苞谷粑的芭蕉叶子，双手捧起五六块苞谷粑，递了过去。

那络腮胡子的年轻士兵，像饿猴争食般敏捷地跳了过来，抓过两块苞谷粑，急不可待撕去苞谷叶子，狼吞虎咽地咀嚼着苞谷粑。

看得勒普都惊呆了。

脸貌清秀的士兵斯文一些，接过苞谷粑，没把苞谷叶子撕干净，就往嘴里送。

勒普心里说，这两个国军士兵跟着难民们一路行来，肯定是饿了好几顿了。

吃第二个苞谷粑的时候，两个士兵咀嚼的速度放慢下来了。络腮胡子先拧开他的军用水壶，就着水下咽。继而脸貌清秀的士兵也喝水了，见勒普大睁双眼盯着他们的每一个动作，他还笑了笑，问勒普：

"怎么称呼你？"

韭黄寨上的布依族乡亲，叫他乖甲习，但是只要上街赶场，勒普也请寨老取了汉族的大名，他对国军士兵道：

"我叫罗智勇。你们呢？"

脸貌清秀的士兵指着络腮胡子道："他姓田，叫田仓，粮仓的仓。我姓藤，写起来笔画很多的那个藤，叫藤木。哈呀，你这东西，太好吃了，松松软软的，有点甜，微带点酸，好带劲。"

"好吃、好吃。"田仓跟着连声夸赞，一边说一边舔着粘在手上的苞谷粑，还没吃够似的。

听他们说话，勒普觉得，田仓和滕中明不是一个地方的人，咬字发音硬硬的。

他把肩上的猎枪挎了一下，重新背起背篼，对两人道：

"雪花飘得密了，赶路吧！"

脸貌清秀的滕中明挨近身来托了一把背篼顺口问：

"罗……你是这山里的老乡？"

"是啊！韭黄寨上的。"

"你去深河桥有事？"

"哦，不是，我是去探望岳父母，路过深河桥。"

"啊，那我们真是太有缘、太有幸了！"滕木笑着道："碰上了你，我们就能顺顺利利到达深河桥啦！"

他说着，还拍了拍田仓的肩膀。

田仓脸上也露出了笑容，不住地点头。

藤木和田仓身上都带有吃的，不过那都是军用压缩饼干，吃厌了。不是饿得受不了，他俩谁都不想吃。藤木拿出一把钱换这个姓罗的老乡的糕粑吃，一是想换换口味，二是要同他套近乎，说上几句话，进一步摸清情况，顺利地到达他们的目的地深河桥头。

没头苍蝇般的跟着嘈杂喧嚷的难民潮走，他们真怕走错了路，到不了这问了好多难民都摇头说不晓得的深河桥头。完不成他俩身负的重大使命。藤木是一个中国通，年少时就被派到中国东北抚顺的一个日本医生诊所当助手，学得一口流利的中国话，说的普通话口音，比一般的东北人还准一些。后来又被招回日本的特务机关专门培训，继而跟着日本军队进入中国，从事一般官兵难以完成的特殊任务。这次他跟随步兵104联队队长海福三千雄大佐抵达广西南丹后，决定兵分两路进入贵州。

步兵联队号称有3800多人，打到广西南丹时，已不足3000人，兵分两路进军贵州，藤木跟着联队队长海福三千雄这一路，不过只有一千多人。

从广西的南丹直扑贵州的独山，一路上长驱直入，几乎没有遇到中国正规军的抵抗。只是海福三千雄大佐让中国老百姓的冷枪打怕了，他命令所属部队通通去弄中国老百姓和军队的服装来穿，把军帽都丢了，枪倒挂在肩上，使中国的部队和老百姓都认不出他们是日本兵，第一站是独山，稍事休整后，再直扑贵州省的省会城市贵阳，威慑到重庆的中国政府，完成军部深谋远虑的战略，摧毁重庆政权继续抵抗的意图。

在即将占领独山之前，海福三千雄召来了藤木，让他带上作战勇猛的士兵苍田，轻兵简从，扑到独山前方的深河桥畔隐蔽，暗中保护这座桥，不要被中国人抢先炸塌。一旦深河桥被炸，在独山稍事休整后再向贵阳进军，部队就会受阻。莫说几百上千人，再多的人，都会遭到居高临下的中国军队的痛打而坠入深渊。

海福三千雄联队长已获知准确情报，中国人将在近几日内，抢在日本军队之前，炸毁深河桥。

这座桥被一炸，不要说一个104联队的一千多人，就是把步兵65联队、116联队一齐调来，而对深河桥对岸山岭上居高临下、易守难攻的机枪大炮也打不过去。

故而，藤木和田仓两个人，肩负的使命至关重大，关系到几千上万日本军人的性命。

海福三千雄联队长指着地图上的标识让藤木和田仓看清了，他们要奔赴的，就是这座深河桥。

作为一个军事特务，藤木晓得自己要完成护住深河桥的任务，十分艰难，他和田仓只是两个人啊！而他们两个人，要面对的是成千上万的中国人。别看公路两边逃难的中国人拖儿带女，奄奄一息，对眼前呈现的所有凄惨景象无动于衷，那是他们缺吃少穿，还有漫长的路要走。如若他们知道眼前的两个人就是日本军官和士兵，他们顷刻间就会爆发出震天动地的怒火，扑上来撕扯他们，骂他们，打他们，甚至张开嘴咬他们。他们恨死了日本军人，他们之所以落到今天这样家破人亡、妻离子散、骨肉分离、呻吟哭号逃难的地步，全都是大日本帝国皇军打进中国的缘故。这般仇恨的烈火气焰，藤木是时时感觉得到的。故而在出发之前，藤木对基本不会说中国话的田仓一而再、再而三地下命令说，凡是同中国人打交道，说话，一律由他开口，不允许他发出任何声音。

田仓当然是晓得其中厉害的，他答应在中国人面前装一个哑巴。但是藤木仍然不放心，尽管海福三千雄联队长说田仓是一名作战英勇的士兵，可他也听说，田仓特别喜欢中国的花姑娘，上海登陆以来，一连参加了好几个战役，联队里的士兵都晓得，田仓一有机会就要窜出去强奸中国的花姑娘。故而联队长明确田仓归藤木直接指挥以后，藤木已经直言不讳告诉他，让他收起这份花心，不许造次，因为他们这次的任务太不寻常，一旦在中国人面前暴露他们是日本人的身份，他俩必死无疑。他们这次是深入敌后，身边不可能找得到任何援军。

即使如此，藤木还是看出，一路行来，只要身边出现女性，不单单是中国姑娘，就是逃难途中的女性、怀抱婴儿的少妇、扶老携幼的中年妇女，田仓仍会瞪圆了双眼，色迷迷地盯着她们看。

真应了中国的一句俗话：狗行千里改不了吃屎的习性。

藤木不仅仅要时时提防身边出现的任何中国人，他还得像防贼一般盯着田仓的举动。

他不是看不到这场侵华战争的大势，作为审时度势的军人，他太清楚大日本皇军这场侵华战争付出了怎么样的代价，珍珠港事变之后，皇军的战线拉得太长，像田仓这样十八九岁、甚至比田仓还小的日本本土青年都被招入伍，派到前线打仗，说明国内兵源匮乏，和那些听见枪声就脸色发白、一进入战斗就哆嗦的小士兵相比，田仓无疑是一个有股武士道精神的勇敢士兵，藤木既要充分利用田仓的这份英勇善战，又要时时防备他露出破绽，坏了他们的大事。

海福三千雄联队长说得轻巧，只要长驱直入，沿着黔桂线打进贵阳，再从贵阳沿川黔公路北击，中国陪都重庆指日可待。大日本皇军从东三省开始出击，铁蹄踏过了中国版图上的多少省份，这最后一个贵州山地省，还不就是我们皇军的囊中之物。藤木站得笔挺在联队长面前，连连点头说着哈依哈依，可他心头明白，中国政府已经调集了好几个军的兵力，要在贵州南部这一带组织会战，要凭几个联队不足一万人的兵力，和数十万人的国军正面交锋，谈何容易。

海福三千雄大佐在进入独山火车站边上的宾馆时，见到独山城内除了燃烧的火焰和四处弥漫的硝烟之外，得意洋洋地在宾馆大墙上书下四个歪歪扭扭的大字：

无血占领

士兵们见到了，纷纷效仿，一时间独山城内好几处墙上都写了"无血占领"，既显示了大日本皇军的威风，又标示出日本军人对中国部队的蔑视。

在藤木看来，作为一种宣传，一种心理攻势，这么写写也无妨。如若海福三千雄大佐真以为率领他的步兵104联队，可以沿着黔桂线长驱直入，直捣贵阳乃至转而北上，经遵义打到重庆去，那也未免太过轻敌、是在做白日梦了。眼下几千人要对付中国军队集结起来的"黔南会战"，就是一块难啃的骨头。而要破坏中国政府调集何应钦、汤恩伯、张治中部的"黔南会战"，首当其冲的，是保护位于黔桂路上的这座深河桥。如果任凭中国人把深河桥炸了，那么104联队海福三千雄亲率的这一千多人，恐怕就要葬身在桥头了。

藤木不是一个只知道完成上司命令的帝国军人。他太清楚了，自从1944年秋，帝国军队集中50万人的兵力，大举进攻长沙、衡阳，攻陷桂林、柳州，继而分出一部分兵力，沿黔桂铁路线直逼黔境，已经完成了"支那派遣军"总部原先制定的"一号作战大纲"。

一号作战大纲要达到的目的，是为了打通纵贯中国大陆的交通线，摧毁中国和美国空军在华中、华南的基地，援助"大日本皇军"深入到缅甸、泰国、越南地区的孤军，减轻他们的压力，并且保住必要时由中国大陆经朝鲜撤兵的最后通道。

事实证明，"大日本皇军"的"一号作战大纲"战略是英明的，从秋天到冬天，日军发动猛烈攻势，让国民党军损失兵力六七十万，占领中国大小城市146座、空军基地7个、飞机场36个，可谓取得辉煌战果。达到了对中国取攻势、对盟军取守势的战略目标。

那么，目标既已实现，为何还要孤军深入，作孤注一掷的冒险进军呢？

藤木心中对此再明白不过了，"大日本皇军"的威势已经在中国国土上充分展示，趁着国民党军正面战场的大溃败，日军正可以乘胜追击，完成早就有过的攻占重庆的打算。一个独山可以"无血占领"，那么独山后面的马场坪、贵定、贵阳，完全也有可能"无血占领"。不是么，才一千多人的104联队刚刚占领独山，远在一二百公里外的贵阳已经在喊紧急疏散，让所有军民撤退了嘛！

这是一个多么好的机会，多么难得的战机啊！

如若真能像电台在日本出发时大肆广播的那样，达到进攻省府贵阳、重镇遵义、直捣重庆的目的，那么日军就能在中国贵州创造奇迹，取得超出军事范围的政治效果，扭转日军在整个东亚战场上的颓势。

为确保海福三千雄联队长率领的104联队一千多人像尖刀似的沿黔桂线快速前进，保护住深河桥，确保这座桥畅通无阻，是一个关键性的任务。

连这座桥都过不去，还谈什么进军呢！

藤木深知，他和田仓两人保住了深河桥，就为大日本皇军立下了赫赫战功，其战绩是能彪炳史册的。

中国兵书上说，知己知彼，百战百胜。藤木再明白不过了，田仓再英勇善战，再智勇双全，靠莽力那是守不住深河桥的。要保住深河桥不被炸毁，就得智守。如何智守呢？他心中无底。

真是苍天有眼，行进途中，遇到了一个乡下人。看得出他是个当地的农民，是个少数民族，这从他的衣着上就看得出来。依据藤木对中国农民的了解，这个穿着少数民族服装的精壮汉子，还是一个不识字的文盲。这从他脸上的神情，从他拿到一叠钱时欢叫着"发洋财啰"这举动，就看得出来。他太喜形于色了，胸中并无啥城府。藤木觉得，要利用他的憨厚勇猛来为己所用，完全是有可能的。

临近中午，雪花飘得愈加繁密起来，像千千万万只小蝴蝶在空中翻飞。风小一些了，只是上坡的路更难行了，雪花落在地上，打湿了地面，油滑油滑的，往前走一步，非得踩稳实了，才能走第二步。

罗智勇走在前头，还是比藤木和田仓两个国军士兵走得快。这两个士兵，虽说是军人，爬这黔南的山路，差得远了。两个人离罗智勇的距离越来越远了。

上得一个土墩，罗智勇仰脸望望前面那个山垭口，只有二三百步了，他晓得，翻过那个垭口，远远地就能看见深河桥了。他转过脸去，只见那两个国军士兵，摇摇晃晃歪歪扭扭地走得特别费劲，那种一步三摇的模样，直让人担心他们走不了几步就要跌倒。见他往后看着他们，那个叫滕木的，还扬起手叫了一声：

"等等我们。"

罗智勇吁出一口气，决定站在原地等他们走上来。恰在这时候，两个国军士兵身后闪出一个水族姑娘，小跑着追上来，边追边喊：

"智勇哥，等着我！"

嗨，这不是韦发菊嘛！是发妹的亲妹子，只比发妹小一岁半，发妹是头年春天出生的，发菊是第二年秋天生的，他出生的时候，坡上的野菊花开得繁艳艳的，就给她取名叫发菊。罗智勇听发妹说过这事。噫，稀奇了，韦发菊怎么会出现在这里呢？不是说朗寨上的人，都逃进山林里去躲灾了嘛。

罗智勇有点发愣地瞪着小跑过来的韦发菊。见她离自己近了，他不由问：

"你咋个这当儿闪出来了。"

"撵你呀！"

"撵我？"

"是啰！"发菊走到罗智勇跟前，气喘吁吁地道："你刚走出寨子一顿饭工夫，我们一家子就走拢韭黄寨了……"

"那好啊！"罗智勇一听两眼都辉亮起来，这么说他就不消到朗寨附近的山山岭岭里去寻找岳父岳母一家子了："发妹就是怕你们有啥闪失，才让我来找你们的。她惦着你们，魂都不在身上了，连着几天睡不着。"

发菊把手一招："你不用去朗寨了，姐让我喝口水、吃了点东西，就来追你了！你走得真快，都快拢深河桥了！"说着，发菊的手指了指山垭口。

滕木脸上露出询问的神情，说："碰见熟人了。"

罗智勇说："这是我妻妹，我不带你们去深河桥了。看！"

他转过身子，手指了一下前方不远两座大山夹峙着的垭口，说："你们走到山垭口上，远远地就能看见峡谷中的深河桥。顺路走过去，就能到前面的桥头了。"

"怎么不去了呢？"腾木语气平和地问："你不是说要过深河桥去的嘛！"

罗智勇笑起来，指了一下韦发菊，点头道："是的啰！我过深河桥那边去，就是为了找他们，现在他们已经到了我家，我还去干哪样呢？哈哈，省去我好多脚力。"

"你看这样好不好？"滕木用商量的口吻，堆起一脸笑容道："你好事做到底，这里离你说的山垭口也不远了，你带我们俩走到山垭口上，指我们看见了深河桥，就和你妹妹回去。我们身负任务，责任重大，怕走错了路，就坏大事了。"

"这个……"罗智勇瞅了瞅一路往山垭口去的上坡路，心里说这两个国军士兵真是缠人，一点点路，还要他作陪，心里犹豫着，这不是让他走冤枉路嘛！

滕木似乎看穿了他的心思，又加了一句："为抗日，你辛苦一点。"

这话一下打动了罗智勇，是啊，国军士兵往深河桥赶，为的是啥呢？还不是为打日本鬼子，他多走几步路又算个啥呢。他点了点头，正要转身往山垭口上走，双眼一直盯着韦发菊笑眯眯打量着的田仓，突然竖起大拇指，朝着发菊说：

"花姑娘的，大大的好！"

话一出口，滕木勃然变了脸色，怒气冲冲地瞪着田仓，咬牙切齿的模样几乎要揍田仓。田仓的话也惹恼了韦发菊，她气得胸脯起伏着，张嘴就厉声说：

"你嘴巴里生蛆！"

罗智勇一点也没起疑心。他不晓得滕木为啥怒形于色，发菊气恼还有点道理。山里人的风俗，陌生人不能当面夸奖未婚的女子。当面夸，等于是不怀好意。不过罗智勇觉得两个国军士兵是外乡人，情有可原。再说了，韦发菊长得美，在布依、水族山乡是出了名的。四乡八寨的人都晓得，韦发妹、韦发菊两姐妹，是“走路好比风摆柳，回眸一笑百花羞”的俏妹子，国军称呼她花姑娘，也没啥过分，发菊是像花一样美嘛。于是罗智勇以息事宁人的语气对发菊道：

“你在这里等我一小会儿，我陪两个国军走上山垭口，就回转来。”说着把背篼放在发妹身旁。“行嘛！你要管这闲事你就管。”发菊噘了一下嘴，走离田仓两步，不满地说。

“多谢多谢！”滕木又换上一副笑脸，向罗智勇道谢，说着还愤愤地扯了田仓一把：“你还在望什么，快走！”

田仓似乎一点也不把滕木的恼怒和发菊的气愤当回事，仍然色迷迷地盯了韦发菊一眼，这才不情愿地扯了扯背着的枪，往山垭口上走去。罗智勇想到发菊在等他，撒开双腿，用打猎时追赶麂子的速度，往山垭口上快步攀上去。

滕木跟在他身后，紧赶慢赶，没走上一二十步，气就喘得粗了，田仓的步伐也还算矫健，跟在后头。

上得山垭口，一阵迎头风刮过来，好冷，真是寒风刺骨。罗智勇用巴掌抹了一把脸，他发现，刚才下得繁繁密密的雪花，这会儿停了。前方峡谷里，一座石桥架在那里，连接着深河两岸。桥下三丈多深的河谷里，一条湍急的河流翻腾着白色的浪花。桥的两头，桥面上，都是蠕动着的流亡的难民。隔得还远，仍能听得到嘶声拉气地喧嚣。见滕木跟上来了，罗智勇指着桥说：

“看见没得，那就是深河桥。”

随而攀上山垭口的田仓探头探脑地张望着。滕木以商讨的语气道：

“兄弟。只问你一句话。”

"说嘛！"罗智勇回头往后望了望，韦发菊仍站在刚才他们站的土墩上等着。风吹起她水家姑娘的裙摆，还是那么美。

"要保护住这座桥，我们两个，"滕中明指了一下跟上来的田仓，谦恭地问："呆在哪个位置最好？"

罗智勇听他口气，是诚心诚意的，便用他那一双布依族汉子撵山打猎的目光，扫视了一下深河桥两岸陡峭的山岭，那是黔南嶙峋嵯峨的石崖山地，像是巨兽的利齿啃咬过一般，高低错落，凹陷不平，坡面上时有几丛树枝茅草，在寒风中摇曳。他伸手一指：

"你们看，那个石窝怎么样？"

滕木和田仓顺着他手指的方向望去，两个人不由得露出了笑容。对于深河桥来说，那简直是个居高临下的地堡，一砣鼓突的石岩挡住了河谷的视线，呆在桥附近，举枪往上打，连目标都难以找到。而躲在石岩后头的人，则能把桥上桥下、桥头两侧所有的动静，看得清清楚楚，尽收眼底。

滕木一拍罗智勇的肩膀，朝他竖起了大拇指："真有你的，天生一个狙击手！"

罗智勇听不明白他说的什么意思，但是知道这个国军是在夸他。他也憨厚地笑了一下。

滕木又问出一句话："我们……怎么过去呢？"

罗智勇看了一下，果真，从他们仨站的垭口，要跑到他指的石岩后头，乍一眼真找不到路。坡斜得站不住脚不说，斜坡上尽是乱石和野蔓野藤，走过去只怕要滚下山坡去。田仓的脸吓得拉长了。滕木的一双眼睛前后左右骨碌碌不停地在转。

罗智勇淡淡一笑，指了指脚下说："往这边走。"

滕木顺着他手指的方向瞧了瞧，满腹狐疑地问："往下走……"

"你看呀！"罗智勇的手指慢慢移动着。

滕木看清了，脚下是有一条若影若现的弯拐小道。只是，只是这条羊肠小道仅仅通到那砣鼓突的石岩下头，走不到石窝上去。他不解地问：

"怎么上去？"

罗智勇眉头一皱，又指一下石岩边垂落下来既似藤又像竹的蔓条说："那是藤竹，牢实得很！抓住它，一个猴子翻身，就上去了！"

滕木双眼一亮，这看似没啥文化的"仲家"，还真机灵哩。他把目光扫向田仓，田仓听懂了他们的对话，当即把身上的背包和步枪往地上一放，搓了搓手，跃跃欲试地瞅着滕木。滕木一点头，他像头小豹子样顺着脚下的道，腾跃着踩着结实的脚步跑过去。

几块石头在他踩踏下往山坡下头滚去，眨个眼工夫，田仓已经跃到石岩下头，他伸出双手，抓住一把藤竹，狠狠地扯了扯，果然牢实。他灵活地一个翻身，果然翻了上去，站在石岩后头，朝着滕木和罗智勇得意洋洋地笑着。

滕木亲热地拍了拍罗智勇的手，又掏出一迭票子，递给罗智勇："谢谢你兄弟，你帮了国军大忙。给，这是奖赏你的。"

看见田仓敏捷的身姿，罗智勇觉得，国军到底是国军，还是有两下子的。滕木又要给他钱，他有点不好意思要，吃了他苞谷粑，收了钱，是理所当然。这几步路，算个啥呢，再说，他们不也是为抗日，打鬼子嘛！他"嘿嘿"笑着，摸了摸后脑壳，没接钱。

滕木把钱往他怀里塞过来："你收下，辛苦了！"

罗智勇这才把钱收好，朝滕木挥挥手，转身步下山垭口。

滕木看着这穿仲家服饰的汉子走远，收回了目光，捡起田仓放在地上的"三八大盖"和包，定了一下神。这时候，他才恢复了日本皇军特务的身份。

"藤木君！"田仓看他呆痴痴的模样，站在石岩后头朝他兴奋地使劲招手。

难怪田仓兴奋，藤木同样兴奋得几乎要发狂。

海福三千雄联队长交给他俩的任务，保护好深河桥不被中国军队的工兵炸塌，原来是一个很艰难、很模糊、不可捉摸的任务。他俩只晓得这任务重大，关系到大日本皇军能否像一把尖刀似的直插贵阳，继而威胁重庆，动摇中国军民抗战的决心；关系到步兵104联队3000多官兵的命运，关系到和104联队同时打进贵州的包括步兵65联队、步兵116联队、山炮兵第19联队、工兵13联队、辎重兵第13联队在内的第13师团2万多皇军的命运。藤木心里清楚在号称山高谷深的中国贵州省，要打到贵阳去，只有这一条黔桂路，逃亡的中国难民把它称作为见鬼路；而深河桥则是这条路上的咽喉。深河桥一被炸，不说104联队所属的第13师团2万多皇军去不了贵阳，连同第13师团同样要打进贵州的第3师团，中国派遣军第6方面军11军共4万多官兵，都会在中国政府调集几十万军队组织的黔南会战中吃败仗，乃至身陷绝境。

这会儿，刚刚来到深河桥头，傻傻的仲家小伙子就给他俩找到了这么一个中国成语说的"一夫当关，万夫莫开"的绝佳狙击位置。他和田仓两个人，只要躲在这一块厚实的石岩后面，两眼盯着深河桥上桥下，发现有中国工兵要想爆炸桥梁，一枪一个射死他们，深河桥就不会被炸。他和田仓只须在这里坚守一两天，已经"无血占领"独山的海福三千雄大佐，就会亲率1000多皇军赶过来，彻底控制住这座桥梁。继而，分兵进击的104联队另外的1000多官兵，也会及时来到。那么，皇军就会以德国人创造的"闪电战"方式，出其不意地打进贵阳城。哈哈哈，到那时，藤木就为帝国立下大功了。

藤木学着田仓的方式，矫健而又敏捷地几步窜到岩石下面，把两支"三八大盖"和背包递给田仓，然后一个猴子翻身，在田仓的接应下站到大岩石后头。

就像那个愚蠢的仲家汉子说的，这石头后面简直就是一个天然的地堡。他是怎么说的，说这地儿像是个石窝。哈哈！藤木站稳之后，连忙趴着岩石，往深河桥头望去。

一辆木炭车斜横在桥头，阻挡了潮水般想要涌过桥去的难民们，他们啼哭着，高举着手呼叫着，拥挤着，推搡着，有老人不堪挤压倒在地上钻到了车下，有姑娘凄厉地哭喊，后面看不见前头情况的难民还在不停歇地拥来。道路在桥头完全堵塞住了。

"嗨嗨嗨"藤木不由得笑出声来，他犀利的目光已经搜寻过了，人堆里根本没有中国军人，在这种混乱之下，就是中国工兵赶来了，他也无法炸桥。这么多扶老携幼的难民，炸塌了桥，都将坠入深渊，他搜寻的同时，也没发现海福三千雄联队长派出的混进难民群中前来协助他俩完成任务的二等兵管原源六。按照事先约定的，为了便于他俩辨认，管原源六的脖子里该拴一条雪白的毛巾，藤木来来回回在喧嘈蠕动的人群里找了几回，也没见到脖子围一条白毛巾的人。

他转过脸来，对探头探脑同样在张望的田仓道：

"看见管原源六了吗？"

"这个胆小鬼，"田仓鼻子里不清地"哼"了一声，"他会走得和我们一样快？我看了，没见脖子里拴白色毛巾的。"

"他胆子小，命大啊！你没听说，一颗炸弹把他一个班的人炸得死的死，伤的伤，他毫发无损。"

田仓"嗤"地笑出声来："他算个什么男人，花姑娘扒光了衣裳，他都不敢扑上去。"

一句话惹恼了藤木，他厉声喝道："'八格牙路'！你的大混蛋一个……"

"我？"田仓显然没料到藤木为啥斥骂他，指着自己的脸道："大混蛋么？"

"就是你！"藤木的手直直地戳向田仓，怒斥道："刚才一看见那个仲家女子……"

"仲家？"田仓露出滑稽的脸相："不是中国的花姑娘么？"

"这是中国南方的少数民族，"藤木说着，尽力在自己的记忆力搜索着书上的介绍，显示他是一个真正的"中国通"，"中国古书上称他们为僚人，后来相当长一段时间，称他们仲家。在广西那边是壮族，贵州这边他们自称是布依……"

"管他是啥唷，在我眼里，都是中国的花姑娘。"田仓显然不想听他的唠叨，截住他的话道："藤木，你不觉得那花姑娘美么？你不是男人吗？"

"我怎么没看出来，"藤木抢白了田仓一句，他想说我有修养，可是对田仓这种人谈什么修养呢！他改口道："那姑娘美得勾魂……"

"我说嘛我说嘛，哩哩哩，"田仓得意地笑出声来，"我还以为你的眼睛真瞎了呢！原来你还是看见了呀！"

"看见了又怎么，我们身负重大任务。"藤木气咻咻地提醒田仓。

"我就是想到肩负重任，"田仓承认道，"不是想到任务，我早扑上去了。那花姑娘真逗得我性起。"

田仓不无懊悔地转着眼珠道。

藤木冷冷地道："可你一句话，险些暴露了我们身份。"

"有么？"田仓丝毫没有感觉。"你说花姑娘的，大大的好！还竖起了大拇指。"藤木点穿道，"这是标准典型的日本军人的说法，中国人从来不会这么夸人家姑娘。"

田仓不服道："那他们怎么没……"

藤木劈手打断了田仓的话："那是他们没和皇军打过交道，他们是仲家，明白了吗？"

说完，藤木的两道目光，箭似的射向田仓。

田仓打了一个寒噤，他仿佛这才意识到，藤木是他的上司。海福三千雄联队长对他说过，在两人执行任务时，要无条件地服从藤木。藤木是帝国派遣军总部派下来的官员。

田仓服从地说道："明白藤木先生。"

藤木点点头，放缓了语气道："你回转身看看，还能看见他们吗？"

田仓转过身去，只能看见侧边山垭口勾勒出的一片天，天空中有云雾飘过。他摇头道："看不见了。"

藤木吁出一口气："幸好把他打发走了。我们盯着深河桥头吧。"

"哈依！"藤木没有进一步责罚他，田仓表现得毕恭毕敬。

罗智勇三脚并作两步走回到脸色冻得发青的妻妹发菊面前，发菊就朝他不满地嚷嚷。

"哥。上了山垭口，你咋个磨蹭了这么长时间？"

"嗨，"罗智勇笑着缓和气氛，说，"上了山垭口，那两个国军一连打听了好几件事。""么事？"

"一会儿是哪个位置最好，一会儿怎么爬到石窝上去……"

"他们想干啥？"

"说要保护住深河桥。不让它被炸了！"

"你说啥子？"发菊嚷嚷起来："我和爹妈，还有弟弟一路跑来韭黄寨，都听说国军要炸深河桥……"

"好好的桥，炸它干啥？"

"不让日本鬼子打到贵阳去啊！"

"可你看看，"罗智勇的手往垭口那边指了指，"多多少少的难民啊，都要争着过桥。炸塌了，那么多难民咋办？"

"你的脑壳不要只有一根筋了，哥，"韦发菊不耐烦地摆摆手道，"你口口声声说那两个兵是国军，我看他俩啊，只是穿着国军黄狼皮的兵崽崽！"

"莫打胡乱说！"

"我一点也没乱说，哥，你没仔细看那个小兵崽，盯着我看的眼光，有毒！"

罗智勇讪笑道："那是你长得俏啊！妹子，我都听小伙朝你唱哩'不断回头望妹子，多望几眼心才甘'。"

"那是你对我姐唱的吧！"发菊反唇相讥，接着马上转换话题："说认真的，哥，我闻都闻得出来，那两个兵崽身上的气息不对。"

"你说他们是啥气息？"

"日本鬼子的气息！"

"乱猜，"罗智勇只觉得浑身打了一个寒战，两个日本鬼子，和他一路走了好一阵子，互相之间还说话哩。他连连摇头："不对，不对，那个和我说话的，中国话讲得一溜顺嘴。"

"另一个呢！"发菊提醒道，"一开口就朝我叫花姑娘，还说大大的好！"

罗智勇愣怔了一下，是啊是啊，中国人哪个喊人家花姑娘？只有日本鬼子的兵崽崽才这么叫。赶场去独山县城时，那些老师学生在街头演的活报剧，扮演的日本兵不都这么称呼中国女学生吗？

罗智勇眨巴着眼，说不出话来了。

发菊的语气放缓了，耐着心肠道："哥，你当真没听说嘛，窜进贵州的日本兵，混进我们的难民队伍中，都拱进来了，他们打进独山县城前，先摸进我们朗寨来问路的，也会说中国话，穿老百姓的衣裳！这哪里是人啊，都是些魔鬼，看见年轻姑娘，拖起就往屋里逮。"

罗智勇的牙根咬紧了，眼睛里喷出火来。这么说他是遭骗了！但他仍有点将信将疑，那个叫滕木的，脸貌清秀，说一口道地的北方话，难道真是日本鬼子？他慢吞吞地问发菊：

"你说，我们该咋个办？"

"咋办？你没被他俩杀了，算是万幸！"发菊道，"回家呗！发妹喊我追你，就是怕你有个三长两短。"

"不！"罗智勇果决地摇头。"你还要干啥？"

"弄清楚。"

"这深河桥，到底该炸还是不该炸？"

"你管得到那么宽吗？"这回轮到发菊不解了，"反正我是听说，要把桥炸了，担心占领的日本兵打贵阳、犯重庆。"

"可那么多的难民……"罗智勇脑壳里转不过这个弯来，他把巴掌狠狠地朝下一劈，"发菊，走，我们一起去深河桥上去看个究竟。"

韦发菊望了望高处的山垭口道："我们又不到山垭口上，被那两个人看到……"

罗智勇提起放在发菊跟前的背篓，背在身上，又抓紧了那一管猎枪道：

"我们不走山垭口，谋一条路过去。"

说着，不由分说地走去。韦发菊愣了一下，一跺脚，跟在他身后走上一条茅狗小路。

这天真的冷，没想到中国西南靠近广西的贵州，入冬以后也会飘雪。

猫在岩石后头轮流朝着深河桥观察的藤木和田仓吃点压缩饼干，喝了点冷水，肚子是不饿了，就是感觉一阵一阵潮湿的阴冷。躲在冰冷的岩石窝里，靠不能靠，躺不能躺，又不能展四肢活动，脚趾都冻僵了。藤木和田仓分了工，田仓盯住深河桥头的动静，看有没有中国军队的工兵来到桥头，这种厚实的青冈石桥，要把它炸塌，动静是很大的，首先要驱赶潮水般涌来的难民，上了桥的赶紧过桥，没过桥的得堵在路上不准前进，还得装炸药包，接引线，没一顿饭的工夫，是炸不成桥的。藤木呢，警觉地观察四周的情况，山垭口上有没有人走来，这么近的山巅高处，会不会有人注意到他俩，深河桥两岸不时蠕动着的难民队伍，有什么异动。只要坚守到天黑，海福三千雄大佐率队赶到深河桥，他和田仓就大功告成。在海福大佐率部队到来之前，管原源六该拴着白毛巾赶来桥头啊！这号称机灵鬼的小子，怎么到这时候也不见人影呢？

浓云遮着山巅的峰峦，飘过一阵冷飕飕的细雨，一会儿又不落了。只是垭口边刮来的风，一阵紧似一阵，更冷了。天色迅疾晦暗下来，藤木觉得这会儿该是下午四五点钟了。可是一看手表，才下午2点过。离黄昏还远着哩！

"藤木君，你看！"田仓小声的招呼着。

藤木连忙凑到田仓身旁，往田仓手指的方向望去。

横在桥头的那辆炭车旁边，不知什么时候又塞进一辆车来，那是卡车，凭藤木眼力，一眼就看出这是中国军队的卡车。卡车上站满了荷枪实弹的军人，有人在放下后挡板，手持美式卡宾枪的中国军人纷纷跳下车，成斜斜的一条线向朝着涌来的难民们压过去。难民们叫着、喊着、哭着、不情愿地往后退去，他们挥舞着手臂，有的还在退后中倒下去。而已经抢先登上深河桥的难民，纷纷向着河对岸奔跑，似乎见着了一条命。

藤木指望着后面的难民继续涌来，使得退潮般的难民们无路可退。

但是他往来路上张望时，他失望了。来路上的难民们已经在前头被同样的卡车和中国军队阻拦住。

这么说，工兵很快就将出现，中国军队说到做到，他们要实施炸桥了。他和田仓的事儿来了。

"你看到了吗？"田仓转过脸来问。

藤木侧转脸，疑惑地瞪着田仓："看到了什么？"

"脖子上围白毛巾的。"田仓用手指尖往桥头点了一下

"管原源六？"

"不止一个人，"田仓稍提高一点声音，"至少有三个人，你仔细看。"

藤木顺着田仓手指的方向望过去，他只看到了乱成一堆的难民们在拥挤、推搡，从上往下看，他看不见他们的脸，更不易看见他们的脖子里的白毛巾。况且男女老少堆叠在一起蠕动不停的人群里，不少都戴着浅颜色

的围巾。藤木困惑而费劲地找着。

田仓的手又一指："瞧，卡车轮子和车门边上那个，是不是管原源六？"

经田仓一提醒，藤木看到了。这小子被挤得动弹不得，却还时不时地把手举过头顶，好像他晓得，有人要寻找他一样。果然机灵，他差一点就挤过深河桥去了。

藤木吁出了一口气，管原源六和他的伙伴出现在桥头，这么说，海福三千雄大佐亲率的皇军精锐部队，也快到了。他和田仓只要顶住这一阵子，不让中国军队的工兵实施爆破，保住这座桥，他们就为帝国立下了大功。

"准备狙击。"藤木两眼紧紧地盯着深河桥头的中国军人，目不转睛对田仓下达了命令。

田仓悄悄答复："子弹上膛了。"

这家伙，动作利索。藤木是个神枪手，瞄准以后，一枪一个，从未失过手。今天他的子弹，要让爆破深河桥的中国工兵尝尝滋味了。同时，他也想当场看看，被海福大佐赞赏为作战勇猛的田仓的枪法。为以防意外，他又叮嘱一句：

"听我的命令射击。"

"哈依。"田仓答应着。

桥头被堵着退回去的难民们又一次随着哭嚷声涌动着朝桥面扑上来，手持卡宾枪的中国军人根本挡不住他们潮水般涌来的势头，不断往后退。

藤木狞笑一声："看你们敢对自己的老百姓开枪。"

他料准这些中国军人也不敢。

"砰！"一声枪响。

藤木惊了一下。定睛望去，这是一个站在军人们旁边的军官开的枪。只看见涌动着的难民们渐渐平静下来。

藤木下令："瞄准那个军官。"

"哈依！"田仓兴奋地答应一声，调转枪口。

军官移动一下脚步，走到一排军人们前面去了。只见他的手臂挥舞，慷慨激昂地说着什么。人影隐在军人们身后，看不清晰。

他一定是说了什么震慑、恫吓，或是令人心服的话，那些骚动不安、哭哭啼啼拼命往前走的难民们驯服地往后退去，不再蜂拥着往前方挤了。

军用卡车旁的中国工兵们迅速地忙碌起来，他们搬动着炸药包，炸药引线，往深河桥两边麻利地跑动着。

"要打吗？"田仓手痒痒地问。

藤木的眼光搜索着刚才神情激动地说话的军官，但是军官的身影闪到卡车后面，没再走出来。

一个工兵肩上扛包，往桥洞那边走去。他扛着的肯定是炸药包。

藤木下令："瞄准那个扛炸药包的，射击！"

话音刚落，田仓手中的"三八大盖"一声枪响，藤木看得清清楚楚，那个工兵应声而倒，炸药包丢落在地上。

难民人群发出凄厉的惊叫声，人们惊慌失措地往公路两侧的山坡上四散跑去。有的躲在一块块巨石后头，有的往茅草笼里乱钻，深河桥头顿显一片混乱。

看着准备往桥洞里安放炸药的国军士兵被冷枪击倒，罗智勇不由自主往山垭口那边望去。他的心往下猛地一沉，他给那两个伪装成中国军人的日本鬼子找到的，真是一个好地方。从深河桥旁的土坡往上头望，根本看不到他俩的人影。连乌洞洞的枪口都找不着。而深河桥上下的一举一动，呆在那居高临下的地方，却能一目了然，看得清清楚楚。

"你还消去问国军么？"韦发菊不满地对他嘀咕着，"跟你说那是两个鬼子吧，你还要弄明白啥子？"

罗智勇一脸的失悔和恼怒，气得他胸脯一鼓一胀地直出粗气。抄茅狗小路来到深河桥前，要比翻越垭口下来要多走三倍的路。他和韦发菊跌跌撞撞刚来到桥前的刺笆笼坡上，难民们就啊吼连天喧嚷着要过桥，从卡车上下来的国军军官朝天开了枪，才把那一阵喧嘈压下去，这军官用苦口婆心的语气道："你们要过桥，过桥到哪里去，不就是往贵阳、往昆明、重庆逃难嘛！跟你们明起说，打进独山城的日本兵马上追过来了，他们就为保住这座桥赶来的。这座桥掌控在日本人手中，踏进贵州的五万多日本军队，都要从这座桥上通过，进军贵阳、进军重庆。国军调集几十万大军要打黔南会战，就是要把侵犯贵州的五万多日本兵阻击在这大山之中，不让他们前行一步。你们想想嘛，是要你们的命，还是要这个国家？嗯，国家亡了，你们还能有命吗？"

一席话，说得难民们鸦雀无声。只有一个嗓门斗胆问了一句：

"桥炸了，那我们逃往何处？"

"跟着我走。"军官大声回答："这附近团转的大山里，都是我们的同胞，都可以容身。"

难民们服气了，国军动作麻利地准备炸桥时，却招了冷枪。气氛顿时紧张、恐怖、不安起来。

军官在卡车后面喊着："机枪呢，架起来，对准山上，有动静就开枪。二班副，把炸药包捡起来，按计划炸桥，快！没时间了。"

罗智勇检查了一下自己防身的猎枪，转身就往山坡上跑。

"哥，"韦发菊看他一脸倔相，叫了起来，"你跑哪里去？"

"我去干掉那俩狗日的！"

"背篼不要啦？"韦发菊抓起背篼，嘶声喊。

"你背上，"罗智勇头也不回地道，"回家去。"

说着撩开双腿，像追赶猎物似的，疯了一般跑起来。

罗智勇自小在岭南的山林中长大，打猎撵山时追赶起野兔、野猪、鹿子来，那般劲头活像一阵风。这会儿他憋足了一口气，跑得比风还快。只一会儿工夫，他就攀上了比垭口石窝还要高的一处山崖上。这地儿位置好，高出石窝有二三丈，只是一大块褐色的崖石遮挡着，看不见石窝里两个鬼子的动静，连他俩戴着黄军帽的头顶都看不到。罗智勇只听见石窝里的两个鬼子，不慌不忙地朝着深河桥头打枪，枪声过后，深河桥畔就传来一声两声哀叫，他探出脑壳去张望，就见准备炸桥的国军，又倒下了一个。

罗智勇心里急得毛焦火燎，这都是他给鬼子找的易守难攻的地势。他怎么会做出这种事来？越是急，心头越是悔，越是悔，他越是想尽快把这两个骗人的鬼子干掉。可在这崖头上，只差那么点点儿，枪管就是瞄不准石窝啊！如果他俩把脑壳探到这边来一下，他就能扣扳机了。可日本鬼子同样怕死，脑壳总是缩在石窝里头，即使击中了深河桥头的国军，两个鬼子兴奋地"叽里呱啦"欢叫，他们也不把头伸出来。罗智勇的牙关咬得紧紧的，狗鸡巴食的，只要他们露个半边脸，他也能一枪崩掉他们的脑壳。

"哥，看得到吗？"韦发菊的声音在他身后响起。

"你咋个上来了？"罗智勇没好气地问："不是让你先回家么！"

"我是上来找你的，"韦发菊喘息着道："你不回去，我咋个向我姐交代。"

罗智勇只顾着找那两个鬼子的脑壳了，根本没察觉韦发菊跟在后头也爬上来了。这个憨姑娘，她把背篼也背上来了。对啊，背篼里也有苞谷粑，发妹蒸的，香喷喷的苞谷粑，罗智勇晓得苞谷粑为啥特别香，那是发妹蒸的时候撒了桂花。龟儿子，这么香的苞谷粑，还傻呵呵地拿给两个日本人兵吃了，让他们吃饱了来打中国人，而他，他罗智勇偏偏收了日本鬼子的钱，揣在胸前，他都干了些啥子唷！

罗智勇悔得揣钱的胸前就像堵着一团火，他的脸都涨红了，两个眼珠子也鼓了出来。就在这时候，一个念头出现在他脑子里，他瞬间把这念头抓住了。

"发菊，我跟你说个事。"

韦发菊往他跟前凑了凑，小声道："哥，你说。"

　　罗智勇转脸望了发菊一眼，不仅抿了一下嘴，有点犹豫。发菊长得和发妹长得太相像了，美得让人的心儿发颤，她能干好这么险的事吗？

　　罗智勇凑近发菊的耳畔，悄悄说出了自己的计谋，那忽然飘上来的念头。

　　发菊仔细听完，翻起眼瞅了他一眼，问："哥，你看准了，能打中？"

　　罗智勇拍了一下自己的猎枪，用肯定的语气道：

　　"哥还会骗你？"

　　"那我这会儿就去。"发菊退后几步。背起背篼，往崖石下走去。

　　罗智勇抬头望了望天，峡谷里的雾气上来了，云层越发厚起来，天色晦暗下来。山山岭岭里，出奇地静，静得能听见深河桥里湍急的流水声。

　　石窝里的鬼子又在朝着深河桥头放枪了，"砰！砰！"两声。

　　深河桥畔再次响起哀叫和惊喊，继而机关枪又往石窝方向打出一连串爆炒豆样的子弹。罗智勇甚至能听到崖石被打得炸飞的声音。但是他晓得，这都没用，打不到两个狡猾的日本鬼子，他们猫在石窝后头，可能还在偷偷地笑呢！

　　罗智勇心里真是大烧大燎的难受。他瞪圆了喷射怒火的眼睛，悄悄地把猎枪的枪筒伸出崖上的荆棘灌木丛，稍稍地往下，对准了那个山垭口，对准了他为两个日本鬼子找的石窝口。要不了多长时间，发菊妹子就会在山垭口上出现了。

　　好像在印证罗智勇心里的念头，飒飒的风声里，韦发菊在山垭上出现了。罗智勇看得分明，这姑娘解下了她束在腰间的那条绣花围腰，围腰上放满了苞谷粑，朗声朝着石窝喊：

　　"老总，哥叫我来给你们送吃的。"

　　"花姑娘！"石窝里响起那个叫田仓的日本兵一声惊喜的欢叫。"你的，送过来。"

"我送不过来啊，"韦发菊仰着脸，脸上含着笑，风吹起了她穿的裙子，吹散了她的鬓发，冻得她的脸红通通的，一双眼睛辉亮辉亮，她颤声说，"你们过来取吧！"

没待罗智勇看清楚，田仓跃出了石窝，双手抓紧了滕竹，滑行到了石窝下头。

罗智勇调整枪口，没等瞄准，田仓已经朝发菊跑过去。一切发生得太突然了，藤木都来不及思索一下。埋伏在仲家小伙子给他俩找到的这个天然坚固的掩体里面，一枪一个，他俩已经毫不费力地干掉了中国工兵三个企图炸掉桥的军人。居高临下响起的枪声，吓得那些工兵们趴在那儿都不敢动弹，只是盲目地朝着山崖上乱放机关枪，逗得他和田仓一阵阵的嗤笑。藤木已经看过表，时辰已过下午4点。坚守到黄昏天黑下来，一点都没有问题。海福大佐亲口对他说过，最晚在天黑之前，皇军的先锋部队，会赶到深河桥头，掌握住这座至关重要的石桥。藤木甚至觉得，不用等到天黑，他们就会到了，因为他已经趴在石窝里，居高临下地看到那个脖子里围着白毛巾的管原源六，解下了白毛巾，躲在树丛里朝着他俩挥舞。这不是明确告诉他俩，先头部队就要到来了嘛！

正在藤木洋洋自得地陶醉在胜利完成任务的喜悦里时，山垭口上出现了那个美丽的仲家姑娘，她太美了，别说田仓被他的形象所吸引，连藤木都被她的美惊呆了一瞬间，她那红扑扑的脸蛋，她那星光般的眼睛，她穿得那一身仲家服饰，太炫目了！

当藤木感到那姑娘的出现有些意外，警觉地扑到石窝旁，探出头去担心跳出石窝的田仓，叫出一声"不要……"时，枪声响了，这不是他们"皇军"使用的"三八大盖"的枪声，这是仲家火铳的枪声，枪筒里的铁沙子、火药混合着铁钉铁条烘热地喷吐在藤木的脸膛上，藤木只觉得眼前一片火球，倒在石窝里。

田仓像一头饿狼般扑向韦发菊的时候，罗智勇的枪口没来得及调整过来，当他正要调整枪口时，会说一口中国话的日本兵探出了脑壳，扬起了手，罗智勇咬牙切齿地扣动了扳机，"轰"地一声响，一枪筒满满的火药全喷打到了鬼子脑壳上。这火铳枪当然不如鬼子的"三八大盖"厉害，但是罗智勇晓得，中了他这一枪的，同样活不出来。

他连忙低头往枪筒里灌火药，来对付扑向发菊的鬼子。

田仓一下子扑倒了捧着苞谷粑的韦发菊，苞谷粑在垭口坡地上散了一地，拼命反抗的韦发菊和田仓在地上滚作一团，罗智勇无法瞄准。他怕一枪打出去，伤着了妻妹发菊。急得罗智勇腾身跳起来，提着猎枪往垭口上飞跑过去。

满脸络腮胡子的田仓一心要制服韦发菊，他几次把韦发菊扑倒意图撕掉她的衣裳，都被奋力反抗的韦发菊挣脱，几番翻滚，发菊已筋疲力竭时，田仓骑在她身上，双手按住她的胸脯，发菊摸出了护身的刀子，使劲捅向他的腰部。被刺伤的田仓嚎叫一声，双手抓住韦发菊的脑壳，歇斯底里地砸向她身后的山石，一下、一下、又一下，直到砸破了脑壳，血染红了石头，田仓才直起身子来。

飞身赶到的罗智勇抢起猎枪的枪托，狠狠地朝着田仓的络腮胡子脸挥了过去，一枪托就把他打翻在地。看到韦发菊被残害的模样，罗智勇又一次举起枪托，自上而下，砸向田仓鼻歪嘴咧的脸。看清他没反应了，罗智勇一扔猎枪，扑到韦发菊身旁，托起她的脸，哭天喊地地吼着："发菊，发菊，你醒醒！天哪……"

他连喊几声，发菊只是大睁着一双美丽的惊恐万分的眼睛，没有任何回应。他的手一探发菊的嘴，发菊已经没一丝气息了。罗智勇双膝跪地，哭泣着道："发菊，是我害死了你呀……"

恰在这时候，深河桥头震天动地地响起了爆炸声。

深河桥炸塌了。

一九八五年，作为侵华日军的二等兵管原源六，和另外八个日本人于阳春三月来到了独山，在深河桥头，他长跪不起，忏悔地说：

"那一天，我躲在巨石后头，亲耳听到了地动山摇的炸桥声。是的，我脖子里拴着白毛巾，趁枪声渐稀，我还解下白毛巾朝着打冷枪的藤木和田仓挥舞，不过我挥舞的目的不是向他们通风报信，而是奉海福联队长之命，来通知他们后撤。桥炸塌之后，104联队的先头部队几十人，赶到了桥头，他们面对湍急的河水，根本过不了河。也是在这时，他们接到了13师团长赤鹿理中将的命令，要他们撤退。"

3月19日，在独山随后召开的座谈会上，管原源六又说：

"1944年12月4日晚惊魂未定地回到独山驻地，我们104联队就奉命立即向广西撤退。我们撤出独山，天寒地冻啊，又没吃饭，还让我们跑步撤退，掉队的不管。一路上，中国老百姓不断阻击我们，有埋伏的，有打冷枪的。我随海福三千雄联队长亲率的这一队，开始撤退时有250名士兵，从独山撤到广西的全州，只剩下21个人了，其余的全在中国军民的围剿阻击下，死了。104联队、116联队、65联队，都属13师团，1945年8月日本投降后，侵入过贵州的第3师团和第13师团，都在江西的南昌被缴械，彻底投降了。"

故而人们说，日本鬼子在卢沟桥打响第一枪，而在深河桥收回他们侵略的魔爪，节节败退。

我去贵州插队落户时，老乡们对我说："贵州是块福地，日本人那么凶，打到独山也缩回去了。"

老百姓的话，也是基于"黔南事变"中阻敌于深河桥的史实吧。

故而，在纪念抗战胜利70周年前夕，位于都匀独山的深河桥抗日战争展览馆修缮一新，向所有前来的人们昭示那一段历史。

至于罗智勇和韦发菊，一个布依族小伙子，一个水族姑娘，没有授予过他们任何的奖赏和荣誉。韦发菊只是黔南事变中被打死、冻死、饿死、残害而死的2万多遇难者中的一个。而罗智勇呢，一开头我就说了，他只是寨邻乡亲们称作"乖甲习"的一个汉子，在认可他的勤劳纯朴的同时，还说他有点憨。

这可能正是我始终记得他，记得他身上发生的故事的原因。

明达的婚事

一

云贵高原的夜来得迟，吃过晚饭，天还没黑尽。

有人拍门，我知道是赵明达来了，别的访客是用指关节或指尖，轻轻叩门，唯独他喜欢用巴掌拍门，拍得门"嘭嘭嘭"地响。

我从沙发上离座起身，嘴里应着来了来了，去给他开门。

没等出去书房兼客厅的门，妻子已从小厨房拐出来，先给他开了门，一边开门一边问：

"晚饭吃了吗？"

赵明达说赶早吃了晚饭搭便车进的省城，一边说话一边把网兜里的两只嫩南瓜和一串鸡蛋递给妻子，解释一般说："都是最新鲜的。鸡蛋是老乡上午送来的，嫩南瓜是吃饭前在园子里采的。"

赵明达是我们夫妻俩的知青伙伴，"晚婚模范"。这晚婚模范四个字，是所有知青伙伴给他起的绰号，有点调侃的意思。

在我们这一拨同县同一公社的插队落户知识青年中，唯独他至今未婚，孤身一人，甚至连对象都没有一个。无论是以各种各样理由调回上海去的，还是像我这样幸运地在省城里有了一份职业，安定地居住下来的，还是在地区、县城、区乡小镇上有了份工作的，都已先后恋爱结婚，安下了一个家。唯独他，商校毕业之后，分配在离省城22公里的鸽子哨镇上工商行政管理所，住在宿舍里，孤家寡人一个，连个谈婚论嫁的对象都没有。和同来的女知青无缘，尚可理解。像其他男知青一样，放低要求，在鸽子哨镇上找一个当地姑娘，他竟也连连摇头说："难、难、难，别讲镇上有城镇户口的姑娘了，就是乡间村寨上的姑娘，她们都瞧不上我。"

"为啥呢？"妻问过他。

人家嫌他年龄大，嫌他在工商所当个普通干部工资低，嫌他没劳力，休息天回乡间去干点农活，都是笨手笨脚的，总而言之一句话，嫌他不会来事。就这样，相貌堂堂的一个男子汉，三十好几了，到了1980年代中期，都不能成个家。鸽子哨镇上也有热心人给他串过线，我问过他，寡妇、或是有点缺陷的，比如脚有点bai、脸上有麻点的，他能不能将就？赵明达自然是一概回绝。

不要说他一概回绝了，他想将就，我们这些老同学、知青伙伴都通不过。

一个单身汉，有了空闲，就往省城跑。我的家离长途客车站近，下了车走六七分钟就到了。他算得我家的一个常客，来了就拍门，坐下闲聊一通，有时还把在市公安局当刑警的徐斌叫来，海吹一通，九点过就搭末班车回鸽子哨镇，我们留他过夜，他说喜欢睡懒觉，还是赶回去，22公里路，夜间公路上畅通，一会儿工夫就到了。

不过这一次，离他上回来，足足有半年多了。和他曾在同一寨子插队的徐斌还问起过。

他在我书房兼客厅的沙发上坐定，妻给他端进一杯茶来，说："怎么好久不来了？摊上好事了？徐斌牵挂你近况，问过两回了。"

他接过茶杯，并不喝，抬起头来回答妻的话，让我吃了一惊："要说好事，就是好事，唉，可也是烦心事。"

妻就势坐了下来，我也让他喝着茶，慢慢地说："讲讲别后这半年多来的情形。"

"鸽子哨镇上的人都说，我这婆娘是捡来的。"赵明达一开口就让我和妻子瞠目结舌，怎么，半年不见，他不声不响的，婚也结了？开口就称自己的女人为婆娘。他从来没通知我们。

赵明达喝了两口茶，把这半年在鸽子哨镇上交了桃花运的过程简单说了一下。这女子叫曾芸惠，在镇公所食堂帮厨，好勤快的一个人，人也长得乖。镇公所的食堂，中午吃饭的人多，到了晚饭那一顿，有家的人都不在食堂吃，只有赵明达，懒得一个人做光棍汉的那点饭吃，到食堂里打一点中午饭吃剩下的饭菜，对付着混日子。那天他下乡去，检查下伸店的经营情况，回到鸽子哨镇上，天黑尽了，偏又下着雨，风衣淋得透湿，又饥又寒，走进食堂，他真怕没人了，幸好曾芸惠在锁厨房门，他连忙问还有饭吗？曾芸惠反问他：你没吃晚饭？他说回来遇雨，耽搁了，没吃上饭呢！曾芸惠说，厨房里没吃的了，你要没吃晚饭，就和我一起回家吃。说着话他掂了掂手中的饭盒。赵明达怎么能跟着人家女子到家里去吃饭，女子家里人见了他会怎么说？他愣怔地站着，曾芸惠像看穿了他的心思，说："走吧，我也是一个人。"

赵明达是鸽子镇上有名的单身汉，这是人所共知的。那些调皮捣蛋的娃娃崽崽，有时候故意跟在他身后，有板有眼地叫着绕口令调侃他："单身汉，单身汉，油锅不响不吃饭。一个人吃饱，全家都不饿……"

嚷嚷得赵明达脸上火辣辣的。

在镇公所帮厨的曾芸惠三十出头了，同样是孤身一人，赵明达却不知。

风吹斜了雨丝，赵明达迟疑地站着，他想说：这怎么可以？嘴巴张了张，没说出口来，曾芸惠从他身旁走过，轻轻说了一声："走吧。"

声气是诚恳的，也是平静的。

　　鬼使神差的，赵明达跟着曾芸惠身后，淋着雨，穿过一条泥泞的小巷子，来到曾芸惠家里。

　　最主要的是，他饿了，又不想费神做晚饭吃。还因为，因为曾芸惠是个面容姣好的女子，眉眼之间有几分俏丽。说她长得乖，就是好看。

　　原来曾芸惠就住在镇公所食堂附近的平房里。赵明达依稀记得，这平房好像做过镇公所堆寒衣寒被的贮藏室。没想到，现在成了曾芸惠的家。

　　看到赵明达跟她进了家，曾芸惠忙碌起来，她捅开上班时封起的铁炉子的火，倒了一杯茶让赵明达喝着，说一会儿工夫，热一热饭菜就能吃了。

　　在一盏蒙了点灰尘的灯泡昏黄的照耀下，赵明达看着曾芸惠把从饭盒里带回的菜肴热了热，炒了几个鸡蛋，又煮了一个素瓜汤，说：

　　"没准备，吃顿晚饭是够了。你……要不要喝点酒？"

　　她侧转半边身子，望着坐在铁炉子边的赵明达，突然问。

　　赵明达愕然地回望她一眼。她淡然一笑："噢，我是看你冷成这个样子。喝点，反正是现成的。"说着，她举手从墙边隔板上取下大半瓶酒，解释般道："这酒也是他们喝剩的。"

　　赵明达明白，所谓他们，指的是镇公所的书记镇长们，招待从县里以各种名目下来的干部，他们时常要喝酒。

　　酒是好酒，朱昌窖酒，还是瓶装的，不像赵明达偶尔和老乡凑在一起喝的苞谷酒，都是零拷的，酒味不正，时常被掺了水。

　　曾芸惠拿来两只碗，把大半瓶酒分别倒在两只碗里。斟得多一点的那碗，她递到赵明达跟前。

　　赵明达骇然瞅着曾芸惠，他跟前这一小碗酒，快满了；曾芸惠面前那碗酒，虽说比他这碗少，却也有大半碗了。看这架势，这女子有酒量。

　　赵明达哪里喝得下这么多的酒，他的水平是酒一两，多喝了舌头就要打架，脸会涨得通红，走路都跟跟跄跄。他指指酒碗，讷讷道：

　　"我喝不下这么多酒……"

说着用目光寻找那只空酒瓶，想把酒倒回去，不料曾芸惠说：

"喝不完没关系，我喝。"

说着，她把赵明达跟前那一满碗拿过去，把她跟前少一点的那碗递过来，举起酒碗，双眼睁得大大的，说声："喝。""咕咚"就喝了一大口，遂而用筷子点点菜："吃、吃。"

赵明达咪了一小口酒，也跟着吃菜。

酒味弥散在小屋里，赵明达和曾芸惠的身影映在地上，不住地随着喝酒、吃菜晃动。既饥且寒的赵明达身上暖合起来，随即酒上了脸，他感觉自己的脸庞上热乎乎的、热乎乎的。

曾芸惠只喝了两口酒，碗中的酒就和赵明达跟前那碗差不多了。待她没多大工夫把一满碗酒喝完，赵明达面前的酒，足还有半碗。赵明达有点不好意思，和一个女子相对坐着喝酒，人家比他斟得多，都已喝完了，而他呢，还剩半碗酒，像故意拖时间多吃菜似的。话说回来无论是葱花炒鸡蛋，还是曾芸惠食堂带来的几个菜，就连那个素瓜汤赵明达都觉得味道鲜美，不像他平时吃的晚饭，清汤寡味的。赵明达加快了喝酒的速度，端起碗来，喝了一大口。

朱昌窖酒是比火辣辣的苞谷酒醇厚，喝多了仍然难以下咽。赵明达只觉得自己喉咙里热烘烘的，被风雨吹得冷飕飕的身子一阵阵地燥热，脸涨得通红通红，脸皮都似绷紧了。他睁着双眼，望定了曾芸惠，哀求般说："我真喝不下这么多酒了，对不起。"

说着带点可怜地笑笑。

他的脑壳晕眩得厉害，眼睛里看到的曾芸惠，脸颊上飞着两朵红云。

曾芸惠递过来一碗饭，说："喝不完就不要喝了，来，吃饭。"

赵明达接过饭碗，曾芸惠把他尚剩在碗里的酒端起来，一仰脖子喝了个精光，说："吃饭吃饭，我陪你一起吃饭。我真不晓得，你不会喝酒。"

最后那一句似是在解释，带一点歉意。

赵明达是饿了，素瓜汤拌着饭，又挟着炒鸡蛋和肉丝，三下两下，一碗饭就吃完了。搁下碗筷的同时，他伸手掏出食堂的饭菜票和几张零钱，认真地说：

"我把饭菜票付给你，还有……"他另外取了一张五角钱的票子，和饭菜票一起，递给曾芸惠："这是酒钱。"

不料曾芸惠受了惊一般，一把抓住他的手背，说"今天不收钱。这是我请你的，你拿回去，快拿回去。"

女性的巴掌带着体温，贴在赵明达的手背上，赵明达有股异样感。他睁大眼望着她，曾芸惠脸上绯红绯红的，同样望着他，嘴里喷着股酒气说：

"我要你的饭菜票做啥子，收好了。"

硬把他的手往衣兜里塞。

赵明达感激地望着她，这个没说过多少话，平时默默在镇公所食堂帮厨的女子，他始终都以为她像同龄段的妇女一般，是成了家的。没想到，她也是一个人。噢，赵明达对她的了解，实在是不多。

起身告辞的时候，赵明达的脚步踉跄了一下，曾芸惠一个箭步走过来，从侧边扶住了他，探过头来问："你是不是醉了？要不要我扶你回去？"挨得太近了，她的发梢撩拨着他的脸。

赵明达脑壳里有点晕乎，但他摇头道，自己能走回去，不消她扶。

不过她仍然扶着他，走到门边才松手。

当天夜里，是那点酒起了作用，赵明达倒床就睡了过去。夜半三更，他苏醒过来，人显得分外清醒，眼前总是晃动着曾芸惠脸色绯红的俏丽模样，她的巴掌抓着他的手背，她扶着他走向门边的那点感觉，也不断地涌上来。就连窗户外头淅淅沥沥的雨声，听起来都有几分从未有过的美妙和安然。

就这么，除了上班，赵明达开始有了盼望，盼望一天三顿的开饭时间，走进镇公所食堂，能够和曾芸惠见上一面，能够在要饭菜时，和她四目相对地说几句话，眼睛是会说话的呀，嘴里说着要三两饭，要个酸菜炒肉末这样最平淡无奇的话，眼睛望着她，说出的是另外一番意思。曾芸惠能看不出来么？过不多久，赵明达不满足了，他想出一些方法去接近曾芸惠，拆洗了被子，专程请她到宿舍来缝被子，她对他是有求必应，只要他开了口，她总是替他做，而且从不图回报。他从未想到她也会来求他，那天夜间她来找他，说屋头的灯不亮了，请他去看看。他带上电筒去了，一查是保险丝断了，他跑回自己住处，给他找了一截保险丝换上，灯果然亮了。她欢喜得什么似的，脸上的笑容灿烂得令他难忘，两只眼睛亮晶晶的。他一遍一遍拉着开关，一关，熄了，一拉，亮了，再一关，又熄了。就在她把灯又一次拉熄的时候，他一把抱住了她。她的笑声戛然而止，身子缩了缩，温顺地依偎在他的怀里。

他明白了，她是愿意的。

赵明达和曾芸惠这一对单身男女，就这么住在了一起。镇公所上下，街上的邻居，就连赶场天四乡八寨走拢来的老乡，都觉得他们十分般配。说他俩年龄相仿，相貌合适，没人讲他们不曾大操大办就住在一起有啥不对。都是三十出头的人，早该完成这桩人生大事了。赵明达有了曾芸惠，哪还有闲时间往省城跑，他沉浸在爱情的温柔乡里，只觉得曾芸惠温柔、贤惠、善解人意，通情达理，是世界上最好的女人。和她生活在一起，他一样心思都不用担，吃的、穿的、日常用的，她都给他准备料理得好好的，他只觉得活成了个神仙，身旁有个女人，真的好。他已经把她带回过上海去了，在上海的家里，热热闹闹地办了喜酒，举行了隆重的结婚仪式，家中的老人和亲戚都认可她，说她娴静，少言寡语，面貌善良，一眼看得出是个好女人。哥哥特地腾出了自家住的卧室，让他和曾芸惠在上海的蜜月期间，住得舒舒服服，他也带着她，在上海尽情地耍了个够。回到鸽子哨镇上，有迹象表明，她已经怀上了娃娃，烦心的事儿也随之出现了。

我和妻都默不作声听着赵明达叙述，这会儿妻问："是什么烦心事？"

"她不愿办结婚证。"赵明达手臂横起一甩，表示自己十分想不通。他说回上海探亲之前，他就对曾芸惠说，就在镇民政干部那儿把证取了，这是多么简单的事情。可曾芸惠说，急个啥，我都是你的人了，还会飞了不成？我想想也对，就依了她。可这回有了娃娃，以后娃娃生了还要上户口，她总该去办证了吧！哪晓得我给她一提，她说要给老家写去个信，让老家把她的身份证明寄来，才能名正言顺地去取结婚证，我就催她写信，她答应得好好的，过几天我问她，信寄了吗？她说寄了，安心等回信吧。等过了两三个星期，回信没有来。我问她是怎么回事，要不要再写一封信去，寄挂号，你上一封信寄的是不是挂号？她像犯了错误般低下头，声气低低地说不是挂号，是平信，我说那你再写一封，我去寄挂号，镇邮电所我熟悉。或者，或者你把老家那里的亲人地址告诉我，镇邮电所可以打长途电话，我直接打电话去给你老家的人说，让他们……

她忽然泪流满面，仰起脸来，连连晃着手说："不，不要，不要……"

说着就痛哭失声。

赵明达觉得事情蹊跷了，看着妻子伤心成这般模样，他没再说下去。不过他生了心，悄悄去邮电所问，他的婆娘曾芸惠来寄过信么？邮电所老许是他多年的熟人了，回答得明明白白，不论是挂号信，还是平信，曾芸惠都没来投递过，赵明达也相信，邮电所那只小小的邮箱，就放在柜台的一角，任何人来投信，坐在柜台里的老许都能看见。曾芸惠没寄过信，为啥要骗他说寄了呢？往细处想想，赵明达对妻子一往情深，沉浸在晚来的爱情的柔情蜜意中，对曾芸惠的过去，他确确实实是了解不多的。他只晓得是水电站上的舅舅，介绍曾芸惠到镇公所食堂来帮厨的，来之前，她是在枫叶电站的食堂里帮厨。有一回镇上的干部去枫叶电站吃晚饭，说她炒的菜好吃。电站为同地方上搞好关系，忍痛割爱让她到了鸽子哨镇公所食堂来帮厨。到枫叶电站之前，她从哪里来，她又是如何来投靠枫叶电站的舅舅的，赵明达一概不晓得。不过，赵明达心头的疙瘩，是系上了。从那以后，赵明达只要一提办结婚证的话题曾芸惠就是不说话，光是哭。问她缘由，问她老家的父母、兄弟、亲属，问她老家有啥不可言说的事情，她只是啜泣，泪流满面，不吐一个字。到后来，赵明达害怕了，镇卫生院妇产科的医生对他说了，怀孕妇女不能伤心，伤心过度，总是哭，会影响到腹中胎儿的发育。

赵明达噤若寒蝉，再不敢在妻子面前提这一话题。思来想去，他想到了我这个老同学、老朋友，想让我给他出出主意，想想办法，一起劝劝他的妻子。

<h2 style="text-align:center">二</h2>

赵明达有了烦恼，第一个想到的来找我，用他的话来说，是时常在曾芸惠面前提及我，说我是他的老朋友。另一个原因是，曾芸惠看过我的小说《蹉跎岁月》改编的电视剧，深为感动，落过泪。还有一个因素，也是赵明达说的，我有身份，既是名作家，又是全国人大代表，还担任着省级文学刊物《山花》的主编，是正处级干部，比他们鸽子哨的镇长，官还大一级。我要出面去劝她，她会听我的话，至少不会在我面前号啕大哭。

天在黑下来，窗外那一片屏风般的黔灵山，已成了黑黝黝的一片。从邻居家的窗户里，传来新闻联播熟悉的音乐。

我寻思，曾芸惠的情形，是有些怪。是啥原因，使得她不愿意和赵明达办理正式的结婚手续呢？妻已在对赵明达发问："她……这个曾芸惠，是哪里人？"

"湖南。"

"湖南哪个地方的？"

"好像……好像是零陵地区的。"

"你带她去过上海，见了你的父母兄妹，她提过，要你和她一道回去，见见她的父母双亲吗？"

赵明达茫然地摇摇头："没有，她从没提过。哦对了，我问过她父母是干啥的，一问她眼圈就红了，只说他们可怜，死得早。看她伤心，我哪敢细问。"

我又重提了一个问题："他那在枫叶电站的舅舅，你见过吗？"

"见过，他还来鸽子哨我们家坐过，是电站的一个老职工，好像也算个技术员吧。"赵明达用不甚了了的口吻道，"他姓喻，我听电站上的学徒工喊他喻工喻工的，不过他不是工程师，就是个技术员，资格老一点。我把心头的烦恼给他说了……"

"他怎么讲？"妻连忙问，显然他对这件事也很热心。

"嗨，别提了，"赵明达苦笑了一下，手一摊无奈地说："他根本没有劝曾芸惠的意思，反而劝我，说她事实上已经是我的妻子了，让我不要急，煮熟的鸭子还能飞了不成，再说她都怀上我的娃娃了让她安心把娃娃生下来，就是和和美美的一家子。你们听听！我追着问他，曾芸惠到底是咋个啦？他脸上显出为难之色，从他脸上的神情，我猜他是知晓的。"

妻又追着问："他怎么回答你呢？"

"他推说他只是曾芸惠一个远房的舅舅，好多年没联系了。前几年曾芸惠从家乡跑到电站上来找他，他几乎不敢认她，是看她衣衫破烂，一副可怜相，而电站食堂里又需要帮手，他才介绍她在食堂里当了个帮厨。"赵明达一副可怜无奈的脸相，"我还能说啥呢？"

我说："这就好办，他的这位远房舅舅是清醒人、明白人，他还是能对话的，你问清楚曾芸惠到底是零陵哪个县、哪个公社、哪个大队……"

赵明达连连摇手："这都是老皇历了，现在公社都改成乡、改成村民组了。"

"那也不要紧啊，只要地名在，总有办法联系的。"我想当然地说，"联系上了，让你们工商所，或者干脆就请鸽子哨镇，给曾芸惠家乡去个公函，让给曾芸惠提供一个身份证明。你这里不就能办理结婚证书了！"

赵明达哭丧着脸说："这办法我对她舅舅说过。这位喻工一听，断然回说不行，说啥子他们家乡所在这个公社，一会儿划给这个区，一会儿划给那个县，他写给家乡去的信，都给退回来了。讲来讲去，他就是不肯吐露曾芸惠家乡的详细具体地址。"

"会不会有什么难言之隐？"我的手支撑着头，思忖着道。

"我也是这么疑心啊，"赵明达说，"故而就想让你出面。"

妻提议道："这样吧，下回你把她带到我们家来，我们劝劝她，试一试行不行。"

赵明达拖长声气道："她要愿意来，我今天就把她带来了。她就是不愿来啊！好像她有预感般，我一说到你家来，她就直摇脑壳，说现在怀着娃娃，走路都想吐，一坐长途车，脑壳晕得不行，只怕连肠子都要吐出来。我有啥办法？"

"那你说，要我怎么办？"我问赵明达。

"劳你大驾，到鸽子哨跑一趟。"赵明达直截了当地道，"我们镇上的书记，也当过几年的知青，很想认识你的。你去了，我都不消招待你，镇公所就请你吃饭。"

妻先答应下来："要不你就去一下，也认识认识这位曾芸惠。"

于是我答应赵明达，近段时间内，到鸽子哨镇上去一趟。22公里路，跑一趟很快的。

赵明达欢天喜地的告辞了。

第二天上班，我就通知编辑部的编辑，联系枫叶电站的上级红叶电厂，了解喻工这个人，答复说这是个老实巴交的技术员，技术上很过硬，和他一起进电厂的技术员，都评上工程师了，有的还成了总工、副总工，唯独他，前些年因为家庭出身受影响，没评上。最近枫叶电站又给他上报了工程师职称，厂里很快会批下去。

听上去喻工是个好人。也巧了，市文联要给郊区县的文学爱好者、业余作者举办一个文学讲座，请我去讲堂课，题目是《我是怎样走上文学创作道路的》。不需要多准备，开口就能讲，地点就在鸽子哨礼堂。

我自然是一口答应，并跟省文联的同志说好，那里有我一个同学，几次邀我去看看，这次正好公私兼顾，我们早点去。

那天我们的车提早了一个多小时进入鸽子哨镇，为了便于沟通，妻安排了调休，也一起去了。

赵明达早早地等在街口子上迎接我们，一坐上面包车，他就兴奋地提高了嗓门道："说是你来讲课，镇上够重视了，几条街上到处张贴了海报，你看，这里就有一张。"

我顺着他手指的方向看去，街角的墙上，果然贴了一张海报，我的姓名用醒目的红颜色写得又粗又红。

赵明达又道："讲完课，镇上要招待你吃饭，听说我是你同学，镇长书记约我们两口子来作陪。先去我家坐一会吧。"

进了他家门，里外两间屋子收拾得格外干净。我们一眼就认出了曾芸惠，果然生得眉清目秀，好朴素安静的一个女子，赵明达没有形容错，当面见了，曾芸惠的两只眼睛长长的，眉毛细弯细弯，脸庞是老人们喜欢的瓜子形。唯独给我印象深的，是她端正秀丽的五官之间，积郁着一股忧愁的气息。

陪同的人有好几个，市文联的，镇上的，根本不可能当着这么多人的面和曾芸惠谈办理结婚证的事儿。坐在他家的几条板凳上，讲的都是无关痛痒的客气话，看见妻和曾芸惠并排坐着，我心里说，这个光荣任务，只有等我去讲课时，留交给妻去对曾芸惠完成了。她们女人和女人之间，也许更能说得通一些。

看来赵明达也是这么想的，他自始至终都乐乐呵呵地笑着，为他这个老同学的到来而高兴，一点也没显出要我和曾芸惠讲什么话的意思。而曾芸惠呢，和妻时而轻言细语说几句话，更多的时候，她只低垂着脑壳，把盘得整整齐齐的头发，对着众人。我时而瞥她一眼，发现她的头发稀疏，发梢梢有些泛黄。她的肚皮明显隆起来了，我暗忖着，要叮嘱赵明达了，给他妻子增强营养，从她的脸色和头发，看着她有些营养不良的模样。

讲完课，吃完就在镇公所食堂置办的招待晚餐，随市文联的面包车开回省城路上，我迫不及待用上海话问妻子，和曾芸惠沟通了吗？

妻微点头，淡淡说了一句："回到家再说罢。"

一进家门，妻就劈头盖脸对我道："你倒好，只顾着自己风光，把赵明达那么重要的事儿，全推给我。"

我回避着她的话道："我就晓得你有机会和她细谈。"

"也没怎么细谈。"

"终归是谈了。"

妻点头："你们去讲课后，我和她聊了几句家常，从她怀孕讲到以后孩子出生。刚把话题绕到办结婚证的事情上，曾芸惠就双手扒着我的肩膀，亲昵地轻言细语：你们来家中，我就猜到要讲到这个事，过两天我随明达去省城，到了你们家里，细细地给你们摆。这会儿，我脑壳里还没准备好，乱得很。那些往事，太难得讲了，提起来我就眼泪出……"

说着话，曾芸惠落泪了。

妻自然是无话可说。

她抹了抹眼泪，说是晚上一堆人吃饭，她得忙去了。

说完就去了镇公所食堂。

原来我们吃的晚餐，还是曾芸惠帮着一起准备的。我还能说什么呢，反正赵明达要我们出面帮着劝说曾芸惠，我们是尽力了。他再提及，我们就如实相告。欢迎他们两口子到省城家里来玩，到时候会有充分的时间说话。

夜深人静，上床入睡时，我还是忍不住对妻说了一句：

"看来，这个曾芸惠，真的是有难言之隐。"

妻没有反驳我，一边关灯一边说：“看她那么伤心，我真不忍心追问下去。”

三

事态的发展完全出乎我的意料。

那天下午，约摸两三点钟光景，我正在四楼的主编办公室里静心看一个稿子，电话铃声响起。我刚一操起话筒，电话里就响起了赵明达急如星火的哭丧般的嗓音：“……你、你快来救救我，快赶到鸽子哨来，快呀！我、我顶不住了……”

我的头皮都抽紧了，多少年来，我还没遇到过赵明达慌成这个样子，我把稿子往桌面上一扔，劝慰道：“什么事儿？你慢慢地说，慌也无用啊。”

“唉呀！”赵明达几乎是在哭叫，“来了个男人，要把曾芸惠抢走。你是晓得的，她有身孕，她……她……你快来啊，多叫几个人，来救救我，救我，我没法对付……”

说完他的电话挂断了。

我连忙让办公室要了个车，下楼之前又给市公安局工作的徐斌打了个电话，上回从鸽子哨回来，说起赵明达的婚姻，娃娃快生了，结婚证却还没办，和赵明达同在一个寨子插队的徐斌就怪我，为什么没喊上他一块同行，说不定他能帮上忙呢。这会儿赵明达真摊上事了，慌成那个样子，看徐斌能否同行？徐斌一接电话就说，你管你走，我马上要车赶过去，是鸽子镇工商所吗？

我一边说是，一边想起徐斌一米八几的大高个儿，他到了场，又有公安的身份，起到的作用准比我这个文人强。

赶到鸽子哨镇的路上，我凝神细想，这事儿既来得突然，又有点怪，来的是个什么样的男人，光天白日之下，胆敢把赵明达的妻子曾芸惠抢走？他太嚣张了吧！赵明达的电话挂得也太快了，没把话说清楚，就断了。我听他那么急，慌得六神无主，说走就走，也有点儿感情用事。事情不至于像他说得那么严重吧。朗朗乾坤，还能允许公然抢人？想到自己赶得太快，未免有点唐突，心里一个劲儿提醒自己，到了现场，一定要冷静、镇定，把事情的来龙去脉弄清楚了再表态。这么想着，我又叮嘱省文联车班的驾驶员，停好车寸步不离地跟着我。从来没遇到过这样的事儿，我情不自禁有点儿如临大敌。

出了省城，车开得飞快，20分钟就驶进了鸽子哨镇。前不久刚来过，我让驾驶员直接把车开进镇公所，赵明达和曾芸惠的家，离镇公所很近。

还没走拢赵明达的家，只见他家院坝的里里外外，已经围满了人，看装束有街上居民，有镇上干部有乡间来的农民，还有老人和娃崽。所有的人踮脚的踮脚，往里挤的往里挤，侧耳倾听的凝神在听，还有些人在交头接耳地窃窃私议，脸上的神情莫测高深。

我一见这情形心安了不少，招呼一下紧跟在我身后的驾驶员，就扒拉着人堆，小声借着光，往赵明达家里走。驾驶员嫌我的动作太斯文，抢到我前头去，一边伸手扒拉我前头的人，一边压低嗓门粗声道："让一让，让我们主编进去解决问题。"

这个驾驶员粗壮敦实，是个复员退伍军人，在部队上是驾驶班长，到省文联来工作才半年，平时少言寡语的，没想到关键时刻还真有办法，只一忽儿工夫，我们就来到赵明达家门前台阶边。

"曾芸惠，你听明白了！"一个四十几岁的壮汉，一手叉在腰间，一手朝着赵明达的屋门指指点点，用浓重的湖南口音吼着："老子不跟你多费口舌，只跟你说这一句话，老子为找你，走遍了两湖两广，又找遍了云贵川，要不是人家提醒我枫叶电站的喻老二，还无法在这个地方把你给找到。你想躲起不见老子，行吗？你不见老子，老子就不走。你乖乖的，收拾起衣物，随老子回家去，老子敢保证，不咒骂你，不打你，既……既……既往不咎，我们好好地在屋头过日子。你莫不吭气呀，你莫躲在屋里不露脸啊！你躲得初一，还躲得了十五吗？你躲过了今年，躲得过明年吗？哎，你答个话，哼一声呀！娘老子的！"

这家伙唾沫飞溅地吼着，口口声声自称老子老子，我站在侧面观察了一阵，看他那长相，四十好几，最多挨边五十的模样，肯定不是曾芸惠的爹。那么他是谁？曾芸惠的哥，也不对，哥哥不会对妹妹用这样的口气连骂带吵。那么，莫非是……

我不敢往下想，边听他谩骂，边用目光搜索。嗨，赵明达也在，他坐在门前一条板凳上，双手抱着脑壳，低垂着头，既不面向众人，也不东张西望，只是一副走投无路的颓丧模样，看那情形，他也不想和这外来男子直接对话。瞅着他这一副窝囊相，我都闹不清他们之间是一层什么关系了。

心头正在寻思，湖南汉子恼怒起来，他咒骂了一声："曾芸惠你个臭婆娘，给我滚出来！老子没那么久的闲心等你，你要再躲在里头不露面，老子就冲进门去，揪你出来！"

夏末初秋的太阳光亮得闪人的眼，围观的人们站久了都往屋荫里躲，远远地冷眼看这事态发展。湖南汉子一发狠话，喊喊喳喳议论不息的声浪安静下来，没人敢接他的话。

"你敢！"一个干脆的嗓门厉声道，"哪个人允许你跑到这里来，顶着人家的房门大放厥词的，嗯！你是哪里人？你跑来撒什么泼？"

我一听这声音，不由心安下来，这是徐斌，他肯定是接到我的电话，丢下工作就赶来了。他和赵明达是一个寨子插队的兄弟，在村寨上时同在一个锅里吃饭，没分过家。平时讲起晚婚模范赵明达，比我们这些伙伴都要急。听说赵明达遇到事，他自然是当仁不让赶过来了。

湖南汉子显然是没料到会有人敢站出来接他的话，转过脸来，他瞪了徐斌一眼，一看徐斌一米八几的大高个，穿一身警察制服，一身英武模样，先自愣怔了一下，再看徐斌身旁，还站着两位鸽子哨镇上的民警，他那嚣张的气焰顿时熄下来，皮笑肉不笑地点住自己的鼻尖道："我叫何昌龙，堂堂的贫下中农，为啥不找东家，不走西家，专门找到这家门前来呢，是我的婆娘曾芸惠被拐到这里，和一个男人裹在屋里住，我好不容易把她给找到，来领她回老家去。警察同志，我这不叫撒泼吧？"

我大吃一惊，难道曾芸惠，是这么个粗野汉子的妻子？因感情不和，因包办婚姻，因夫妻吵架，她逃跑到鸽子哨镇上来……赵明达这回真摊上事情了。

徐斌对此显然比我有经验，他淡然地瞅着何昌龙，把手一摊说："你出远门找妻子，有证明吗？"

徐斌身边的两位民警也附和道："是啊是啊，碰到这种事，应该先找派出所，找我们民警嘛！"

围观的人听到这种稀奇事，也都顾不得太阳大了，纷纷围拢过来，七嘴八舌地发议论：

"我就晓得这后头有事儿！"

"哪会无凭无据上门乱来呢。"

"看不出啊，曾芸惠，原来是个逃婚的！"

"那么温顺的一个人。"

"嗨，镇公所那些人，都说她炒得一手好菜哩！"

"只怕没那么简单！"

"只是工商所的赵明达苦了，竹篮子打水，煮熟的鸭子又要飞走了！"

…………

我趁着众人不注意，走到门前赵明达身边，轻轻一捅他肩膀，他受惊地抬起头来，一脸失魂落魄的模样，眼神里透出的，是怅然若失的慌乱。

我轻声问他："这一切，你都晓得吗？"

他摇摇头，一脸茫然，仿佛在问我："我该怎么办？"

我问他："你舍得曾芸惠吗？"

他哭丧着脸低声说："她怀上我的娃娃了呀！"

我明白他的心思，走回到人堆间来，挤到徐斌身旁。徐斌向我一点头，双眼仍盯着湖南汉子何昌龙。

何昌龙在众目睽睽之下，在自己的身上七掏八摸，阳光太强烈，他紧张得额头上满是豆大的汗珠，终于在腰缝间一个特意缝制的小兜里，掏出了一张证明，递给徐斌。

证明的褶皱太深，纸张都快粘连不住了，徐斌小心翼翼地展开证明，瞅了几眼，又用巴掌托着，让我看。

我接过证明，先仔细端详下面的公章，"湖南省零陵地区宁远县青溪公社"的字样是十分清晰的，不像是伪造的证明。只是现在已经是1984年夏末秋初，这证明是两年前的1982年开出的，有效期是一年，持这证明要办事儿，显然是不成的了。只见证明上写着：

兹有我公社水远大队贫农社员何昌龙因妻子走失，出门寻找。望沿途有关单位给予办理食宿手续为荷。

特此证明。

我把证明又递给跟着徐斌来的两位民警，和他交换了一下眼色。

何昌龙见我俩没吭气儿，"嘿嘿嘿"笑着道："这回你们信了吧，该准许我把曾芸惠带走了吧，嘿嘿！跟你们说，她真是我的婆娘啊！她脊背上斜斜地生有两颗痣，我都说得清白，不信你们可以验……"

面对警察，他的气焰收敛了。

徐斌把手一挥，干脆利索地道："仅凭你这一纸证明，我们不能让你带人……"

"凭啥子？"何昌龙嗓门一下子又抬高了，"准许人家拐我的婆娘，就不准我把老婆带回家去。"

徐斌的手指在那张证明上弹了一下，说"就凭你这张证明上，没写明你妻子的姓名，这上头只说你妻子走失，没讲你妻子姓啥叫什么，我们怎能让你要带谁走就带谁走呢？再者，这证明上写得明明白白，有效期一年。你自己看看，你出示的是过期证明。就凭这，我们就可以把你带走，查一查你的底细。"

随着徐斌铿锵有力的话语，所有人的目光全都扫到何昌龙脸上。有人幸灾乐祸地叫起来：

"过期作废你懂不懂？带个过了期的证明气势汹汹地来要人，你也太那个了吧！"

"少啰嗦！带他去派出所，查查他的底细，说不定真是捡来的证明呢！"

"看他那副凶神样，不是盏省油的灯啊！"

…………

众人嘲异般的议论声中，这回轮到何昌龙慌神了，他拉长了脸，两只眼珠弹出来，连连用手摸着额头上的汗，歇斯底里地嚷嚷起来"曾芸惠，你个烂婆娘，给我滚出来，你摸着良心给大家说说，我是不是你老公？当年要不是我，你这条命早没啦！"

他这一吼一叫，院坝里外又安静下来。哪个都听得出，他的话中有话。

我往徐斌跟前一站，说："何昌龙，有话你好好说，怎么张口乱骂人啊！"

"你们少管！"何昌龙耍赖了，脸红筋涨地顶撞着我道，"清官难断家务事，这是我屋头的事，我非要把曾芸惠这个烂婆娘拖回去！"

"哐当"一声响，始终紧拴着的赵明达家门打开了，曾芸惠一脚跨出门槛，脸颊涨得通红，鬓发有点蓬松零乱，隆起的肚皮比我上次见到时鼓得更高了。赵明达一见她露面，受惊地往边上一站，叫起来："芸惠，你……"

曾芸惠的胸脯波动起伏着，没说话右手的手臂就伸得直直的指向何昌龙。何昌龙也没想到久未露面的曾芸惠会突如其来出现在面前，他大叫一声："曾芸惠，你说，你是不是我的婆娘，说实话给大家听听！"

"何——昌——龙！"曾芸惠一字一句地切齿道："你是一个杀人犯！杀人凶犯！你杀死了我爹，杀死了我妈！还杀死了我亲哥。你有啥子脸面还来找我？你给我滚，快滚！"

"哈哈哈哈！"何昌龙大笑几声，左右看看众人，得意洋洋地道："你们都看到了吧，她承认我是她老公了吧！你说啊，曾芸惠，你把真相说出来啊，是你答应了嫁给我，我才没杀你的吧！是我保护了你，把你娶回了家，你才保全了一条命的吧。哈哈哈！"

曾芸惠气不可竭地道："是你把刀架在我脖子上，是你强奸了我，我才被你拖回家去的，我心头根本不同意！那年我只有16岁啊！"

"哈哈哈，哈哈哈哈！"何昌龙愈加得意地狂笑起来，他笑得浑身都在抖动，笑的脸上横肉不住地颤动，"你们听清了啵？她真的是我的婆娘啊，我睡过好几年的婆娘啊！"

这真是闻所未闻！我简直百思不得其解。不过，就眼面前这件事，解决起来却是简单了。徐斌征询地望了我一眼，我把他拉到一边，给他耳语了几句。徐斌又转过脸，和两位民警交换了意见，随而神情严肃地面对何昌龙，伸出食指道：

"她，"徐斌指了一下曾芸惠，"说你杀死了她爹妈和哥，是真的吗？"

"她能胡打乱说嘛，当年我那是革命行动，"何昌龙大言不惭地道，"他爹妈一个是地主，一个是地主婆，她哥和她都是地主崽子，该杀啊！砍到她头上时，问她愿不愿意嫁给我，她答应了，才饶了她一条命啊！早知她后来会逃，我悔不该当初……"

"好了好了，"徐斌轻轻拍了一下他的肩膀说，"你跟我们到派出所去……"

"凭啥？"何昌龙振振有词地反问，"那曾芸惠呢，跟不跟我走？"

"我不去！杀了我也不去。"曾芸惠尖声拉气地喊着。

"你就是讨杀！"何昌龙迸紧了牙齿道。

说话间，两个民警一左一右站在了何昌龙身旁。

徐斌声气不高，却颇具威严地说："走吧！"

何昌龙的眼珠往左右转了转，院坝里外的围观者全都对他怒目而视，他有几分畏惧，拖着两条腿，慢吞吞走出了院坝。转弯的时候，他又回过脸，朝着曾芸惠原先站的地方张望，他没看见曾芸惠，曾芸惠被众人团团围拢着，坐在板凳上啜泣。赵明达站在她身边，双手扶着她不住颤动的双肩。

事情的圆满解决，拖了很长一段时间。由徐斌的市公安局出面，连同鸽子哨镇公所，在把杀过人的何昌龙送回老家的同时，彻底地了解了事情的来龙去脉。当年，1967年夏秋之交，受当地"黑杀风"的影响，出身于地主家庭的曾芸惠爹妈和哥哥都被活活杀死，曾芸惠在刀架在脖子上的逼迫之下，遭受轮奸后，被迫嫁给了光棍汉何昌龙，忍气吞声过着咽下眼泪讨生活的日子，婚姻延续期间，没有生育。1980年代初期，她逃跑出来，找到远方的舅舅喻工，打工度日。在鸽子哨镇公所与赵明达相识相恋，晚婚的赵明达对她嘘寒问暖，让她感受到了人间的温暖和从未有过的爱情。她巴心巴意地爱上了上海知青出身的赵明达。徐斌和镇公所的人把何昌龙送回宁远县去时，正逢湖南省零陵地区集中了一千三百多干部，成立了"处理遗留问题小组"逐县查实处理这件事。何昌龙亲手杀过人，他本人也承认，被判了几年刑，在和曾芸惠解除婚姻关系的文书上签了字。回来之后，赵明达和曾芸惠也顺利地办理了结婚证书。徐斌出差归来，讲起了出差途中听到的好多"黑杀风""乱杀风"中的事情，听得我们胆战心惊，不寒而栗。记得我后来有机会去枫叶电站时，见到了喻工，讲起这件事，喻工告诉我，在那股杀人风中，他的父母和兄弟同样被活活迫害而死。这也是他后来为啥帮助曾芸惠的原因。

赵明达与曾芸惠正式办理了结婚证书之后，来过省城我的家中。我随口说这个故事就像个小说。曾芸惠认真地对我说，你可不要写，写了这件事，你的官当不成，连人民代表也不让你当了。我一方面感觉到她的心有余悸，另一方面也深深地感觉到她的善良。

附注：一晃又是将近30年过去了，在最近一次的知识青年相会中，我

　　和赵明达、曾芸惠重逢，分外高兴。他们告诉我，他们俩的孩子也已成了家，有了小孙孙，一家人生活在省城里。谢天谢地，他们也调进了省城工作并退休。说起当年的往事，曾芸惠还对我说，你可别写啊！就让这些事情，随风飘走吧。

　　风真能把发生过的事情吹走吗？

北盘江畔

一

"汤包"来给曹竹秀报告，说归他负责盯梢的缉毒警邓由不见踪影
了。曹竹秀抡起巴掌，扇了他一个耳光，把"汤包"嘴上叼着的那支烟都
打飞了，不知落在何处。

"汤包"捂着脸，惊恐地望着气得脸拉长了的曹竹秀，生怕这女人给他
左右开弓，又来第二下。他从来没见这秀气清丽的女人，发过这么大的火。

曹竹秀淡淡的眉毛扬起又落下，手一甩道："限你一周之内，查清邓
由的去向。我说过的，我哥这仇不报，我们不出山。"

"汤包"唯唯诺诺地答应着，退出了省城贵阳市郊的这家便利店的后
屋。曹竹秀的男人王钦坐在窗明几净的店堂里朝着"汤包"微笑，他仿佛
一点儿也没听见后屋里的动静，专心致志地看着店堂电视荧屏上正在播出
的搞笑节目。

见"汤包"哭丧着脸走出来，王钦还笑眯眯地给他递上了一支烟。

"汤包"接烟在手，王钦同时揿亮了手中的打火机，给他点上了烟。

"汤包"凑上去点着烟猛吸一口的同时，王钦悄声细语地在他耳畔

说："细细打听一下，你有办法搞清楚邓由去向的。"

"汤包"这时才醒悟过来，便利店后屋里发生的事儿，王钦是一清二楚的。

"汤包"汤一彪是个小马仔。在好长一段时间里，他都不明白，王钦和曹竹秀两口子，到底是以哪个为主说了算。

以往他一直认为，经营着这家有两个门面大的便利店主王钦是他的主子，他只要听王钦的就行了。王钦让他扮作鞋匠去盯梢，他就扮个鞋匠去盯梢；王钦让他去菜市场逛逛，打听一下市面上"货紧货贱"的情况，他要不了半天，就把近几天里毒品交易的价格打听清楚了。你别说，还真准！但是后来他发现，别看王钦名义上是这家像模像样便利店的主人，整天脚跷得高高地坐在店堂里，管着进货出货，要多少净水、矿泉水啊，来多少水果、方便面、小百货啊，都是他说了算，说一不二、一副一言九鼎的样子。而真正在他背后拿主意的，却是平时看上去秀气白净、脸露微笑的曹竹秀。今天挨她这一耳光，"汤包"心里更明白了，他平时领到的那些跑腿的钱，原来都是她拿出来的。

走出便利店一截路之后，"汤包"回首朝春天的太阳底下那家店斜了一眼，似乎要重新认清它的位置一般。

狗日的！堂堂一个男子汉，本来是想来讨赏的，毕竟是他最早察觉贩毒集团最恨、最恐惧，也最欲除之而后快的邓由不见踪影的，没想到，赏钱没得到，反而挨了曹竹秀一个结结实实的耳光。

沮丧地拐弯走向城乡接合部的公交车站时，"汤包"仔细想想，也把事情想明白了。省城里赫赫有名的大毒枭曹根大，是曹竹秀的亲哥哥。曹根大被不要命的缉毒警邓由拼死拼活抓住之后，在禁毒日那天公判，押到刑场一命呜呼。严打之下如惊弓之鸟的那些靠着毒品度日的大大小小吸食者、贩子总需要一个倚靠的头目呀。这头目会是坐在便利店里整天不挪窝的王钦吗？想想也不可能。曹竹秀赏他"汤包"的这一耳光，把她的真实面貌打出来了。

曹根大之后，省城里如若仍有贩毒团伙的头目，那就是曹竹秀！否则她怎么可能说出"出山不出山"的话呢？那说话的腔调，俨然就是一个呼风唤雨的老大嘛！

想到这里，"汤包"抚摸着自己挨了打的脸颊，嘴角露出了一丝笑纹。

旋即，笑纹消失了。这心狠手辣的女子曹竹秀，限定他一周之内，得把邓由的去向搞清楚。换一句话说，一周时间到了，搞不清楚的话，"汤包"还不知道这一阴一阳的两口子，会把他怎么整呢！

只是，邓由的去向，是那么容易搞清楚、弄明白的吗？

抓获曹根大的那场缉毒战，缉毒警一个死在曹根大的枪下，三个人受了伤，伤得最重的是血红了眼睛扑在最前面的邓由。他冲得太凶了，曹根大一梭子弹打出来，把邓由的腿骨打断了，淌了一地的血。邓由顾不得腿伤，手中一棍子抢出去，打伤了曹根大的脑壳，趁着曹根大脑壳歪过去的一瞬之间，其他缉毒警猛虎出山般一拥而上，才把这毒枭制服，让他得到了应有的下场。

受了重伤的邓由，一条腿几乎要毁了，幸好省厅报告上去，经公安部联系，送到黑龙江去，连续动了两次大手术、几次小手术，往他的腿骨里打钢筋，才把他的一条腿保住了。人家医生说了，邓由必须卧床休息静养一年，才允许下床活动，逐渐恢复腿上肌肉的功能，让钢筋和他的血肉融合在一起。

连治疗带休养，邓由这个省内外闻名的缉毒英模，就此在缉毒第一线消失了。

唯独一小撮贩毒集团的骨干分子，恨之入骨悄没声息地盯着他的行踪，紧盯着他的去向，想方设法也要把他除之而后快。无奈邓由的家安在省公安厅的家属院内。他经一年半的治疗和休养，已经在省厅机关缉毒处上班，远离了一线的现场，只在机关内部参与研讨重大的毒品案子。妄图对他施行报复的毒贩，也是老虎吃天，无从下手。

"汤包"原来打听到的邓由行踪，就是这一些。却不料，两天之前，他偶然地在花溪吃牛肉粉时，听说邓由早已离开省厅缉毒处，不在那里上班了。神不知鬼不觉消失有一个多月了。

"汤包"如获至宝，赶紧跑来向平时让他注意邓由行踪的王钦报告。王钦听说之后，眼睛凝神瞅了瞅手中的打火机，轻描淡写地对他道："进后屋给竹秀讲吧！"

"汤包"以为有赏呢，乐滋滋地走进后屋里。哪晓得，一点儿赏钱没得到，反而挨了一耳光。还讨来一个难题，他一个混混，跑腿的，平时就是一个"打烂仗"的，去哪儿打听邓由的下落呢？

二

邓由是被一阵急促的打门声叫醒的。他在潮漉漉的地铺上翻了一个身，费劲地睁开双眼，随手扯亮了电灯的拉线开关。灯光一下子把凌乱的屋子照亮了，他坐起身子，问一声："是哪个？"

木板门被捶得更响了，"咚咚咚"的，顾及不到礼貌："邓同志，不好了！我的那个寨邻班世伦，让我来求你，救他的外孙女小朵朵一条命！你快开门呀！"

"咚咚咚"的敲门声，伴着阵阵雨声，一起在邓由的耳边震响。睡梦之中，邓由没察觉，雨下得好大。他已经听出来了，这是落剑寨上的布依汉子石光林，贫困户，一个"头难剃"的油盐不进的"四季豆"。有事无事，他都喝得醉醺醺的，平时在这种时候，他早睡在醉梦中了，今晚上怎么……怀着狐疑之心，邓由的手撑着地铺旁的板凳，费劲地站起身来。他一边答应着来了来了，一边在判断，这个石光林是不是又喝醉了来胡搅蛮缠？

"咚咚咚！"敲门声又响起来，夹杂着石光林不耐烦的吼声："邓同志，你起没得？我这身上衣裳，都被淋成水花花了。"

这个人就是这性子，凡事都得让人将就他。

邓由迈动脚步，来到门口，抽开了门闩。

一阵狂风，挟着豆大的雨点，直扑进屋里来。邓由的脸上，顿时感到湿乎乎的。

石光林一个箭步跳进屋里，顺手掩上了门，道："邓同志，让你快去救救小朵朵。"

邓由的眼前掠过班世伦外孙女小朵朵一张圆鼓鼓的脸，脸上一对圆溜溜的眼睛，走路的时候转动着，十分灵活的。

邓由没嗅到石光林身上有酒气，他那被雨淋得亮晶晶的脸庞上一副焦虑之色，邓由知道他不是醉了酒来瞎胡闹。

"小朵朵咋个了？"

"病得不轻！"石光林的手一甩，"不信你去看嘛！听班世伦说，吃晚饭时分请卫生员韦仁义给她打过退烧针，一时间好像烧退了。睡到半夜，小朵朵又哭闹起来，烧得比白天更凶了。班世伦就来敲我的门，让我来请你想个法子。"

邓由真是哭笑不得。他下到这古老偏远的布依族村寨上来扶贫之前，只是一个缉毒警察，既不是医生，又不是护士，怎么懂得医病啊？听了石光林的话，一句话已经到了嘴边：我又不是医生……

但是邓由克制住了自己，没把话吐出口。布依族老乡之所以一遇难处，就想到他这个驻村的扶贫队员，不就是觉得他们能排忧解难，办法多一点嘛？

"我晓得你不是医生。"石光林两眼睁得大大地盯着邓由，解释说，"可我没办法。邓同志，你晓得的，班世伦是落剑寨的寨老，他吩咐啥，我就得照着做。你……你不是医生，你们扶贫工作队里，有没有医生？你打听一下。"

一句话提醒了邓由，以省厅为主的扶贫工作队下到贞丰，共二十几个人。据邓由所知，没一个人是医生，也没一个人曾经当过医生护士一类职业，但他们有广泛的人脉资源，会有办法的。工作队有一个驻村的队员，不是还把一个从小脚踝歪了的娃娃，介绍到省人民医院，校正医好了嘛！

想到这儿，他朝石光林手一挥道："走，我们去他家看看。"

"要得！"石光林朝着邓由重重地一点头，"我代小朵朵谢谢你了！邓同志，你硬是要得哩！"

说着，这汉子朝着邓由，深深地鞠了一躬。他的整个身子往前倾，头发和身上的水珠、水沫，随着他这一鞠躬，拂到了邓由身上。

邓由像不认识石光林似的瞪着他，觉得他同往常的表现，像换了一个人。

邓由来不及多想，一手拿着电筒，一手抓起墙角的两把伞，递一把给石光林，说："去吧，你在前头带路，我们到班世伦家去看看小朵朵。"

说着，拉开了石光林刚才掩上的门。春夏之交北盘江畔的豪雨，正以一股汹涌的势头，乘着狂风倾倒下来。雨点像小石子儿般击打在撑开的伞面上。

一道闪电撕开了漆黑的天幕，瞬间把落剑寨的村舍、寨路、沟渠照得雪亮；闪电过后，一个震天撼地的滚坡雷，在村寨附近霹雳般炸响。石光林的身影在闪电中跑得溜溜快。

邓由疲惫了一整天的身子丝毫都没睡意了。

三

隆隆的雷声中，小朵朵惊恐万状地瞪大了双眼，嘶声喊着："外婆……外婆……"

外婆韦彩琼应着声，俯下身去："嗳，小朵朵，外婆在你身边，你安心，外公请石光林去求救了。"说着，她的手一探小朵朵的额头，遂而像被烫着了似的收了回来，忧心忡忡地瞥了并排站着的班世伦和卫生员韦仁义一眼，哀叹一声道："咋个办？朵朵烧得比白天还凶哩！"

同样是被从睡梦中喊醒赶过来的韦仁义抹了一把脸上淋到的雨水，双手一摊道："我能想到的药，都用上了！小朵朵仍烧得这么凶，只有往县医院送。"韦仁义愁眉苦脸，整个神情都显得一筹莫展。

班世伦脸上的白胡子颤动着，瞅瞅村里的卫生员，又望望老伴道："这雷雨天，咋个往县里送啊……"

话音未落，"咣当"一声，房门推开了，嘈杂的风雨声先传进来，几个人往门口望去，石光林一脚跨过门槛，粗着嗓门道："班寨老，我把人给你请来了。"

邓由在门口的屋檐下收了伞，把水淋淋的伞就势放在门槛上，扶着门框，一边迈腿走进屋来，一边关切地问："小朵朵病成啥样了？"

"恼火！"韦仁义抢先道，"邓同志，得把她送县医院。"

邓由走近床边，就着屋头雷雨之夜忽明忽暗的电灯光，凝神瞅了小朵朵一眼。小朵朵的眼睛眯缝着，眼角边挂着泪痕，圆圆的脸庞上一片虚红，两片嘴唇燥得泛白，嘴角痛苦地扭动着。

邓由虽不懂医，却也看得出，小朵朵十分烦躁难受。

韦彩琼哀求般望着邓由，嘴里哼着："咋个办啊？娃娃痛成这样。"

班世伦充满希冀地望着邓由，急切地问："有办法吗？"

邓由环视了身旁这几个人一眼。说老实话，自从主动要求离开厅机关，参加扶贫工作队成为一名驻村的扶贫队员，落剑寨上的这几个人，都是难剃的头。石光林是不用说了，远近村寨上出了名的"等、靠、要"对象。邓由第一次和他打交道，问他脱贫最需要的帮助是啥？他斜起眼睛瞟了邓由一眼，反问道："你能帮到我？"

"合情合理的要求，我尽力而为。"

"那好，你帮我娶一个婆娘。有了婆娘，我就能脱贫。"

邓由愕然望着他，不知回答啥话好。联想到去年过春节时，他主动给乡里打电话，说过大年了，你们怎么还不来送米、送油、送肉啊？我都快揭不开锅、过不成年了！邓由进落剑寨之后，都不敢主动接触他。

卫生员韦仁义呢，是个一心想脱贫的汉子。可他好高骛远，一听邓由给他介绍养牛脱贫的途径，他连连摆手，听都不想听下去，说啥子："我大小是个卫生员，天天割草养牛能致富，不要哄我了！免谈免谈。"

给了邓由一个下不来台。

班世伦呢，他倒是有耐心，听完了邓由关于养牛脱贫的详细介绍，但他显然不信，只叹着气道："邓同志，你看看，我们这一家子，上有老、下有小，独缺的就是劳力。养牛真能致富，小朵朵她父母，也不会跑宁波那边去打工了。唉，命里就是勤扒苦挣的穷人，哪有啥致富的办法？"

听得出，这世故的老人，压根儿不相信邓由的话。

这当儿，小朵朵病情危重，这三个人来求到他，要求他设法把小朵朵连夜送去县医院。他有啥办法啊？下来扶贫时，领队唐书记就对他说了，落剑寨之所以是贫困村，原因之一就是偏远、闭塞，交通不便，至今连组路还没通呢！省里面在2015年底达到了县县通高速的目标之后，正在追求乡乡通柏油路的目标，要达到每一个村民小组都通公路，能开进汽车来，是以后几年的事情。偏僻的落剑寨，恰恰是还没通公路的村寨。要在现在这么个风雨雷电之夜，把小朵朵送到县城去，除非有孙悟空的本事。

班世伦家屋头沉寂的片刻，屋外的风声、雨声愈加下得欢，屋檐水"滴滴答答"地响成一片，搅得人心烦意乱。

邓由扫视了眼巴巴睁大了眼睛瞪着他的几个农民一眼，从兜里掏出了手机，给挂职副县长的扶贫工作队蔡队长拨去了电话。

蔡队长是个扶贫两年的干部，扶贫一年该回省厅机关上班时，县、州两级领导都要求他继续干下去，直到脱贫任务完成。他也在这个岗位上干出了感情，愿意留在县里。听了邓由的电话，他当即表了态："落剑寨还没通组路，小车开不进去，你得设法把生病娃娃送到香芋寨，我让小车开到香芋寨来接。"

雨声嘈杂，屋里的几个人还是听清了蔡队长说的话。众人心里都明白，他说的是对的。香芋是个大寨子，三年之前已经通了公路。只要把小朵朵送到香芋寨，坐上小车，就能把小朵朵送到县医院救治。

问题是，落剑寨到香宇寨，还有足足的8里山路，这风狂雨猛之夜，如何走啊？那一条五尺宽的马车道，爬坡下坎的，大晴天都得走上一个多小时，遇到风雨之夜，经常有垮坎崩石的事情发生，赶马车汉子都不敢走。要把小朵朵迎风冒雨送过去，谈何容易啊。

班世伦伸出手臂，食指朝着石光林一点，用不容置疑的语气道："光林，你去村长家，让他把马车派出来。"

"要得，我马上去。"石光林答应得十分响亮，可他又皱起眉头，"村长同意了，把马车拖到你家门口，我勉强干得。可要驾着马车去香芋寨，嘿嘿，寨老，我没这本事。只怕连人带马，都会翻进北盘江里去。"

"你只管把马车去弄来。"班世伦的手一甩，不耐烦地指着韦仁义，"我记得，你驾着马车拖过石头？"

"是的。"韦仁义毕恭毕敬道。

"那好，马车来了，你负责把我们送到香芋寨去。"班世伦毅然决然地道。

韦仁义脸上露出讨好的神情："寨老，你就不消亲自去了，我和邓同志把小朵朵送香芋寨就行了。我是卫生员，应该的。"

"是啊！"韦彩琼道，"你一把老骨头了，还是麻烦……"

班世伦眼一瞪："你不要啰嗦……"

韦彩琼当即住了口。

"我找村长去。"说着，石光林一闪身，出门去了。

亲眼目睹了这一幕，来到落剑寨扶贫一个多月的邓由，恍然大悟地感觉到，在这个北盘江畔的寨子里，真正说话管用的，还是身为寨老的班世伦啊！

他不由陷入了沉思。

四

按照村长的吩咐，把马车费劲地拖到寨老班世伦家门口，看着邓同志、班世伦把包裹得严严实实的小朵朵放在马车车厢中间，他俩一左一右守在小朵朵两边，韦仁义朝着两匹马甩出两声响鞭，驾着马车朝落剑寨外的风雨中走去，石光林长长地吁出一口气，拖着浑身透湿的身子，朝自己家中走去。

走进屋里，"啪达"一声开亮电灯，他连忙满屋转地寻找干衣服，狗日的，前些天换下来的干衣裳挂在墙头的钉子上，还没来得及洗哪！这会儿浑身上下又淋湿了，咋个办呢？只好把湿透了的衣裳脱下来，把前些天换下来的脏衣裳重新穿上身，勉强维持几天。等天晴了，再一并洗吧。

石光林换穿上脏了的干衣裳，一屁股坐在墙角落里的床上，双手抱膝，呆痴痴地坐着，耳朵里倾听着屋外越下越大、越刮越凶的风雨声，昂起脑壳，望着电灯光影里悬吊着蜘蛛网的天花板，庆幸着班寨老总算没让他去护送小朵朵到香宇寨去。这可不是个好干的活儿，淋雨遭罪不说，小朵朵烧得那么凶，人命关天啊，万一这娃娃有个三长两短，被阎王爷召去了，还得担一份罪名。

石光林脸上露出了一丝笑纹，韦仁义是村卫生员，又会驾驶马车，理该去送小朵朵。这个扶贫队员邓同志，手里可是捧起一只烫山芋，小朵朵救过来了，他会有一份功。万一没救过来，就落下话柄了呀！

石光林盯着自家天花板上的那个角落，现在重新铺设了瓦不再漏雨了。这还真得感谢扶贫队员邓由哩，是他带着一包烟、一包糖、一瓶酒，还提着从街上割来的肉，到家里来，煮熟了肉，和石光林边喝酒，边摆龙门阵。看见光林屋头的瓦被风揭去了一只角，他主动给光林申请了扶贫款，买来了瓦，请落剑寨上的劳力，不但补上了那个刮风就响、落雨就漏的窟窿，还把房子所有的断瓦和漏的地方，全都填补好了。多亏了邓由费了心思，要不，遇到今晚上北盘江畔的这场雨，他哪里能在床上睡下。只怕屋头都是水汤汤了。

正这么愣怔地思忖着，随着一阵自远而近的雷声隆隆作响，他的屋门被"嘭"的一声推开了。石光林受惊地抬起头来，只见两道雪亮的电筒光扫进来，在他家屋头胡乱晃了一阵，两道电筒光不约而同地扫射到了他的脸上。

石光林抬起手臂遮挡着刺眼的电筒光，吼了一声："是哪个？"

"嘿嘿，"为首的一个走进石光林家屋头，不阴不阳地笑了一声，"你不认识我们了？"

石光林觉得这贵阳口音的汉子嗓门似曾相识，身子靠着墙，移开了手臂，瞪着来人。

两个人的电筒光移到一边去了，石光林看到自己屋中央站着两个浑身上下被雨衣裹得严严实实的汉子，雨帽、雨衣上的水不断地滴落到地上。其中一个掀开了雨帽，笑道："好健忘啊！今天晌午，我们不是还在一起喝过酒、吃过腊肉、尝过贞丰的花米饭嘛？"

这人一说，石光林再定睛一望，想起来了。晌午时分，他晃荡到香芋镇街，肚皮饿了，正摸着兜里仅剩的几块钱，想到哪个小铺子里买两个馒头、包子填一下饥，恰巧在一户农家乐门口，见到了这两个人，在喝酒吃肉。闻到酒香，石光林不由瞪大了双眼，朝他们那张桌子上多瞅了几眼。好家伙，这两个人一定是生意客，点了这么多的菜，既有腊肉，还有炒肉末、豆腐果、炒鸡蛋，光那一碗荷叶包的花米饭，装得满满的，吃得完吗？

也许是石光林盯人家的菜肴时间久了，也许是他情不自禁露出了馋相，这两个人竟然主动招呼他哥子，请他入座，一起喝酒。石光林喜出望外，当即坐下，把人家斟给他的瓶装酒，一口就喝下了肚，还把杯子重重地放在桌子上，叫了一声："好酒！"

装在瓶子里的酒，对喝惯了苞谷散酒的石光林来说，当然是好酒啰！味道就是不一样。

人家夸他好酒量，又给他斟了一杯，他当即跷起大拇指，说这两个生意客够朋友。于是人家劝他吃菜、吃肉、喝汤，还把那一大碗花米饭的大半，让他吃个精光，直吃得石光林酒足饭饱，脸上放光，一迭连声地问人家，有啥子要他石光林帮忙的，尽管说！

人家没提啥要求，只是劝他放开喝酒时，问了他一句，寨子上有没有驻村的扶贫队员？他大着嗓门道："有啊！喊我们种草、养牛，说这样子就能脱贫。把我们当小娃娃哄啊，老子石光林喂一辈子牛了，都脱不了贫，仍旧是个穷光蛋，农二哥！还说种草也能卖钱，哈哈哈，种草草都能变钱，哄鬼去吧！我才不信哩！"

人家等他说够了，又问一句："驻在你们寨子上的扶贫队员叫啥名字？"

给他修过房子、补过屋瓦，他记住了扶贫队员的名字，脱口说道："他叫邓由，听说是省公安厅大机关来的。说老实话，这人还是要得，想做好事……"

后来石光林还说了些啥，他自己都记不得了。赚便宜白吃了两个生意客一顿饭，把那瓶酒喝了个底朝天，他打着饱嗝，摆摆手和人家告了别，摇摇晃晃地从香芋镇街上回到了落剑寨。贪嘴多喝了几杯，这10多里地是怎么走回来的，他都记不清了。

万万没想到，这会儿，两个生意客冒着这么大的雨，找到他家中来了。他们的本事真大。

石光林瞠目结舌地望着两个生意客，不晓得他们来干啥，只是讷讷地问："你们……你们要干啥子？"

"你不是说，扶贫队员邓由，省公安厅来的那个人，驻在落剑寨上吗？"

"是啊……"石光林喉咙一粗没说完，就被另一个人打断了。

"我们去找他，怎么没见着？"

石光林笑起来了："他做好事去了。小朵朵生病要送县医院，他坐上马车，陪着去了。"石光林把手举过头顶，一甩一甩道。

"什么时候？"两个人几乎是异口同声地问。

"就是刚才呀！"石光林道，"马车还是我去村长那儿拖来的。你们看嘛，一身湿衣裳刚换下来。"

石光林指了指换下来丢在盆里的几件湿透了的衣裳。

两支电筒的光一起射到盆里。石光林看见他俩相互交换了一下眼神，说声走，两人不约而同地戴上雨帽，转身就往屋外走去。

石光林还是泥塑木雕般坐在墙角的床上，两个不速之客离去之后，屋门仍然敞着。从屋子里泄出去的电灯光影里，看得到雨仍在下。只是，好像不似刚才那样下得大了。咋个回事？

五

从落剑寨到香芋寨去的这条五尺马车道，是在古驿道的基础上填些泥巴细砂子拓修的，论起年头来，一直可以追溯到三国时期诸葛亮七擒孟获的年代。千百年来，驿道上所有铺的石头都被脚踩踏得溜光水滑，尤其是牛马的蹄子，更将五尺道踏出高低不平的坑洼。为了便于马车的通行，寨邻乡亲们几乎年年都要填修一次路面。尽管这样，一下大雨，这条路上仍是泥泞遍地，污水横流，很不好走。

韦仁义不时地甩出长鞭，提高了声气，吆喝着前头的两匹马，拉着车厢往前走。

邓由双手紧抓着车厢板，忍受着马车的颠摇，时刻关注着躺在车厢中央的小朵朵，生怕一个剧烈的颠簸，把她给震出去。

班世伦年岁最大，可他坐在车上，身子随着马车的颠摇而晃动，一点儿也不显慌乱。

雨小一些了，雨点落在身上的声响，似乎也温柔了一些。马蹄子踩踏在石头上，发出有节奏的"踢踏踢踏"声。

感觉难受的小朵朵，不时地发出一两声"哼哼"。

四边的山野一片漆黑，韦仁义架在车厢板上的电筒，随着马车的颠摇晃动，照出前头的一小截路面，时而清晰，时而昏黄。

耳朵里能依稀听到北盘江水不时地掀起的浪涛拍岸之声。和平时所见惯了的静流无声的温顺，截然不同。

马车颠摇得不那么凶了，邓由凝望着班世伦老汉鼻子尖上的一滴雨水，觉得这年逾古稀的外公，真是不好当。这么大年纪了，还要为外孙女小朵朵生病，遭眼前这种罪。他想起年初省里面为加快疏通山乡的"毛细血管"，拿出97亿的巨额资金，用于贫困山区的普通公路建设，真是一个惠及民生的决策。一进入六月，蔡县长从省城贵阳开会回来，说省里面又启动了脱贫攻坚农村公路"组组通"的三年大决战，针对全省39000多30户人家以上的村民组，建成通组硬化公路97000公里，确保2019年底实现"组组通"的目标。听来当然让人兴奋啰，光这一个项目，就要覆盖200多万贫困人口，为各族老乡持续脱贫创造了交通条件。到那个时候，碰到小朵朵今晚上突发疾病这样的棘手事，就方便多了。可眼下，这又是风又是雨的北盘江畔之夜，8里崎岖不平的山路，实在不好走啊！

记得一个多月之前，邓由作为驻落剑寨村民组的扶贫队员，到落剑寨去之前，刚刚参加了香芋镇到香芋寨两里通组路的落成竣工通车典礼。在那个仪式上，蔡县长作为贞丰的扶贫工作队长，代表县委、县政府说了，接下来就要修通从香芋寨到落剑寨子的硬化公路，规划图纸出来了，决定不从五尺古驿道上走，这一条承载着千百年历史的古驿道，遵从文化界人士的意见，要保留下来，还要把历年填上去的沙土石子清理出来，恢复古驿道的沧桑感，让古驿道两旁的千年、百年古树名森，和山道垭口，屏风般的悬崖峭壁，成为香芋寨和落剑寨之间一条步行旅游道，让远方来的老少男女旅游者都能从五尺古驿道感受岁月风霜的痕迹。而从香芋寨到落剑寨的公路，则沿着北盘江边，另外选择一条路，劈山架桥、打通隧道，在2019年底之前，力争在70周年国庆那一天，试运行通车。

当时邓由听来，虽然感觉振奋，却没进一步的实地感受。而当他选择了一个天朗气清的日子，把行李交由马车拖着，从香芋寨一路步行沿着古驿道到落剑寨来的时候，时而下坡、时而上坎，时而拐弯，时而观赏沿途的香樟、古榕、樟木、沙塘、枫橡树的风姿时，他才由衷地感觉到，修这8里路的普通山乡公路，将是多么的不易和艰难。当缉毒警时，坐着警车在高速公路上疾驰，不过就是四五分钟的事情，而实地在古驿道上一步一步走来，他才深切地体会平时所说的偏僻、闭塞、蛮荒这些字眼真正的含意。越是这样，邓由越加感觉自己这个驻村扶贫队员肩上的责任。

报纸上登了，黔东南一个村庄里往广东卖竹鼠，供不应求，村民们增收以后不亦乐乎。邓由羡慕得眼红，不都是贫困户嘛，落剑寨的布依老乡，为啥听了他介绍的养牛致富途径，听也听不进呢？

邓由焦躁得睡不安稳，吃饭不香。他白天夜晚都在寻思，如何在落剑寨打开扶贫的局面。让像石光林、韦仁义、班世伦这样一个个性格古怪、不易接近、不相信他真心下来扶贫的山乡农民，信赖他、把他当成自家人。

手机响了。

在这雨夜的古驿道上，手机的铃声显得格外清晰和刺耳。驾驶马车的韦仁义回转了脑壳，坐在他对面的班世伦老汉，显然也听见了，他抬头瞅了邓由一眼。

邓由愣怔了一下，才意识到这是自己兜里的手机在响。他摸出手机，一看是蔡县长打来的，连忙接听："蔡县长你好！"

蔡县长的声音在雨夜里传来，虽然有些遥远和低弱，但仍听得清楚。

"小邓！你们出来了吗？"

"出来了，生病的娃娃小朵朵，还有她的老外公班世伦……"

"是落剑寨上布依族的寨老。"

"蔡县长真了解情况。"

"这老头儿性格固执，县里到过落剑寨的地方干部，也是布依族，熟悉他的情况，私底下叫他'四季豆'……"

"啥意思？"

"四季豆——不进油盐嘛！说他只相信自己的处世经验，不相信人家说的话。小邓，你的工作不好开展啊！"

"我明白，蔡县长。"领导理解他的苦哀，邓由感动。

"没关系，我们一起做工作。"蔡县长道，"我已经把事情向陈书记报告了……"

"陈书记？"邓由才来了一个多月，对贞丰县里的地方干部还不甚熟悉。

"县委书记，他正在赶回州里探望报病危的老父亲路上，听到这件事，当即打电话给县医院，让县医院派出医生，跟着我派的车，赶到香芋寨等你们。"

"谢谢，谢谢领导的关心。"一股暖流淌过邓由的心田。他不是医生，给老乡硬拽来抢救一个发高烧的娃娃，连夜冒雨经古驿道往香芋寨送，邓由心底深处也有孤独感和委屈的怨意。接到蔡县长电话，他顿觉自己不是孤单的了。

"不言谢！这是我们共同的责任。小邓，"蔡县长停顿了一下说，"你近几天不是老为打不开局面发愁吗？"

"是啊！请领导多指点，我是扶贫战线上的新兵哪。"

"不是的，你是缉毒战线上的英模，在我们内部大名鼎鼎。郭厅长，就是我们的郭副省长，很关心你的，他叮嘱过我。"蔡县长一字一顿地道，"今晚上这事儿，对你很重要。又是风又是雨的，古驿道上泥泞遍地，坑坑洼洼，可能还会有危险，你得有思想准备，再难再险，也得和老乡一起，把小朵朵送出来。"

"一定完成任务，蔡县长。"邓由当即表了态，他如同接到了抓捕毒犯的命令一般，低沉有力地道。

"好，"蔡县长道，"我在香芋寨等你。"

六

这一截古驿道似乎显得平顺些了。马车虽仍在颠摇，和刚上路时那种七歪八倒般让人惶惑不宁的剧烈颤动和歪斜相比，坐在车上好受多了。

小朵朵发出的声声呻吟，也变成了低弱的哼哼，不那么让人揪心了。

邓由把蔡县长和陈书记对这事儿的关心告诉了班世伦，说已经派了车和医生赶去香芋寨，等他们把小朵朵一送到，就可以医治。

班世伦伸出手，把盖在小朵朵身上的粗料布，往薄被子上掖了掖，脑壳抬也不抬地说了一声："难为他两个了！"

也许是觉得寨老的态度太冷漠了，驾驶马车的韦仁义昂了昂脑壳，声气高高地道："事情搞大啰！把书记、县长都惊动了，小朵朵的命大啊！"

邓由倒没觉得班世伦的态度淡漠，相反，寨老终于开腔说了话，他认为逮着了对话的机会。邓由问："小朵朵的父母，晓得她害病了么？"

"晓得！"班世伦抬起头来，坐端正一些，糊了一脸的雨水随着他嘴巴的一张一翕，雨珠都在往衣襟上落，"菊女接到我们的电话，正从宁波往家赶呢！"

"她爸爸呢？"邓由关切地问，"也在宁波打工吗？"

"不要提这个狗日的！"班世伦陡地斥骂起来，"外出去打工，几年没回来了。过年菊女回家来，我们才晓得，他又裹上其他女子，在外头搭起偏厦了。"

邓由万没想到，他的一声问，惹出了这么个敏感的话题，原来小朵朵的父母，正经历着一场感情上的危机呢！他想问，他们离婚了吗？话到嘴边，还是没问出口，他怕又惹得班世伦老人勃然大怒，以后更不好交流。

"打工、打工，打出的花样多哩！"驾驶马车的卫生员韦仁义却借题发挥起来，"婆娘跟人跑的，男人赚了点活钱又去找'小三'的，故事听得多啦！"

却不料，他这话引得班世伦又说起来："我跟菊女讲啦，回到北盘江畔三岔河边，不要再出去了。就在家中，守着我们和小朵朵，照样过人世间的这份日子。"

邓由真想说好，回到家乡来，找一条脱贫致富的路子，寻找真正的幸福生活。但他仍没贸然开口。来到落剑寨一个多月时间，他已经晓得，扶贫之所以要攻坚，绝不是像写在墙上的标语口号"想致富，代养母牛是条路"那么简单。其间，不晓得是要他这个驻村第一书记付出多大的努力呢。

揣在兜里的手机轻响了一下，邓由听这声音，知道是有短信进来了。他摸出手机，轻轻按了一下。闪亮的手机屏上，落了两颗小雨点，显示出几行文字，是他的儿子小健发来的：

> 爸爸，你去乡下扶贫，关心照顾留守儿童，给他们送温暖；我在家里，妈妈一出差也成留守儿童了！你什么时候回家啊？？？

儿子小健的脸晃晃悠悠地闪现在邓由眼前，那么鲜灵活现，那么顽皮生动，邓由甚至想象得出，小健发这条短信时噘起嘴的那副神情。邓由心头一紧，是啊，整整一个多月的时间，没见着小健了。当缉毒警的时候，也有很多奉命出差的机会，但一个多月的长差，还没碰到过。驻村扶贫的第一书记，有一个月内必须在村组住上22天的纪律规定，换句话说，住满了22天，扶贫队员可以有几天休假时间。不少队员趁这几天时间，回到省城，回到自己工作的单位，联系扶贫项目或落实资金，了解农副产品的销售渠道，同时与家人享受几天团聚时间。邓由下到落剑寨，一个多月近40天了，工作打不开局面，寨邻乡亲们对于他费尽口舌宣传的"我出钱、你养牛""在外打工二三年，不如在家养牛一年"这件大好事儿，将信将疑，不理不睬，他心里焦急啊！哪里还敢离开寨子回省城去和妻儿团聚呢。

没想到，读小学四年级的儿子对他有意见了，给发来这么一条令人牵肠挂肚的短信。

泪水不知不觉间涌上了邓由的眼睑。夜深人静时，他也同样思念小健、思念妻子孙蕾啊！孙蕾的温情，孙蕾的体贴，唯有邓由才能感受到啊！在哈尔滨往腿骨里打钢筋时，孙蕾连日连夜陪伴着他、照顾着他，扶着他下床一步一步重新学习走路、一步一步走向康复，他怎会忘记？他下到贞丰来扶贫，孙蕾既要上班，又要照顾小健，要比他在厅机关时辛苦多了！邓由心里明白，这短信，既是小健的抱怨，也包含了孙蕾作为妻子的一份心意和情绪。

北盘江畔的夜雨下得小些了，刚才的瓢泼大雨，变成了随风飘洒的细毛雨，一阵一阵拂到邓由脸上，有几分春夏之交的暖意，有几分温馨。邓由的双眼睁得大大的，脑壳里头掠过和妻子孙蕾、儿子小健在饭桌旁其乐融融地吃小火锅的画面……

突如其来，"呼隆隆哗啦啦"的一声骤响，正在有节奏地沿着古驿道往前走着的两匹马，撕心裂肺地发出两声长长的嘶鸣，前蹄高高地腾起，马脑壳昂到半空之中，把整个车厢也掀得前高后低。邓由双手紧紧地抓住了车厢板，才没滑下车去。

驾驶马车的韦仁义惊恐地大吼一声："垮山啦！"

在两匹川马一迭连声的嘶鸣中，马车连连地往后倒退了几步……

邓由的心顿时悬了起来。

七

听说了邓由住在偏远闭塞近乎蛮荒的布依村庄落剑寨上，和"汤包"汤一彪同行的王钦执意要到寨子上去。"汤包"的心就悬了起来，感觉到事情不像他原先想的那么简单。

沿途向人问着路，沿着香芋寨到落剑寨那条古道，一路走下来。天还没落雨，不冷也不热的春夏之交气候，溜溜达达地观赏着山里的风景，有枝丫虬曲的老树，有路边五颜六色的小花儿，一辈子始终在贵阳城头鬼混，没真正见识过乡村的"汤包"，看到有着亚热带风情的山野景致，还有几份游山玩水的兴致。天擦黑时分，快要走拢落剑寨的时候，大雨哗然而下。在一株二人抱不过来的大树脚躲了一阵子雨，见雨没有停歇的意思，"汤包"就想打退堂鼓了。不是么，他扮作补鞋匠，打听到英名赫赫的缉毒英模邓由主动要求离开厅机关，下到贞丰县参加扶贫工作队以后，大毒枭曹根大的妹妹曹竹秀露出了笑脸，出手大方地赏了他二千块钱。

二千块哪！足够他"汤包"在贵阳混上十天半个月了。想想嘛！二千块钱，能买二百碗肠旺面、牛肉粉和羊肉粉哩。如若手气好，在赌桌上赢一点，一个月的花销就有了。就在他乐不可支地接过曹竹秀的赏钱时，这长相秀丽有几分媚色的女子，又给他下达了指令："你去贞丰一趟。"

"我？""汤包"吓了一跳，贞丰离贵阳好远啊，他从来没去过，听说那个县里都是布依族，爱吃糯米饭。在贵阳有贞丰布依风味的农家乐。

"对！"曹竹秀的两眼瞪得大大的，"去搞清楚，邓由住在哪里？他和你一道去。我打听明白了，县县通高速之后，贵阳直达贞丰县城的班车，三个小时就到了。"

曹竹秀纤细纤细白白的手指，点着的他，就是她的丈夫王钦。

"汤包"满以为连他都不想去的贞丰，轻轻巧巧、养尊处优坐在便利店里的王钦，更不愿去。"汤包"转过脸，把满怀希望的双眼望着王钦。

没想到王钦一听自家婆娘的话，当即点头哈腰地答应下来："要得、要得！我和'汤包'一起去，吃用开销，包括长途客车票，都由我们来。"

"弄明白了，回到贵阳，我还有赏！"曹竹秀补充道，"比这回还要多得多！"

"汤包"听懂了，这回已经赏到了二千，多得多，至少三千吧！说不定还会是四千、五千哩！"汤包"当个小马仔，从来都没有得过这么大的赏钱呢。一般的就是三五百，顶破天一千了！有时候替人转个手，只有二三百，刚够塞牙缝缝。

他就是看在这么多赏钱的面子上，才跟着王钦离开繁华喧嚣、堵车严重的贵阳的。在客车上，王钦给他吹，说贞丰不但风光好，布依姑娘长得美，最出名的，贞丰有个叫双乳峰的景点，全世界都晓得，那可是人间最大最大的乳房了，让你看个够！

"汤包"被王钦眉飞色舞的渲染，心子被逗得痒痒的，真想亲眼看一看这个世界闻名的景点。"汤包"三十挂零了，中学辍学之后，十几年里始终晃荡在社会上，被街坊邻居称之为"烂鬼"、混混、二流子、小马仔，哪个姑娘都不愿同他谈朋友、讲恋爱，至今还是单身。女人的滋味嘛，他是尝过一二的，那多半是在赌桌上赢了一票，到那些不公开的烟花巷子深处尝一尝的，和什么人都说不出口。"双乳峰"景点，他在贵阳听说过，在啥子照片上好像也看到过，能够亲眼见识一下，饱饱眼福，当然是件快活的事啰！真到了那里，掏出手机照一张相，回到贵阳还能在人前炫耀一番。

哪晓得，在贵阳赶个早搭上高速客车，坐了三个小时多一点，在贞丰的香芋镇吃晌午饭时，碰上好吃贪喝的农民石光林，不动声色地一打听，不费吹灰之力，就打听到缉毒英模邓由的行踪。原来在省公安厅消失得无影无踪的邓由，就在离开香芋寨8里地之外的布依族寨子上啊！

一瓶白酒，把个石光林灌得酒足饭饱，这个醉鬼把啥子都说了。说邓由任落剑寨的支部第一书记，说他想给农民办好事，叫农民们喂牛，还说啥子"我出钱，你养牛"，把这句话大大地写在墙上。哄鬼去吧，养牛还能致富，落剑寨人早就发起来了。

"汤包"看着喝得二晕二晕的石光林离开他俩摇摇晃晃地走出香芋寨，就催着王钦去买票回贵阳，任务完成了，他又该得赏钱了呀！不料王钦眼波一闪，反问他："这么急干啥？双乳峰不想看了？"

"汤包"见王钦的眼神不对，忙赔着笑脸道："双乳峰要看。要不，我们住一晚，看过双乳峰就回去。"

"想得赏钱了是不是？"王钦斜他一眼，压低了嗓门道，"告诉你，听说的不算，得亲眼见着邓由那个龟儿子，才算是真正完成了任务，也了却竹秀的心愿呗！"

"见着了邓由，""汤包"不理解地眨着眼问，"又咋个做？"

"哈哈，哈哈！"王钦笑了起来，莫测高深地望着"汤包"，"这你还不明白吗？哈哈哈哈哈！'汤包'，你白在这条道上混了。"

说着，他拍了拍"汤包"的肩膀，吆喝般低沉地道："走！"

"汤包"看得分明，王钦的目光中透出令人不寒而栗的杀意。他心中惊恐地忖度着，莫非王钦这家伙，见着了邓由就要动手？

他心中慌了，杀人的事他是不干的。跟着这拨人在街坊混，为他们刺探点人前人后道听途说的消息，打探一点内情，带点货，摸摸行情、跑跑腿，他都干！不就是为得点赏钱、混吃混喝嘛！无论让他干啥，哪怕当面斥骂、侮辱他，甚至像上一回那样遭曹竹秀冷不防打一个耳光，他都能忍气吞声地承受。但他内心深处有一条底线，动刀动枪，杀人越货的事儿不干，坚决不干。

这回随王钦到贞丰来，他以为仍是寻找邓由的行踪，打听这个缉毒英模的去向，摸准了回去报告就行。尤其是跟着平时笑脸菩萨般的王钦，"汤包"更认定了只不过是往贞丰乡下跑一趟。

谁知道，才弄明白邓由在落剑寨，王钦言语之间就透露出了杀意。好阴毒啊！"汤包"想起了一个细节，坐高速客车到贞丰来，王钦随身带了一只粗帆布的包包，中途到休息点上厕所，他都背在身上，吃饭时也放在贴身处，还用腿压着包包的带子，唯恐外人触碰它。看他时刻不离身地提在手里，"汤包"讨好地要为他拿一下，他粗暴地一甩手拒绝了。现在"汤包"明白了，这只看上去很不起眼的土黄色帆布包里，一定放着王钦动手杀人的工具。是枪，匕首，还是锥刀，"汤包"不晓得。不过，他的背脊上已是阴森森的了。心也整个儿提了起来，悬在半空中。

雨下得小一点时，天黑尽了。北盘江水拍击着江岸，发出啪啪之声。江对岸有稀疏的灯光在风雨中闪烁。江水涨得更高了，乍一眼望去，仿佛那江水没有流淌一般。

跟着王钦窜进了落剑寨，打听着扶贫队员邓由的住处，蹑手蹑脚找过去一看，没见着邓由。"汤包"跟着王钦去老乡家打听石光林住在哪里，他们的直觉是受石光林骗了，从石光林嘴里听说邓由坐着马车出了寨子，两个人顶风冒雨，往古道上追过去。王钦料定，那古道高低不平，又是风又是雨的，马车肯定跑不快。他们赶得紧一些，准能追得上。

这乡下地方的路，还真是不好走，一脚高一脚低的，没走多远，脚上身上已沾满了泥泞，风裹着雨迎面扑来，没多久就把他们浑身上下都淋得落汤鸡一般。"汤包"觉得，跑这一趟，罪真是遭大了！

如果王钦还带着"家伙"动手杀人，他……他该咋办？

山色蒙蒙一片幽暗，风雨凄凄潮气浓浓，由不得"汤包"多犹豫多想，前头的古道上，传来一阵令人心颤的马嘶，惊得他俩抬起头来。只见一匹身体黑黝黝的马缓缓移动着，庞然大物般堵住了古道的去路。乍一看，犹如一头大象那么高。

"汤包"和王钦呆若木鸡般站定在那里，瞠目结舌地望着前头。

车轮子吱嘎发响的马车倒退了几步，好不容易停下来。掀起的马车厢颠了几下稳住了，坐在马车上的两个人扶着车厢站在那里。病痛昏睡中惊醒过来的一个娃儿，"哇哇哇"地放声啼哭着，哭声在夜雨中被北盘江畔的风撕扯着传得老远、老远。

木然呆站着的"汤包"被王钦捅了一下，他转过脸来，王钦凑近他说："黑咕隆咚的，几个人呢？你到前头去看一下，邓由在不在？"

"你不认得他吗？""汤包"故意磨蹭着，低声问。

"我没见过他啊！"王钦埋怨地说，"缉毒英模，都在内部表彰，照片不登报，不上电视。"

"汤包"有意识拖时间："他若在呢？"

"你认清楚了，指给我，"王钦咬牙切齿地道，"也给我们道上的弟兄们出口气。"

"汤包"倒抽一口凉气，果然是要下毒手了，王钦如愿以偿杀了缉毒英模邓由，那他汤一彪不成了杀人凶手的帮凶嘛？那他纵有三头六臂孙悟空的本事，也脱不了爪爪，逃脱不了公安的追捕和惩罚。"汤包"又问："他若不在这几个人里头呢？"

"那就是石光林看出了蹊跷，蒙哄我们。"王钦愤愤地道，"回到落剑寨去，找到这骗吃骗喝的家伙，非得问出邓由的下落来。你快去呀！"

王钦把他的打算全对"汤包"说了，"汤包"被他推了一把，答应一声，朝着古道走去。

怪了，前头黑漆漆的，啥也看不见，风把雨丝卷起来，直往他脸上抹过来，怎么连声音也听不见了呢？"汤包"狐疑着跌跌撞撞往前走去。

八

两匹马前蹄腾空跃起来的时候，马车及时后退了几步，躲过了随着山体垮塌落下来的一大砣泥巴和稀里哗啦带下来的石子、泥沙，以及小树、荆棘。韦仁义的动作麻利，他离开车座跃落在地，一手紧抓着缰绳，一手持鞭往后推了一把车厢，稳住了马车。

好险哪！马车如果走得快一点，一车人就给崩塌下来的山体埋住了，别说病中的小朵朵，一车人都得受伤。

邓由下了车，望着小山般严严实实堵住了古驿道的泥巴石块问："你没伤着吧，韦仁义？"

"人是没伤着，心吓得快跳出来了。"韦仁义木呆呆站着，头也不回地道，"你看看，邓同志，路堵死了！过不去。"

班世伦焦虑的嗓音响起来："这么说，小朵朵没得救了？"

"你别焦急，班老伯。"邓由连忙安慰老人，转而对韦仁义道，"除了退回落剑寨去，韦仁义，你冷静下来想想，还有没有办法？"

韦仁义一甩马鞭子："我是没得办法了！"他的声气满是沮丧。

班世伦道："我记得，有一条小路，通香芋寨的。"

韦仁义马上道："那是茅狗小路，走不得马车啊！"

"走不得马车，我们背起小朵朵走！"邓由当即指着车厢道，"娃娃病得重，拖不得啊。"

班世伦的脸转向韦仁义："你看要得吗？"

问这话的意思很明确，班世伦年老体衰，背娃娃的事，得靠韦仁义和邓由两个人。

韦仁义迟疑了一下，说："这个……还有五六里地呢！"

"我们轮流背。"邓由主动走到车厢跟前，"来，我先背小朵朵。"

说着，他微微弓起身子，双手撑着膝盖，让韦仁义和班世伦把小朵朵抱起来，搁到他后背上。

把小朵朵背妥了，邓由对韦仁义道："你在前头带路，顺便照个亮，我跟着。"

韦仁义把拴在马车架上的电筒解下来，朝古驿道两边的山野远近照了一下，问了一声："马车咋个办？"

"让两匹马和车歇在路边吧。"班世伦拿主意说，"一会儿请邓同志给村长打个电话，雨小些了喊人来拖回落剑寨去。"

"也只有这么办了，"韦仁义无奈地说，"救小朵朵要紧。走吧，你们随我来。"

说着，辨清了路的韦仁义往古驿道旁的一条鸡肠小路晃了晃电筒，带头走去。

邓由背着小朵朵，一步一步有些僵硬地跟上去。

团转的天地浸淫在一派苍苍茫茫的夜雨之中，黝黑而又深沉。北盘江仿佛躺入了两边耸峙的高山之间的河床里，睡着了一般，听不见它的水声喧哗。

邓由的眼睛里，看见的只是走在前头的韦仁义一晃一晃打出的电筒光。

忙着赶路的几个人谁都没留意，幽深的飘飞着如丝如雾般夜雨的古驿道青冈石路面上，有个黑影注视着他们消失在小路上的背影。

九

"汤包"的两眼盯着消失在茅狗小路上的那圈电筒光，站立在古道上不动了。

他的手伸进衣兜，摸出一枝钢笔样的小电筒，撅了一下，电筒射出箭一般的光。这是他的那帮酒肉朋友，听说他要到贞丰乡下玩提醒他带上的。没想到还真派上了用场。他晃了晃小电筒，看到了停靠在古道边上的马车，车厢板全被雨淋湿了，两匹卸下了负担的马，这会儿避在古道边的大树下，悠闲自在地晃着尾巴。

一看这情形，"汤包"明白了，垮塌下来的山体把泥巴石头堵住了去路，几个人带着小娃娃，弃车步行走了。

"汤包"脑壳里头转开了，他是该回去如实地把见到的情况告诉王钦呢，还是……王钦追赶上去，是要动用家伙杀死他们的仇人缉毒英模邓由啊！真让他干成功了，自己不也同血腥的杀戮惹上了吗？虽说是风狂雨猛的山野之地，可现在的公安厉害得很，他们啥案子都能破。在和一帮弟兄喝酒时吹侃，他们不是说了嘛，现在一出案子，公安先是查看监控，什么地方都有监控录像啊，一举一动都看得清清楚楚，且不说买高速客车票时，还出示过身份证，哪些外人到过贞丰，一查就明白了。曹竹秀、王钦之所以胆大妄为，是他们和邓由有仇，亲哥哥被逮住杀了；而且他们钱多，犯了案脚底下抹油、离开贵阳溜之大吉。话语之间都听说，他们在云南、在广西那些地方，还有房子，有暗处可以躲。他"汤包"有啥呀？他是一个"混混"，小马仔，别个吃肉他喝汤，他们贩毒赚大钱，他只是拿一点赏钱，都还得看他们的脸色哩！邓由是他们的眼中钉，肉中刺。"汤包"不恨邓由啊，他还巴望邓由好好地活着，他窥探邓由的行踪和动静，还能得点赏钱呢。邓由一死，他不也没事可干了嘛？

"汤包"正迟疑着打主意，身后传来王钦喊他的声音。

"汤包"陡地一个转身，险些撞在王钦的身上。王钦低声斥骂着："你咋个呆站着不动？害老子等半天。"

"不见了，""汤包"叫起来，又把小电筒揿亮了，晃了晃，"你看呀，马车在这里，马车上的人不见了！"

王钦狐疑地问："他们会跑哪里去呢？"

"我也在寻思啊！""汤包"指了指两旁黑黝黝的山野，"只有两种可能，一个是跑下坡去，沿着江边走；一个是翻山走。"

王钦的目光随着"汤包"晃动的电筒光转动着，问，"你找到路了吗？"

"就是没找见啰！""汤包"按熄了自己手上的笔形电筒。

王钦劈手夺过"汤包"的电筒，愤愤地一跺脚道："狗日的！我就不信几个人会插上翅膀飞了。"

他揿亮了电筒，转着身子，寻找着古道上青冈石的路。

"汤包"嘴里嘀咕着："为啥非要找到他？他跑乡下来了，不是正好做交易吗？"

"你懂个球！"王钦边俯身察看着古道旁的路，边骂着，"这个人活着，道上的弟兄都不敢轻举妄动，生怕像根大一样，遭他逮住吃枪子。"

"市面上价格高哩！"

"就因为价格往上蹿，才更得把他除了。让那些条子们不敢拼死缉毒。'汤包'，你过来看！"王钦说着话，箭一样的电筒光柱停在了古道边上一条依稀可辨的小路上："这是不是一条路，你看，路旁的草草都给踩倒了！他们一定是沿这条路走了。"

说着，电筒光柱朝着延伸进草丛丛的小路晃了晃。"汤包"故意装糊涂，手一摊说："我吃不准；我没到乡下来过。"

"不会错，"王钦肯定地说，"一圈我都看下来了，就这里是一条路。快追！你还是走在前头，我紧跟在你身后。"

说着，他把电筒塞还给"汤包"，在"汤包"肩膀上又重重地推了一把。

"汤包"的头皮都发麻了，他不想惹杀人放血的事，却想躲都躲不了。他揿亮了电筒，往前照了照，迈开了脚步。

十

沿着弯弯拐拐的鸡肠小道，一脚重一脚轻地跟在韦仁义打出的电筒光圈里，走出了半里多地，邓由打进过钢筋的大腿，就来折磨他了。

古驿道高低不平的青冈石阶路上，像擦了油，滑溜溜的，每往前走一步，必须踩踏实了，才能走稳妥。邓由伤过的腿，在这样的路面上往前行，不知不觉比走在他前头的韦仁义慢了半拍。更要命的是隐隐作痛。

自小生活在北盘江畔的韦仁义，虽也感觉雨夜赶路难行，但比起邓由来，走得还是踏实稳当得多。他晃动着手中的电筒，让电筒的光圈，一忽儿照着前头，一忽儿照应到后头背着小朵朵的邓由和殿后的寨老班世伦。

　　驻村的扶贫队员邓由背着小外孙女，显然让班世伦过意不去。这人到落剑寨一个多月了，期间也来过家中一次，听说是个在省公安厅大机关坐办公室的干部，班世伦对他的来访爱理不理的，十分冷淡。他这一辈子，见过的工作队太多太多了。促春耕的，督双抢的，抓阶级斗争的，推广科技农副产品种植的，一波一波地来了又去了，走之后经常在乡间留下笑柄。寨邻乡亲们会说：幸好没听他们的，听了他们，又上一回当。前几年还有过一回，也是工作队宣扬的，说葛根好，种了葛根，可以加工成葛根粉，大城市里的人就喜欢冲葛根粉吃。结果怎么样？寨邻乡亲们说，种了大片的葛根，根本无人收购，简直割了我们的根了！班世伦不能不要工作队来，心里说：你们来了，只要不折腾农民就好了。住上一阵子，呼吸点乡下的空气，再回去坐你们的大机关，老百姓就觉得是上上大吉了。

　　这个叫邓由的，倒没有逼着落剑寨人一定要种啥子，非要干什么。他只是劝说大家喂牛，说这些小牛是从澳大利亚、新西兰引进的，已经度过了在中国的适应期，只消把它们喂肥养大就行了。一头育肥养大的公牛，可以有两千斤重，宰杀之后，得净牛肉就是一千多斤。如果把育种的母牛养大，生下小牛犊，得到的钱更多，一头小牛犊回收价格是七千元。一家老少，没啥劳力的，喂三头牛是轻轻巧巧的事，无非是修个生态牛圈，政府贷款三万块。只要家中一开始喂牛，每头牛每月预付五百元，三头牛就是一千五。真把牛养大养成了，按合同价格算，余款一次性付清。贞丰这地方的山上，漫山遍坡都是牛爱吃的皇竹草，在湿润偏热的亚热带气候里，皇竹草爱长啊，一年之中可以割四茬；一亩山地能产皇竹草15至20吨。牛生了病，只要向村里报告，打针吃药都不要农户付钱，防疫队员会及时赶到……

　　这些话几乎就是针对班世伦老两口说的，这么好的扶贫项目，好像是为他们家量身定做制定出来的，连他们上老下幼的家族能这么干，落剑寨上还处于贫困线下的每户人家，都能这么办了。

听听是很好呀！可班世伦要眼见为实，这些都是纸上谈兵，吹得天花乱坠，到头来做不成了呢？牛害了病没人来医了呢？牛喂大了没人来收购呢？头两个月发了钱，到第三个月说没钱发了呢？那咋个办？叫他们守着这些牛抓瞎啊！

故而班世伦对邓由的宣传只是听，一边听一边点头，表示自己听明白了，就是不表态。当邓由问他愿不愿签合同时，他叹一口气推诿道："好是好，让人家先干吧。我们这一家子，你也看到了，上有老、下有小，割木草的人也没得。等小朵朵她妈回来，听听她的。"

这以后就没有回话了。班世伦心头是明白的，自己是寨老，他若带头一答应，落剑寨的家家户户都会跟着签约养牛。他不答应，除了村长和村支两委的干部家，其他农户是不会贸然干这件事的。

谁叫他们是干部哩！

"踢踏踢踏"的脚步声，一声比一声清晰，一声比一声沉重地传进班世伦的耳朵。

借助韦仁义电筒的光，班世伦看得分明，这个叫邓由的扶贫队员，脚步不像走在前头的韦仁义那么利落，那么敏捷，比起他这个年近七旬的老汉，他走路都有点费劲，一条腿往前迈时，还有点僵直。

班世伦心头忖度着，终究是省城里坐机关的，走北盘江畔的山路，仍不习惯。看他走得那么费劲，班世伦突然感到有点儿过意不去，人家这又是为的啥呢？看他年纪，不过也就三十多岁，想必屋头也有婆娘和娃崽，在这么个又是风又是雨的夜晚，背着小朵朵往香芋寨赶，他图个啥？瞧，风卷着雨把他的浑身上下几乎都打湿了，两条裤管几乎垂荡着，在电筒光影里晃。

班世伦觉得该说些啥，表示一下对他和韦仁义的感激。他咳了一声道："邓同志，你家中有娃娃吗？"

"有啊，班寨老。"

"是儿还是女？"

"儿子，叫小健！"

"多大啦？"

"刚满10岁，读小学四年级。"

"哦，那比小朵朵大。男娃儿这个年纪，正是需要爸爸陪伴的。"

"是啊！夜深人静，我也想他。"

"那你守着婆娘娃娃多好，为啥到落剑寨来受偏远乡间的苦？"

"不瞒你说，老人家，我是有条件留在省城里的……"

"那为啥……"

"给你道实情吧！班寨老，我也是毕节赫章那边村寨上长大的，贫困家族的孩子，考取了警校，当上了缉毒警，专抓毒犯……"

"该抓，那些毒犯该抓！"

"后来有机会坐机关了。"

"升官了。"

"哈，也可以这么说吧。公安厅接受了省里面的任务，组织了二十几个人的扶贫工作队，到贞丰来扶贫……"

"你们来了二十多人？"

"是啊，都下到扶贫点上去了！签下了军令状，脱不了贫，不离开。我在办公室里坐不住了，提出申请，一定要下来。"

"凭啥非得这么做？"

"我老家赫章也有专人下去扶贫啊！老人家，跟你说实话，想起小时候的苦日子，想起盼救济粮，盼严冬腊月间寒衣寒被的父母亲的眼神，我在办公室里就直打转转，感到肩头有一份责任。都是父老乡亲，都是骨肉同胞，如果还像我小时候那样饿饭，那样缺衣少吃……"

"邓同志，我老汉听明白了，难得有你这番古道热肠啊！"班世伦的声气都带了感情，"刚才你说，你是有条件留在城里坐机关的，是啥子条件？"

"哦，这个嘛……"

"给我说真话。"

"嘿嘿，我……我受过伤。"

"啥子？"班世伦大惊失色，瞪起一对眼睛，摆了摆手，"你停、停下来，伤……伤在哪里？"

听到他愕然失声，走在前头的韦仁义也停了下来，把电筒光照过来。一路光影里，霏霏细雨像千万小飞蚊在扑腾。

邓由停下脚步，如实道："伤在腿上……"

"啊呀！怪不得你走路一瘸一拐的。"班世伦惊叫起来，"还以为你是城里人，走不惯溜滑溜滑的山道呢！快，快把小朵朵放下来。韦仁义，你……你和邓同志换一换……"

他俩的对话似乎提醒了走在前头忙着赶路的韦仁义，他说："走村串寨看药时，我好像是听人传过，你是个英雄，抓毒犯时受过伤，平时一点看不出哩。来，我背小朵朵。"

恰在这当儿，邓由揣在兜里的手机响了，韦仁义把小朵朵接过去，邓由掏出了手机，瞅了一眼接听："蔡县长你好！"

"邓由，我告诉你，我们的车已经到香芋寨了，医生已经在卫生所里做好了准备。你们到哪里了？"

"古驿道上塌方，我们弃车步行，正赶小路来香芋寨。"邓由简短地道。

"这一情况我们也估计到了，你们一定要注意安全，风雨之夜，路窄道滑，随时还会有泥石流、垮桥的危险。"蔡县长对邓由叮嘱道，"还有一个情况要告诉你。"

"你说，蔡县长。"

"省厅获悉线人的确切消息，省城里对你恨之入骨的贩毒团伙，蹿到贞丰乡下来要对你施行报复。"蔡县长压低了嗓门道，"你单枪匹马，又在半道上，得百倍警惕。"

"明白。"

挂断手机，邓由把电筒塞到班世伦手里，说："班寨老，你在前头照亮，我跟在你们身后，慢慢走。"

班世伦颤抖着一把逮住邓由湿漉漉的衣袖："你、你走得动吗？"

邓由笑出声来："放心，我能行。"

北盘江畔的上空，霹雳一声扯起了火闪，趴在韦仁义背脊上的小朵朵受惊地"嗯哼"了一声，雨又"哗哗"地下得响起来了。

十　一

雪亮的火闪像劈开了天幕，趁着这稍纵即逝的闪电，"汤包"看到脚下的小道上还正淌着小股的水流，脚踩上去，发出吱吱的响声。他晃着手中的电筒，电筒光照不到很远的地方，但是毒枭曹竹秀的老公王钦一步不落地紧跟在他身后，他心中是感觉到的。看样子，这家伙追赶上去，认清了邓由，一定是要动手的，他带着家伙呢。

他带的是啥呢？枪、刀子、匕首，还是……不管他的包包里揣着啥，那都是杀人凶器，用来对付邓由的。"汤包"没带这些玩意儿，一想到杀人，他不寒而栗。他可不想和杀人的事儿沾上边，一扯上这层关系，人就彻底地完了，至少也得在班房里呆个十年八年。他不能干这个事。

可他现在就是为准备杀人的凶手王钦在带路啊，他不想动手仍旧还是帮凶啊。他怎么会不知不觉走到这一步的呢？真是撞鬼了。起先他不过就是帮着他夫妻俩打听个消息，占点小便宜，得点花销，搞一点零用钱花花啊！出一趟差的工夫，他就沦为杀手的帮凶了，这怎么行呢？况且到贞丰来，他也不是情愿的，他是看在赏钱的面子上，可就为了赏钱坐班房，那也太不值了呀！

　　那不成了憨包了嘛！弟兄们都要笑落牙齿呢。

　　不行，不能这么憨，得想个办法溜之大吉，"汤包"脑壳里头闪出了逃跑的主意。

　　可在这黑黢黢的山野雨夜里，往哪里跑呢？

　　脑壳里在打主意，脚步不由自主地放得慢了。

　　"'汤包'，走快点！"身后的王钦在催促他，"马车停靠在路边，他们应该去得不远。"

　　"汤包"知道马车上的邓由他们不会走得很远，赶得快点容易追上。一旦追上，就要出大事啊！"汤包"一边放快了脚步，一边大幅度地甩着手，让他带的笔形电筒射出的光晃得更远一些。一来可以把周边的环境看得清楚点，二来离得前边的真近了，这光也可以提醒前面的人，有个防备。不要冷不防就挨了枪子或是刀扎。

　　雨又下大了，"哗哗啦啦"的，下得周围山野里全响了起来。"汤包"脑壳里头在打着找机会逃跑的主意，眼神和耳朵小心翼翼地注意着走在身后的王钦。

　　王钦的脚步踩得重重的，一脚一脚都迈得十分费劲，声响很大。

　　"汤包"料定他和自己一样，也是长期呆在贵阳、南宁、安顺、昆明这样的城市里，过惯了享受日子，走不惯这样山间的崎岖小道，要不是他老婆，那个脸貌秀丽的曹竹秀逼着他来，他只怕也不会到贞丰这种地方来呢。

　　"汤包"恶作剧地揿熄了手中的电筒。

　　山间小道上，顿时变得乌漆墨黑，唯有风声、雨声和漫坡倾泻而下的流水声，浩浩然的北盘江水一点儿也听不到。

　　王钦在他身后惊慌地大叫起来："'汤包'，狗日的，电筒咋个熄了？"

　　"我的脚崴了一下，好痛，心一慌就把电筒按熄了。""汤包"寻找着理由，又把电筒按亮了。

　　"吓我一跳。"王钦随口道。

这一惊一乍，"汤包"心头顿时有了主意。他甩动着双手，局促而又快捷地沿着电筒光照出的小路，踢踢踏踏地一阵快跑。同时机敏地观察着小路两边的地势。

"'汤包'，等等我，你又跑太快了！"王钦又在他身后呵斥着，"你要我啊！"

"汤包"反驳着他的话："不是你要我赶得快一点吗？"

话音刚落，一抬头的当儿，"汤包"看见前方一片幽暗中，掠过一道亮光。一路上不时有闪电在远远近近的山峦上划过。"汤包"以为那也是在扯火闪，他抹了一把满脸淋的雨水，定睛望去。哇，不是闪电，那光不甚亮，一晃一晃的，显然也是电筒射出来的。

"'汤包'下意识地按熄了手中的电筒。

"'汤包'，你这狗日的，又熄了电筒，你是要我打黑摸啊？"身后的王钦又像训斥龟孙般咒骂起来。

"嘘！"这一次"汤包"没有听他的，转过脸去，朝他那边道，"前头有人，轻点。"

"啊！"王钦顿时一惊，几大步跃到"汤包"的身边，一扯他的袖子问："在哪里？"

"汤包"伸手往前方的一片黑暗中指了指道："看……看那边。"

果然，前面山山岭岭黝黑黝黑一片坡道上，闪悠悠地有一圈依稀可辨的光影在晃动。乍一看，仿佛是即将燃尽的灰烬在闪烁余光。定睛凝视望去，又好像是回光返照般的红晕。

"你能确定那是他们？"王钦摇了摇"汤包"湿潮潮的衣袖问。

"汤包"没回答他，敛声屏息地瞧着。

王钦又追问似的哼出一声："嗯？"

"不是他们，还能是哪个？""汤包"不悦地反问道，"又是风又是雨的，除了他们，还有哪个憨包大傻瓜在这种时候钻进山里赶路？"

"有道理。"王钦顿时提了神一般，声气也兴奋起来，"快走，我们赶上去，让那个叫邓由的晓得，我们不是酥桃子。"

说着，王钦在"汤包"的腰眼里捅了一下。

"汤包"揿亮了电筒，辨别了一下跟前的山道，快捷地朝前头走去。

他耳朵里听得真切，紧跟在身后的王钦，手伸进他随身背着的帆布包包里，扳动着他的枪机。

"汤包"的头发根根全竖了起来。这个龟儿子，果然是个"笑面虎"，心狠手辣，要对准活逮大毒枭曹根大的英模邓由下手了。

"汤包"见过邓由，一个三十好几岁的汉子，奉曹竹秀之命盯梢他的时候，"汤包"时常见到邓由送他的儿子有说有笑地去学校读书。那所小学就在公安厅附近，每次送到站着门岗的公安厅大门口时，儿子经常往公安厅大院里面推邓由，嘴里说着："爸爸不要送了，不要送了！"

邓由几乎天天重复着同一句话："我送你到小学校门口吧！"

"不要，爸爸快进去，要让小朋友们看到了！"

于是邓由就站在公安厅门口，目送着儿子小跑着走向学校。

看到这一幕时，"汤包"有时候触景生情，看呀，人家比他"汤包"不过大了几岁，不但娶了妻还生下个宝贝儿子！自己呢，三十出头了还是个"混混"，流氓贩毒团伙的小马仔，不要说亲生儿子了，连个婆娘的影子都还没有哩！

这会儿更糟糕了，竟然为了照在镜子里的赏钱，卷进杀人案件里来了。王钦下得了手，无论是把邓由打伤还是打死，他"汤包"都脱不了干系，都是帮凶！都是坐牢。

"汤包"胃里反酸，他咽了一口唾沫，拿定了主意，原先他不知道曹竹秀和王钦的盘算，为他们当马仔、搞盯梢，他可以推个一问三不知。这阵儿他已经晓得了这对夫妇的险恶用心和打算，他再不能当他们的帮凶了。他得滑脚，避开他俩躲得远远的。

"汤包"脑壳里头盘算着、晃着手中的笔形电筒，跌跌撞撞地往前走着。身后的王钦，脚步声很重地紧紧跟着，一步都不肯落下。

一块突起的石头绊了"汤包"一下，他的身子一晃，险些摔倒。电筒晃到前头，有一大砣山石凸起在小道旁，"汤包"的脑壳里头灵光一闪。他按熄了电筒，墨墨黑的鸡肠小道上，"汤包"发出一声歇斯底里的惨叫："哎呀我的脚杆遭咬了，哎呀我的脚杆断了，哎唷、哎唷、哎唷……"

惶惶然的叫喊声中，"汤包"的脑壳一拱，就势往凸起的大山石头滚去，他滚动的身体感觉到，大山石后头是一个缓缓往下倾斜的草坡，草束束上的雨水和天上落下来的雨点把他整个身子全打得透湿透湿。

真他妈的好大的雨！

好在这个坡不是陡峭的山地，他在斜坡上打了三四个滚，就在草丛中停住了。

"汤包"连忙紧闭着嘴，侧身倾听着鸡肠小道上的动静。

"'汤包'，'汤包'！"漆黑一片的小道上，传来王钦惊慌的呼叫。

除了北盘江峡谷里的风声和减弱势头的雨声，就是从山巅高处随着山水沟淌下来的汩汩的水声。

"汤包"的心"别剥别剥"地骤跳着，尽量压抑着自己粗重的喘息。

风雨沟渠声中，又传来王钦愤愤地一声骂："狗日的，滚下坡去了。"

躺倒在草坡上细听周围动静的"汤包"几乎要笑出声来，他连忙伸出巴掌紧紧地捂住自己的嘴，不让发出一点引起怀疑的声响。他就是要让王钦觉得自己一不小心踏空了脚，滚下坡去了。

雨水凉凉的直往他的脖子里、内衣里钻，很不舒服。"汤包"仍然一动不动地躺着，他之所以喊得那么响，一来是想装得像一点，他的脚确实是受了伤；二来嘛，他是想拼命拉直了嗓门的惨叫声，能让前头那几个人听见。不晓得几个送娃娃去看病的人，特别是那个叫邓由的，听见了没得？

十　二

邓由听见了。

不但邓由听见了那声远远传来的惨叫，连背着小朵朵埋头盯着电筒光赶路的卫生员韦仁义也听见了。不过他听得不甚分明，他回转身来问："是啥子声音？"

"好像是赶夜路的人滑倒了。"班世伦接嘴道，"要不要停下听听动静？"

"给小朵朵看病要紧。"邓由一挥手道，"我们抓紧赶路。"

"要得。"班世伦答应一声，捻了捻手中的电筒，往前照了一下，对韦仁义道，"听邓同志的，走吧，仁义。"

借助电筒的光，韦仁义又沿着山间小路往前走去，边走边说："小朵朵长大了，我一定要给她讲讲今晚的情形。"

"不消你讲，仁义，"班世伦的嗓音提得高高的，"只要把小朵朵救过来，我都会给她讲，让她从小记得，你和邓同志的恩德。"

说话间，前头山水沟里的声音喧哗起来，淌得响亮而莽撞，"哗啦哗啦"的，走在前面的韦仁义放慢了脚步，疑惑地问："这是啥子声音？那么闹！"

"你慢点走，让我照着亮看一下。"班世伦叮嘱的声音有点慌，他紧走几步，把电筒光往前头扫去。

电筒光影里，一股山水自上而下急湍地扑腾在溪沟里，往坡下直冲而去，撞击着沟里的石头，飞溅起阵阵浪花，带来阴冷的气息。

"哎呀！这下咋个办？"韦仁义失声惊叫起来，"我记得，这里原先只是条小溪，两头架着一大根木桩桩，小心点就能过去。现在水涨得这么大，木头给冲走了，过不去了呀！"

邓由瞪着足有四五米宽的山水，一下子也傻了眼。

班世伦哀叹了一声："哎呀！小朵朵硬是苦命，没得救了呀！"

说着，寨老抱着脑壳，一下子蹲在地上，手里的电筒光，朝着空中照去。电筒光柱里，淅淅沥沥的雨还在下。

邓由全身上下都在淌水。他这一辈子，还没遇到过这样棘手的难题，一股意想不到的山水拦住了去路，病重的小朵朵还需要急救，身后不知什么地方，贩毒团伙派出的杀手随时有可能从黑暗中蹿出来报复。面对这一困境，他即使是浑身有劲儿，也无处使啊！

该怎么办？

正在束手无策之际，一个陌生的嗓门喊了他一声："邓由！"

邓由从来没听见过这个声音，他应答之声到了嘴边，忍住了。他在记忆里搜索着，这是哪个呢？

韦仁义以为邓由没听清楚，放声提醒道："有人找你，邓同志。"

话音刚落，"砰"一声枪响，划破了北盘江畔的夜空。让人心惊的回声在山谷里显得震耳欲聋。

"哎唷！"韦仁义惊慌地大叫起来，"有人打枪。不要打！"

"砰、砰！"又是连续两声枪响，邓由警觉地看清了，枪是从他们身后不远的路上打过来的。有雨，天又黑，打枪的歹徒看不清楚，就用喊他名字的方法来判断他所在的位置。蔡县长电话里提醒得没错，歹徒是冲着他来的。

邓由判断着眼前的情形，不明情况的韦仁义一发声，歹徒就朝着他那个方向胡乱开枪了，很明显，歹徒手中没有电筒。

枪声一响，班世伦手里的电筒就按熄了。除了山水嘈杂喧哗的声音，四周一片寂静，北盘江两岸峡谷里，幽黑幽黑的，啥都看不见。刚才有一阵连续扯得很凶的火闪，这会儿一闪也不闪了。老天爷，哪怕你就是在一瞬间闪闪也好啊！

恰在这难耐的万籁俱寂的当儿，背在韦仁义身上的小朵朵，突然发出了一声声撕心裂肺的哭叫："哇——哇——外婆，我痛、痛啊——"

哭号之声有一种震撼心灵之感。

听到小外孙女哭喊的班世伦，也忍不住哭泣起来："小朵朵，乖——"

恰在这时候，就像有人下令一般，喧腾嘈杂的山水沟周围陡地亮起了七八支电筒的光，在潮湿溜滑的山道上下扫过来、射过去，其中还有两盏手提的大电筒，把刚才还是黑漆漆的山谷照得透亮。电筒光影里，站出了一二十个身影，有人厉声吼着："不许动！再动给你一枪子，你不是要杀人吗？"

邓由又惊又喜地望着忽然出现的这么多人，韦仁义欢叫着："你们来得正好，正是时候。"

班世伦抹着眼泪笑道："小朵朵有救了！多承、多承你们啦！"

"邓由，邓由在哪里？"一个嗓门连声叫着。

"蔡县长，"邓由一步跃到蔡县长面前，"太谢谢你了！"

"快谢谢陈书记。"蔡县长半侧着身子指着年近半百的陈书记说，"一听你这个缉毒大英雄有险，陈书记在连夜驱车赶回来的路上，就作出部署了，人武部、民兵、香芋的干部，医生们。哈哈，两个毒贩想行凶，还能让他们得逞？我们是干啥的？"

邓由握住了陈书记的手道："陈书记，劳烦你了！"

陈书记拍着邓由肩膀，动情地说："是辛苦你这个扶贫队员了，遭这么大的罪。"

风小一些了，雨还在下，北盘江仿佛躺在峡谷里，没在流淌。雪亮的大电筒的光照在江面上时，才能看到它的波光涛影。

尾　声

小朵朵送到县医院，县里面的医生都吃不准一个四岁女娃儿为啥夜夜高烧不退，直到送进贵阳的省人民医院，经专家会诊，才认定她是患了一种十万分之一的女童的病，对症下药，只住了一个星期医院，她就痊愈，又恢复成了一个活泼可爱的女娃儿。

把现场逮住的行凶杀人犯王钦押到贵阳之后，他的婆娘曹竹秀也被拘押了。第一次搜查他们两人开的便利店和居住的四室一厅大房子，都无果。经细致排查，才在他俩租住的一个不甚起眼的小区两室户的房间内，查出了几公斤的高纯度毒品。他们辩称是曹根大留下的，看看风声已过，"汤包"传过来的信息，地下市场的毒品价格翻番地往上涨，他们就想出手。碍于禁毒、反毒的力度太大，也是出于对亲手抓获曹根大的邓由的刻骨仇恨，他们恶从胆边生，想对邓由施行报复，煞一煞公安的威风，以便伺机卖掉存货，发一笔大财。事实证明，他们是两个贩毒团伙的漏网之鱼。等待这对夫妻的，自然是法律的严判了。

值得提一笔的是"汤包"汤一彪，关了他三个礼拜，他又没事人一般放出来了。他逢人便说，自己上了大毒枭妹子曹竹秀两口子的当，没想到他们是那么凶恶的心狠手辣之人，他真不该贪小便宜，为他们这种人打探消息。也有人私底下说，这家伙本身就是公安的线人，这一次他的所作所为，就是为了把隐藏很深的曹竹秀两口子引出来。有人和他套近乎，向他打听，他光是"嘿嘿嘿"地笑，既不承认，也不否认。

邓由在落剑寨的扶贫工作，经北盘江风雨之夜以后，完全打开了局面。寨老班世伦逢人便说，邓同志是真心为我们布依人做事啊，他把心掏出来干扶贫工作，服了，服了，我班老汉先喂三头牛，头一年干好了，明年就喂四头，到哪里去找这么好的事啊？月月拿钱喂牛，牛有了病，专门有兽医专家来治，想致富，脱掉贫困帽子，代养母牛真是一条路子。

好了，寨老有了态度，带了头，卫生员韦仁义紧跟着办手续养了两头牛，村、支两委的干部又陪着邓由一家一户上门做工作，算细账。一个寨子，全村上下，家家户户都纷纷贷款建生态牛圈。石光林坐不住了，他专程找到邓由，扯着邓由的袖子问："邓同志，邓哥，你说，我这人能不能讨到一个婆娘进屋？"

"难说。"

"这话咋个讲？"

"你一个穷棒槌，哪个姑娘愿意跟你？你细细地想一想。"

石光林的双眼瞪出来了，像要鼓出眼眶："我、我也是。嘿嘿，邓哥，我也是想脱贫致富的呀！不能发大财，赚点小钱花花，总……总还行吧？"

"你太懒，耍奸弄猾。一天只想喝得醉醺醺地和人冲壳子（方言：吹牛，说大话）！"

"我改还不行吗？邓哥！"石光林讨饶地提议，"你也让我养牛致富吧！"

"养牛要割草。"

"我割，天天上坡去割，把镰刀磨得亮晃晃的不输别人。"

"养牛还要种皇竹草。"

"我也种，你不是说这草好种嘛。"

"养牛半夜还要起来照看。"

"我起来就是啊！"

"那好，贷点款，帮你修好生态牛圈，签协议让你先代养一头牛。"

"邓哥，寨邻乡亲们都在说，喂一头牛是喂，喂两头牛也是喂，你好人做到底，给我喂两头吧！"

"你是真心的？"

"真心。我可以赌咒发誓……"

"你不是满寨子放风说，养牛能致富，哄鬼去吧？这一回咋个态度变了？"

"嘿嘿，邓哥，不是就为了脱贫以后，能讨得一个婆娘嘛！"

"石光林，我正经对你讲，你五大三粗，四肢发达，脸盘子也不难看，让你娶不到妻子的原因，就是你这么个大男子汉，总在等着村里发救济，靠在政府身上，到了逢年过节，"邓由趁这机会，严肃地教育着这个汉子，"你还主动打电话，伸手向上头要粮、要油，说你春节大年过不去了，你们怎么还不下来给我发钱呀？是不是？连我新下来的人，都听说你的这些笑话了。"

"邓哥，"石光林被邓由说得抹不下脸来，堆起笑道，"那不是过去嘛！往后，我啥都听你的。你这人要得，连寨老班世伦都说，说你这人，嘿嘿嘿……"石光林神秘地拉扯着邓由袖子道，"你不晓得，班老汉在我们落剑寨，是一言九鼎的人噢！啥子村支两委，都不在话下。我、我就听他的。"

邓由心里有眉目了，他摸得着北盘江畔落剑寨子上的一点人脉了。他对石光林道："那就好好劳动，勤劳致富……"

"明白、明白。"石光林又凑向前来，嘻嘻笑着问一句，"邓哥，你说脱了贫，我真能讨一个婆娘回家？"

"应该没问题。"邓由用负责任的语气道。

"哈哈！我能娶婆娘啰！我晚上不会打单边啰！"石光林欢喜得哈哈大笑，手舞足蹈地在寨路上走去，一边走一边拉开嗓门唱起来："山路弯弯长又长，七天七夜赶一场。不为油盐不为米，赶场只为看姑娘！"

你别说，这家伙唱起来，有腔有调的，还真好听哩！

（原载于《东方剑》2017年11期）

大山洞老刘

岩寨公社知青微信群——

徐志勇：大吉，听说你趁旅游之机，跑到我们插队落户的岩寨公社去了？

杨大吉：是啊！离得近，我顺便拐过去看看，故地重游一番。

童　红：那快给我们讲讲，岩寨和我们六七年前结伴重返第二故乡时，有啥变化？

杨大吉：变化不大，只不过老人更老了，小孩更少了。

徐志勇：这是为啥？

杨大吉：出外去打工的中青年，现在都可以把小孩带进城里去读书了。我们上海城乡接合部，不也有很多农民工学校嘛！

徐志勇：这么说，比我们上一趟去，还要冷清些。

童　红：这是可以想象的。

杨大吉：唯一值得一提的，是老刘死了。

童　红：你说的是我们知青中的高中生大刘？

杨大吉：不是，我说的是大山洞老刘。

徐志勇：童红，你怎么如此健忘，三岔路口守着大山洞过日子的老刘。

童　红：让我想想，想想，你们看我这记性……

徐玉慧：我知道的，大山洞老刘，当时我们在岩上寨、岩中寨、岩下寨三个大队要去公社赶场，都得从小路上走到大山洞附近，在三岔路口会合，再沿着马车道走到公社去。对了，那里的树林好繁密。

童　红：你这一说，我想起来了。他不是知青，好像是从省城里下来的。

徐玉慧：对了嘛！他比我们这帮知青年纪大一点，不过就是大个三四岁。

童　红：最多五六岁。

邵丽娜：四五岁最多了！

严佰荣：就因他比我们大几岁，大家习惯地叫他老刘，老刘老刘就这样传开了。

徐志勇：真的，老刘叫什么名字，我都记不起来了。

杨大吉：他叫刘安建，我也是这次看到竖在那里的墓碑，才知道他大名的。记忆中只晓得叫他老刘……

廖锦宝：只不过比我们大几岁，他怎么就走了？他这辈子没吃过啥苦啊！

邵丽娜：是啊，当年，就是看着他守着大山洞，住着砖瓦房，房门口的院子里铺着水泥地，还有自来水龙头，一溜三四间平房里的电灯开得明亮晃眼，女知青们都羡慕地打听，老刘是干啥的。整天什么事没有，每月还有工资、粮票发。

徐玉慧：女知青们说悄悄话时，还议论过呢，扎根农村一辈子，嫁给老刘还能考虑。

邵丽娜：如果那时真是与他生活在一起，也不知还能不能回上海，那个年代的事儿，真是不好说！

徐玉慧：童红你怎么忘了，记得……

邵丽娜：是啊是啊，童红，有一回去赶场，走到三岔口附近，正逢一场大雨，老刘还招呼我们去他家里躲雨。

　　杨大吉：老刘对我们上海知青都好，不下雨，见到知青走过，他无论是在犁地、除草还是喂猪，都会招呼我们过去玩。

　　徐志勇：是啊！我们看他拿着国家工资，领着粮票，不愁吃穿。他还羡慕我们知青呢！

　　严佰荣：知青和老乡一样，挣工分吃饭，有啥好眼红的。

　　徐志勇：一个人，孤独啊！盼着有人和他说说话，解个闷儿。

　　廖锦宝：别说女知青中有愿意和他好的，其实他也蛮想和女知青，特别是阿拉上海女知青谈朋友的。

　　童　红：结果他娶的是岩中寨的乡下姑娘，叫王小朵。

　　邵丽娜：童红，你还说记不起来了，你把老刘婆娘的名字，哈，岩寨地方是叫婆娘吧？都记得清清楚楚。

　　童　红：你们讲着讲着，很多往事的细节，我也想起来了嘛！

　　徐玉慧：你还会想起更多细节的。

　　廖锦宝：话中不要含骨头嘛！

　　徐志勇：不开玩笑。老刘娶王小朵，还有故事哩！

　　童　红：听说王小朵比老刘大了四岁？

　　杨大吉：是真的，我也风闻过。岩中寨的王小朵，原先谈过一个婆家，有两三年了，彩礼都送过几回。我在岩中寨插队，见过那小伙子……

　　徐玉慧：我也见过，是个斯斯文文的小伙子，岩中寨老乡还说他没啥劳力，干农活肯定不是好手。

　　杨大吉：对了，徐玉慧和我在同一生产队。结果呢，是人家嫌王小朵没文化，退了婚，连已经送过的彩礼都不要了。

　　徐玉慧：岩寨公社那地方的风俗，你们是知道的。虽然有人说王小朵娘家赚到了便宜，但是，自此以后，被人退婚的王小朵，反而成了嫁不出去的老姑娘。

　　邵丽娜：老啥呀，刚过了二十八岁。

杨大吉：在岩寨中，当时就是老姑娘了。嫁不出去！

童　红：听说是有人撮合，王小朵嫁给了老刘。

廖锦宝：啥撮合呀，是生米煮成了熟饭。

严佰荣：老乡的事我从来不去打听，还真不知道哩！

徐志勇：内情我是晓得的。

邵丽娜：你怎么会知道？

徐志勇：那天在岩寨公社附近的知青点玩得晚了，留下吃过晚饭才回岩上寨去……

严佰荣：你不要瞒我们，一定是喝酒了吧。

徐志勇：嘿嘿，喝酒了。苞谷酒，酒精度高，又掺了水，很容易醉的。

严佰荣：知道你喝醉了！

徐志勇：带了点酒意，还辨得清路，摇摇晃晃走到三岔路口附近，恰好一场雨哗然而下，没办法，只得去老刘那里躲雨。真叫巧了，你们猜老刘在干啥？

杨大吉：莫非是干好事？

徐志勇：不是你讲的好事，老刘在喝酒。

廖锦宝：一个人，喝闷酒。

徐志勇：你怎么知道？

廖锦宝：我也碰到过一回，赶场回岩下寨晚了，路过他门口，他邀我坐下吃饭，喝酒。瓶装酒。

徐志勇：对了，老刘一个人埋头喝的，正是瓶装酒，比散装的苞谷酒强多了，也香。我坐下就同他对喝起来，一喝就醉了，在他那儿住了下来。

廖锦宝：没错，老刘那儿有现成的铺，我在他那里喝醉了，也住过。别有一番感觉，蛮舒服的。

徐志勇：老刘喝醉了酒，话多，喋喋不休地讲。我有一句没一句地应着，敷衍他，那晚上，也不知怎么的，他说着说着，就讲起了王小朵，说王小朵催他赶紧去公社办结婚证，喝喜酒……

　　严佰荣：这时候他俩已经暗自好上了！

　　童　红：有可能！

　　徐玉慧：多半是这么回事。

　　徐志勇：醉了酒，老刘把他如何和王小朵好上的，给我讲了。

　　杨大吉：那你也给我们讲讲啊！

　　廖锦宝：是咯！当年听说老刘娶比他大四岁的王小朵，我们只是感到诧异、不解，一点不知内情。

　　严佰荣：不要有顾虑，志勇，都一把年纪的人了，你没见网上说嘛，男人、女人，上了年纪都是老人。

　　徐志勇：你们要听，我就讲。老刘和王小朵的第一次，不是在他收拾得很干净的房间里……

　　杨大吉：在哪儿呢？

　　廖锦宝：野合呗！

　　严佰荣：是不是？志勇。

　　徐志勇：要说野合也可以。王小朵家自留地的一块苞谷土，和老刘自己开垦出来的坡土挨得近。那天太阳大，王小朵撩开苞谷叶子，大声问老刘带没带水，她想喝一口。老刘答应了，专程回到家里，提了一罐苦丁茶水，送到王小朵家的苞谷土深处。撩开浓浓密密的苞谷叶子，老刘的双眼被晃晕了……

　　严佰荣：啥叫晃晕了？

　　徐志勇：这是老刘的原话。

　　廖锦宝：佰荣你别打岔，让志勇说下去呀！

　　徐志勇：也没啥好说的，王小朵把衣裳铺在苞谷土头，光裸着身子躺在那里，朝着老刘招手……

　　童　红：乡下嫁不出去的姑娘，啥都做得出来。

邵丽娜：我倒觉得，王小朵在追求自己的爱情，大胆，有勇气！

徐玉慧：是啊！你让她怎么办？整天愁眉苦脸的，在村寨上，只要走到有人的地方，就会遭到那些喜欢东家长西家短议论的长舌妇指指点点，连调皮的娃崽，都会追在她身后高一声低一声地嚷嚷儿：老姑娘、老姑娘……

邵丽娜：那是很难熬的。二十八岁，在偏远山寨上，就像城里三十八岁的姑娘没对象一样，遭人白眼。

廖锦宝：你们别发表高见了，让志勇说下去啊！

徐志勇：都说了呀！天天晚上十分孤独的老刘，二十三四岁了呀！况且他说，那天的太阳出得大，太阳光明晃晃的，透过苞谷叶子洒在王小朵赤裸的身子上晃得他眼睛都花了。王小朵你们都见过，是那种高高的、微胖的姑娘，躺在那里，白的白，黑的黑，凸的凸，凹的凹。一切就那么发生了。

严佰荣：一次，王小朵就怀上了？？

徐志勇：哪里，一次就让老刘忘不了啦！他让王小朵有空就到他那里去。

廖锦宝：那确实是没人察觉的，大山洞地方清静，平时没事儿，人都不往他那里去。

邵丽娜：只晓得老刘一个人住那儿，是为国家守设备，大山洞到底是怎么回事，我至今都不晓得。

杨大吉：当时是保密的……

严佰荣：我听说是省里面的第二电台。

童　红：最好的广播设备，我也听老刘讲过。

徐玉慧：我说你会想起更多细节的嘛！

童　红：你这话是什么意思？

徐玉慧：童红，你心里明白是什么意思。

童　红：玉慧你……

杨大吉：哈哈，哈哈哈。

徐玉慧：说真的，童红，当真要有女知青嫁给老刘，一辈子守在大山洞，也真不堪设想……

邵丽娜：你们越说我越不明白了。省广播电台，我们带了半导体收音机下乡的知青，不是天天听嘛！

廖锦宝：听说是备用的电台……

徐志勇：现在都解密了，没啥不可以说的。那年头要准备打仗，备战备荒为人民，沿海很多重要的工厂迁到内地……

严佰荣：大三线，三线建设。

徐志勇：对了！一旦打起仗来，省城里的广播电台万一遭敌机炸毁了，就得启用老刘守着的这一套设备，继续给全省军民广播。

严佰荣：怪不得叫第二电台，备战用的。

徐志勇：对。

杨大吉：怪不得怪不得，每隔两三个月，省城里总要来一辆车，来几个神秘的工程技术人员，钻进洞里去半天，黄昏时分又走了。

徐志勇：我问过老刘，这些人来干啥？老刘只简短地答，调试设备。我问他调试啥设备，老刘好严肃，睁大眼盯住我，一个字一个字地说"不要问"。

廖锦宝：呵，老刘这人，保密观念强。

严佰荣：肯定单位给他保密费的。我们那时穷，看他花钱大手大脚，好羡慕呀！

杨大吉：主要是他受信任，才把他安排在这么重要的岗位上。

徐志勇：和我们知青比，他是比我们好。可他这守着大山洞过日子的活儿，也孤独、寂寞，没劲啊！

杨大吉：这是大实话，我们上山下乡之前，他就在那儿了，我们走了好多年，他仍旧在那儿。

廖锦宝：跟劳改差不多。

严佰荣：也奇怪了，我们插队差不多十年，从来不见老刘回省城去探亲，也没听说老刘这儿有亲戚朋友来过。

杨大吉：莫非老刘是孤儿？

徐志勇：不，老刘有父母，而且父母本身都是省广播电台职工。他父亲呢，还是广播电台一个中层干部。当年造反掀起浪潮来时，老两口稀里糊涂没了……

童　红：那他真是和孤儿差不多。

徐玉慧：心里有创伤。童红，你不是第一次听说吧！

童　红：你又来了，玉慧。

邵丽娜：这么多年，我还是第一次听说老刘的身世。

严佰荣：造反夺权，怎么会把这么重要的守护任务交给老刘呢？

杨大吉：老刘原先是临时工。

徐志勇：老刘这人，啥都好，就是读书成绩不理想，初中毕业，没考上高中。"文革"之前，经他父亲请求，照顾他在省电台当了个清洁工，临时待遇。

徐玉慧：电台对他挺照顾。

徐志勇：听老刘说，他转正后，电台就派他来看守大山洞。

童　红：当时应该说是不错的工作，要不临时工辞退，他也得上山下乡当知青。

邵丽娜：这倒也是。

廖锦宝：从长远看，这工作就把老刘焊在大山洞，永远离不开了。

严佰荣：所以说，人这一辈子，很多事情是说不定的，老刘和王小朵一结婚，不可能再回繁华的省城去了。

杨大吉：是啊！王小朵能生啊，结婚之后，一口气给老刘生下了三个孩子，我们不都见过嘛。

徐志勇：三个孩子，两女一男，从小就比村寨上出生的娃崽们快活。

　　童　红：是啊！老刘有一份工资啊，听说除了你们讲的保密费，长年还享受出差补助。

　　徐玉慧：那是应该的，守着大山洞，终归是山乡里的生活。

　　邵丽娜：你们男知青也占他的便宜，喝了他不少瓶装酒。

　　徐志勇：哈哈，这倒也是。那年头凡是瓶装的酒，就是好酒！

　　廖锦宝：老刘和王小朵的三个小孩，后来怎么样了？

　　严佰荣：听说只有他儿子，出生后给报上了省城户口，还是照顾。

　　邵丽娜：这是为什么？

　　徐玉慧：女儿户口从母，王小朵是乡下户口，他们的女儿一辈子也只能是农村户口。这是当年的规定，岩中寨的老乡眼红王小朵，都说别看她嫁得晚，还摊上了好福气。

　　童　红：比嫁给寨里人好。

　　徐志勇：不过她没享上几天福，儿女长大，纷纷到公社、到县城、到省城读书时，她生癌症去世了。

　　邵丽娜：这都是我们离开岩寨公社以后的事了。

　　徐玉慧：是啊，老刘又成了孤家寡人了。

　　廖锦宝：那他三个儿女呢？现在怎么样？

　　徐志勇：要问大吉了，现在的情况他应该比我更清楚些。

　　严佰荣：大吉你晓得吗？

　　杨大吉：老刘的大女儿叫刘海萍……

　　徐志勇：对了对了，老刘生下第一个小孩，说和我们上海知青打交道最多，说话最多，名字中带一个海字。

　　杨大吉：刘海萍在县中毕业之后，嫁给了水电站一个职工，离大山洞三十多里地，不远不近，自己也有女儿了，和老刘少有来往。

　　徐玉慧：另一个女儿呢？

　　杨大吉：小女儿刘海莉，最有出息，在上海大学毕业，嫁在上海，过上了三口之家的安逸小日子。不开口说话，恐怕没人知道她是外地人，已经完全融入了上海。

徐志勇：前些年老刘来过，我们几个岩寨男知青请他吃过一顿饭。问他上海养老生活怎么样？他直摇头，表示对上海的喧嚣热闹，对上海的人流，对上海的空气和自来水，还有伙食，全都不习惯，说住几天就回去。说真的，刘海莉完全成了个新上海人，服饰打扮很时尚，一口流利的上海话。

廖锦宝：对，我在马路上碰到过她一次，生活得很滋润的，三口之家其乐融融的模样。不是我问起，她都没提及老刘。

邵丽娜：唉，这个老刘呀！他习惯于大山洞的清净了。

徐玉慧：那他报进省城户口的儿子呢？

杨大吉：毕业之后分配进了省广播电视局，说是干得不错，成家之后在省城里有一套房子。

童　红：老刘可以和儿子一起住，安度晚年。

杨大吉：听说他在儿子家，住的日子比在上海女儿家长一点。

邵丽娜：毕竟老刘是在省城里长大的。

杨大吉：但老刘也不习惯，他固执地回到了大山洞，说是要陪陪王小朵。

徐志勇：大山洞还有啥东西吸引他的？那些设备，当年是很先进，可半个世纪一过，大概也得退出历史舞台了。

杨大吉：你说得好听，全报废了！

严佰荣：报废？

廖锦宝：不要大惊小怪，佰荣，当年我们带下乡去的半导体收音机，还有谁在用？

邵丽娜：那他回大山洞去干啥呢？

杨大吉：啥都不干，拿着一份退休工资，过日子。幸好那几间我们都去过的小平房，当年因为是备战修在小树林边的，钢筋混凝土，好厚实的，十分坚固，老刘住得实在。

童　红：唉，人这一生。

徐玉慧：我说嘛……

徐志勇：我明白你为啥叹息，童红，听到他去世，我这心中翻腾得厉害，你说说，老刘这一辈子，叫作一个什么事儿？

杨大吉：不瞒你们说，听说老刘走了，我在大山洞那砌得高高的封闭的水泥墙前，在老刘住的小平房前，走了好几个来回，内心颇不平静。

严佰荣：你心中也在感慨？

廖锦宝：老刘太平凡了！

徐玉慧：平凡得让人唏嘘……

吴　炜：不要感慨，不要叹息。

徐志勇：哎，吴炜，你远在澳大利亚，也在看我们的微信？

吴　炜：我不也是岩寨公社知青群中的一员？老刘我也认识啊！

杨大吉：你有何高见？近来过得好么？

吴　炜：我还记得老刘的儿子叫刘海山，那个一见我们就讨着要吃大白兔奶糖的调皮鬼。不必为老刘惋惜，也不要伤感。其实，我在澳大利亚，住在悉尼郊区，守着三四间房子，和老刘守着大山洞，不也一样？

邵丽娜：那可不一样，你出国了，漂洋过海，啃着洋面包，吃着西餐，又是一番体验。

吴　炜：六十多了，经历了人生的春、夏、秋、冬，差不多啊！

童　红：我觉得，吴炜的话，有点道理。

徐玉慧：哦？

杨大吉：嗯。

徐志勇：呃……

廖锦宝：！

严佰荣：？

吴　炜：至少我们这些人，还记得大山洞老刘。

美丽家园

他的话说出口，她吓了一跳。

"苏彧，你……你说啥？"她的语气里透着惊讶，透着几分恐惧。她睁大双眼，仿佛没听清楚，要求他再说一遍。

他淡淡一笑，食指竖起来，晃了晃，提醒一般道："你听。"

她侧耳倾听，望着他的脸，起先她什么都听不见，他的脸上皱纹不多，五官也很生动，炯炯的眼神，笔挺的鼻梁，说话的时候两片嘴唇尤其显得灵活和有表情。要不是鬓角染了霜，你就看不出他有六十岁了，已经步入了晚年的门槛。这是他挂在嘴边的话。不知为什么，一看着他的脸，望见他的眼神，徐蓓萌其他就啥也看不见，啥也听不见。这会儿也是，她的心慌乱地跳着，他让她听，她什么都听不见。她满脑子满身心里都是他。她睁大双眼，疑惑地凝望着他，美丽家园养老中心的夜晚一片静寂，啥声响也没有啊！哦，对了，窗外传来淅淅沥沥的雨声。她愣怔地问：

"你是说，雨声？"

"是啊！"他微微一笑，声音显得低沉柔和："落雨了，天也留人，你别回去了，别回你那间房了。"他又把那句令她又惊又盼望的话重复了一遍。

她的双眼再一次惊惧地瞪大了，年轻的时候，人们就说她有一双会让所有人忍不住多瞅一眼的眼睛，尤其是她把眼睛睁得大大的时候，更易吸引异性的目光。连她的丈夫石新武都说，从他看见她眼睛的那一天起，他就想着非要娶她了。很小的时候，她就会情不自禁地睁大双眼，高兴的时候，惊讶的时候，连受委屈和哭泣之前，她都会把眼睛瞪得大大的。故而不少人说过，徐蓓萌的眼神，会透露她的心事。她瞥了苏彧一眼，迟疑地问："这样……行吗？"

"有啥不行的。"苏彧用肯定的口吻说着，伸手过来，握住了她的一只手，继而又把另一只手压在她的手背上："难道你心里不想么？蓓萌。"

说着话，他的脸朝她挨近过来，男性的带着秋夜里温暖的脸。徐蓓萌下意识地回避了一下，她的心作怪般跳得好凶。手也在颤抖。

"啪哒"一声，压在她手背上的那支手松开了，把屋里的灯按熄了。

顿时，屋子里一片晦暗幽黑，一瞬的啥也看不清楚。徐蓓萌反觉安然些了，她缩了缩肩膀，偎依在苏彧的怀里，嘴唇动了动，无声地道出一句："想的，就是怕……"

"怕什么？"没想到苏彧竟然连她呢喃的耳语都听见了，他贴着她的脸问。手伸过来搂住了她的肩膀。

哦，尽管不习惯这一亲昵的相偎，可好舒服啊！真的是从未有过的感觉。徐蓓萌下意识地回避了片刻，又主动靠了上去："怕……怕啥，我也说不清楚，就是心慌意乱，就是……"

"我知道你怕啥。"他有把握地说。

"你猜得着？"

"不用猜，我知道。"

"那你说……"

"你有丈夫，我有妻……"

她浑身寒战般抖了一下，他简洁有力道出了她的恐惧，她的疑虑，她的底线。和苏彧交往这么久，她始终守着这条底线，不可逾越的底线。不能任由感情的野马狂奔乱闯，他们毕竟都不年轻了呀，她也是位奔六十的人了呀！她的骨头架子似被抽断一般，想要从苏彧的怀抱中挣脱："那我们还……"

不待她说完，不待她挣脱他的拥抱，他的脸已经转过来，两片嘴唇盖住了她还在蠕动的唇，有力地不管不顾地吻着她了。

徐蓓萌的脸转到一边去，他的脸跟着转过去，嘴追随着不让她逃避地吻着她。

她承受着他顽固的吻，他平时不吸烟，也不酗酒，嘴里没有丈夫石新武常有的那股恶臭。相反，他嘴里的那股气息还有点令她着迷。她觉得自己的身体袭来一股热浪，脸上因心的剧烈跳动而涨得通红。他仍在不间歇地吻着她，热烈得有些贪婪。她的两片嘴唇微微地嗫起，开始有了反应。他顿时察觉到了，更使劲地吻着她。哦，这真使她迷醉，她也有意识地回吻着他。感觉着他的气息。

真是甜蜜而忘乎所以的吻。世界似乎不存在了。

他开始不满足于亲吻了，他的双手不安分地抚摸她的身子，从肩膀慢慢地移到两臂，从两臂探到她敏感的胸部。她"哼"了一声，一只手抓住了他的手腕。但他手腕的劲儿很大，有一股不依不饶的蛮劲，她的手只在他手腕上停留了片刻，脑子里掠过了一个念头，都亲成这样了，还在乎啥呢，再说，她在他这里坐到美丽家园夜深人静时分，不就是愿意接近他，和他在一起，不愿意分开嘛！这么一想，徐蓓萌抓住他的手便放松了，抽出来环抱住了苏彧的脖子。苏彧当即敏捷地拥抱住了她。抱得紧紧的。

是哪一本书上写的，女人的晚来的爱情，势如野火烧过久旱草坡，猛烈而又有点汹涌，挡也挡不住。一旦遇上倾心相爱的对象，整个世界似乎都被爱情的巨浪倾覆，而徐蓓萌遇上的，恰恰又是苏彧这样一个貌似淡漠内心却像火药桶般的男人。

　　在美丽家园养老中心，苏彧是各个年龄层次的女人们私下热议的一个人物。他是一个学者，据说在专业圈子里，他很有地位，人们都尊称他专家。他是一个无党派人士，但无党无派人士仍有部门请他去开会，养老中心那些外地来沪打工的服务人员不明白，无党无派一身轻松，退休养老了怎么还要开会呢？人家说，可得请他去，务必请他去，无党无派也是一个派。不但请他去开会，去发言，去征求他的意见，人家每逢请他出去开会，还专门派小车接他去送他回。光凭这一点，美丽家园里的人们都觉得他了不起，是个人物。只不过引起大伙儿私下里热议的，不因为他是个人物，人家才喜欢议论。在美丽家园，画家、书法家、演员、教授、导演什么的名人，多了去啦。人们喋喋不休、说了又说的，是苏彧如此有身份有地位的一个人物，摊上了一位脾气怪异的夫人。要不他好端端一个著名学者，怎会孤零零住进养老中心来呢？

　　他的夫人是个严重的抑郁症患者，而且伴有常人无法理喻的一种洁癖。最初显示出症状来时，亲属、邻居们都不以为然，以为这是人之常情。起先她只是不喜欢家里来客人，家中来了客人，她冷若冰霜，时常拿个背脊对着客人，既不招呼人家坐，也不给客人倒杯茶。客人坐不多久离去，她连忙拿扫帚扫地，抹客人座位边上的桌子或茶几，翻来覆去地扫了又扫，抹了又抹。最初苏彧还幽默地和夫人开几句玩笑，后来发现夫人也许是心理扭曲，来了客人，她会当着客人的面去抹客人身边的茶几、扫地。吓得客人们一传十、十传百都不敢上门，有事儿咨询苏彧，不是约他上馆子小酌，就是请他品茶。苏彧名气大，事儿多，找他的客人络绎不绝，有时候他就在茶室里换着钟点接待客人，平时在家待的时间就少，这一来连双休日也时常整天不在家中。而他夫人则在家中呆坐，除了做自己吃的三顿饭，啥事儿也没有。邻居们起先只以为，苏彧夫人除了洁癖，就是好静，坐得住。不是么，她既不找邻居们聊天、搓麻将、交流厨艺，也不去街心公园、小区广场跳舞，更不约上三五谈得拢的朋友去旅游，就是坐在家中干点家务，反复抹桌子、扫灰尘、看电视。很偶然的一次，她受了寒，咳嗽不止，去医院，医生在细微诊断之后，向家属宣布，她患了严重的抑郁症。目前这是难以治愈的病，只有吃药，控制她的病情不要恶化太快。平时尽量保持平静，生活环境平静，和她说话保持平静语气，让她尽量顺心顺意，吃的、穿的、用的，都依着她，少干预她要做的事。陪她散散步，放一放轻柔舒缓的音乐，她一旦嫌吵，就把音乐关掉。

一切都照着医生的嘱咐做了，生活似乎可以平静地进行下去。谁知好景不长，妻子庄建羽的抑郁症以一种异乎寻常的症状发作，只要一见到苏彧，她就会抱怨，滔滔不绝地抱怨，喋喋不休地唠叨，抱怨家里有一股气味，埋怨钟点工做的菜不好吃，说地没扫干净，床上有污迹，灰尘太多，窗外有噪音，马路上的喇叭声吵人，楼道里有小偷，居委会干部不负责任，有人要拿着榔头打她，地板上有裂缝，水管里漏水了……

听得苏彧又好笑又好气又无奈，照正常人思维，她所说的都是没有的事，床上是干净的，被子床罩整理得连褶皱也没有，地板一尘不染，所谓有一点气味，是邻居家里在炒辣椒，那浓烈的辣香味飘了过来，水管没漏，楼道里也没有小偷，防盗门是那种打开之后即关型。

知道她有病，苏彧听见之后都唯唯诺诺地答应着，脸上还露出谦恭的微笑。他把所有这一切吵架似的埋怨和谩骂当作耳边风，当作音乐来听。

内心里却不能不往深处想，这难道真是当年那个在大学校园里的百灵鸟一般的歌声吸引了无数男生倾慕的庄建羽吗？

邻居们在外头见了苏彧，都会同情地对他道："苏教授，你真不容易。"

大学里的同学，上山下乡年月里的插兄插妹，和他相聚时都会说：

"苏彧，当年你是有福之人，交了桃花运，把公社里的头号美女，校园里的金嗓子、系花娶到了手。现在，你付出点代价吧。"

也正是有着一份责任感，苏彧才始终隐忍着，耐心地至少表面上平静地对待着庄建羽的病。该出钱出钱，该轮换不耐烦的钟点工和保姆，就一个接一个地换。有一部电视剧叫《田教授家的二十八个保姆》，不少观众说这未免太夸张了！苏彧却深有体会地道："不夸张，一点儿也不夸张。我家里换过的保姆，都超过这个数了。"

电视剧里是挑剔的主人看不惯保姆，而在苏彧家里，是来干活的保姆受不了庄建羽的唠叨、埋怨、冷眼和谩骂。

药物和衣食无忧的生活没能控制住庄建羽的病情，相反，她由嘴上的抱怨、谩骂发展到了见人就摔东西，摔碗、摔盘子、摔玻璃杯、摔不易摔坏的塑料瓶子。也怪了，她是见了人才摔，没人的时候她不摔。外人到家来的不多，她见了苏彧，见了女儿苏小蕾、女婿耿巍就摔，况且越劝她摔得越厉害！吓得女儿、女婿都不敢带着外孙女莹莹到家来看外婆了。相反，家里没人的时候，她反倒显得格外平静。她会待在家里，把所有的衣服，春夏秋冬的衣物，一件一件取出来，折叠得整整齐齐，然后又一件一件放进去，叠放得整齐划一。单单瞅着她干这件事，谁都会觉得她是个正常人。根据她的这种病情，苏彧和女儿商量，专门为她请了一位保姆，只给她准备一日三餐，平日待在自己屋内，尽量和她少打照面。庄建羽走出她的房门，保姆就避开她，躲进自己的小屋休息。等待庄建羽吃喝完毕，回归到她自己的大卧室去，保姆才蹑手蹑脚出来收拾一切。这样的话，保姆其他的事儿都干不成，庄建羽的病状也发生得少了。双方相安无事，保姆主动要求辞退的事儿少了，庄建羽的东西也摔得少了。但只要看见苏彧，她就会歇斯底里大发作，东西摔得更凶，一句句的埋怨变成了恶声恶气的谩骂，闹得苏彧片刻得不到安宁。

主意还是苏小蕾出的，让父亲住进美丽家园养老中心，把他经常要读的书带过去，养老中心设施齐全，一日三餐根据营养学配置了最适宜老年人吃的饮食，让苏彧能在这么个环境里颐养天年。

家园的服务人员，讲起苏彧的家庭，总是会发出声声感慨，唏嘘不已。

毋庸多言，自从庄建羽发病，苏彧的情感生活，夫妻生活，都停止了。他感情的窗户，不知不觉关闭了。

当徐蓓萌和苏彧过从甚密时，美丽家园养老中心的人们就立刻注意到了。一对老年异性，在一块儿多说几句话，相伴着散散步，是没人大惊小怪发议论的。只有当一个孤身老人，总是和另一个孤身的异性待在一块儿，一块儿进出食堂，一块儿用餐，一块儿在美丽家园的河边散步，一块儿交流读书心得，一块儿走进剧院里看戏、看电影、看演出，一块儿品茗、喝咖啡、听音乐，人们才会说，他们这一对，要演出黄昏恋了。不过，人们也只是说说而已，尤其双方都是单身老人时，更无人多说啥闲话。大家都觉得这很正常，老人也有情感需求，老人也享有爱的权利。尤其是海归的养老中心主任陈琦表过态，当面背后都不要议论，让老人们在美丽家园找到他晚年的另一半，还是我们美丽家园的一段佳话呢！如若男女双方提出结婚要求，我们还可以为他们操办隆重热烈、喜气洋洋的婚礼。人们都说陈琦大度、洋派。

不过苏彧和徐蓓萌相好不一样，美丽家园上上下下都知道，苏彧是有明媒正娶的夫人的，庄建羽原先还是一家重点中学的数学教师，若不是发病，和她一样退休的数学老师，为准备高考的中学生补习，收入还不菲呢！而徐蓓萌呢，也是有丈夫有孩子的，她的儿子大家没见过，孝顺女儿石小力，美丽家园养老中心的人们都见过，是个知书达理、彬彬有礼的女子，有时候来她还带着自己的儿子，小孙子朝着徐蓓萌"外婆外婆"地叫得很欢。

双方都有配偶、都有自己的家庭，怎么能相爱呢！

故而他俩明显比其他老人接触多时，就有人私底下议论了：

"瞧这一对儿，谈起恋爱来了。"

"相互谈得来，多谈谈有啥不可的？"

"总盯着一个人谈，就不可以，要注意自己的身份。"

"啥身份，都是人嘛！都有七情六欲。"

"这不假，可他们这一对儿，男的有妻子，女的有丈夫，就不能过从甚密，不能过于亲热。"

"谁定的规矩？"

"没人定规矩，法律定的。"

"法律，法律定了，社会上那么多人婚外恋，管住了吗？"

"社会上没管住，美丽家园应该管，这儿是养老中心，是颐养天年的地方，美丽家园，啥都应该是美的。"

"你说他们这一对儿不美吗？我看着蛮般配的。"

"哎呀，家家都有一本难念的经，管那么多闲事干吗？他俩爱多待待，就多待待，又出不了啥事。"

…………

议论得颇为热烈，但往往没个结果，发议论者也仅仅是说说而已，并不指望有啥结果。事情往往以各自挥挥手，回自己房间休息为结局。

但是发展到徐蓓萌在苏彧的房间里留宿，美丽家园管理层随即就知道了。客房经理吴秀芳听值班服务员纪娟一报告就问：

"你看见了？"

"不止我一个人看见了。"大学毕业，还没成家的纪娟一说这事儿还有点难为情，脸都涨红了，她正处热恋之中，男友吴潮海经常向她表示出这方面的要求，她死活不答应，也不给他创造这样的机会和条件，她情愿和他多逛街、多看看演出和电影，就是没答应和他一起去旅游，离上海很近的杭州、苏州、无锡，她都坚持当天去当天回来，不住旅馆不过夜。人们都说处于他们这个年龄段的青年男女无忧无虑，处在恋爱时期，是最幸福的。纪娟却觉得恋爱甜蜜是甜蜜，却也有无尽的烦恼。吴潮海因为她不答应他，每一次都戒备森严，还对她发脾气，表示不悦、不满哩！说什么，都这么亲密了，还不肯，人家热恋的男女都把这事儿看得稀松平常，唯独她……纪娟无论他说啥，就是不愿意。她也知道，如今社会上的风气，结婚之前住一块的，多了去啦！可她有自己的尊严和原则，也正因如此，吴潮海对她始终迷恋不已。

见吴秀芳陷入沉吟，纪娟也走神了。经理室里一阵沉寂，室外刮过一阵秋风，飒飒发响，雨下得小一些了。吴秀芳抿了一下嘴，问：

"你们能确定，徐蓓萌在苏彧的房间里住下了？"

"苏彧房间闭灯一个多小时了，之前到他屋里的徐蓓萌没出来过。"

"你们盯着人家呀！"

"是值班服务员说的。"

"也许人家走出来时，服务员没看见。"

"不会。听了服务员报告，我还让另一个人去看过，徐蓓萌不在她自己的房间里。"纪娟办事一贯细心，要不也不让她担任值班长了。

"现在呢？"

"现在……"纪娟在揣摸吴经理说这话的意思，现在她最想知道的，是该怎么办？几个服务员小姐热闹地议论时，说的主意多了，有的说打电话进去，有的说事后劝止，有的说睁只眼闭只眼，只当没这回事，大事化小，小事化了，有的说别大惊小怪了，只当知道弄堂里有人在轧姘头，谁管啊！背后讲几句闲话算了。是纪娟阻止了大家叽叽喳喳的议论，说这不是一件小事，得马上向吴经理报告。她想吴经理人到中年，经验丰富，一定会有主意的。这阵儿他问现在，纪娟不知道吴经理是想了解此时此刻的情况，还是指现在那两个老人屋里的情况。她迟疑了一下道：

"这会儿服务员还关注着那间房的动静。"

吴秀芳惊讶地问："你们盯在门口啊？"

"没、没有，"纪娟连忙摆手否认："这会儿，大多数客房都熄灯了，哪一间屋的灯亮起来，远远地就能看清楚。"

吴秀芳摆了一下手："让服务员们不要盯着了。除了值夜班的之外，该休息的都休息吧。"

"好的，"纪娟颇觉意外地说，"我回去就吩咐他们。这个……"她是想问，那么两位老人颇为出格的事儿，该怎么说。但她看见吴秀芳蹙着眉一脸为难的样子，没把话说出口。她一贯尊重吴大姐，耐心等着。

"噢，"吴秀芳仰起脸说："这事儿啊，让她们也别聚在一块儿多说了。明天上班，你晚点走，和我一起去给陈主任汇报，请示他该怎么办？"

"好，"纪娟一口答应，"社会上有人说，抓贼要抓赃，今晚上，我们……"

"别多管闲事了！"吴秀芳息事宁人地说，"今晚上安心休息。"

"那万一事后说起来，人家不承认呢！"纪娟一脸认真地提醒吴经理。

吴秀芳笑起来，这姑娘，做事太认真，毕竟年轻啊！她乐道：

"哪会啊！纪娟，都是一把年纪的人了。再说……不说了吧！你放心，养老中心会认真对待这件事的。我们要做的，就是如实向陈主任汇报。"

美丽家园养老中心主任陈琦天天上班都西装革履，头发梳理得一丝儿不乱。人们说他是"海归"中的才俊，两口子都在澳洲及世界各地考察过各种各样养老项目，有超前的养老观念和意识，想在中国上海这样一座最先进入老年社会的大都市里，闯出一条既有超前的养老意识，又符合中国国情的养老之路。干出一番事业来。

他在主任办公室里听完吴秀芳和纪娟的详细汇报后，一只手搭在办公桌上，一只手里捻着一支铅笔，赞扬道：

"你们处理得不错。"

他的目光落在纪娟年轻端丽的脸上，表示这是对她的肯定，继而又把目光扫到吴秀芳略显丰腴的脸上，意思是她做得也很好。继而道：

"两个都是知书达理的老人，都有各自的配偶，到了美丽家园，晚上宿在一个房间里。这还是我们开园以来的第一例吧？"

"第一例。"纪娟见陈主任望着她，连忙答，"之前从来没发生过。"

"黄昏恋在上海400多万的老年群体中，很普遍。也引发不少故事。”在其他敬老院和养老单位工作过的吴秀芳道，“但是像苏彧和徐蓓萌这一对，双方各自有配偶，无所顾忌地相好并发展到昨晚那一幕，是第一例。”

陈琦点着头道：“是特例。”

纪娟和吴秀芳不约而同地望着陈琦，她们觉得陈主任如此表态，接下来肯定要说出该采取啥措施了，或劝告、或制止，或……

但陈琦没有这么表态。他搭在桌上的那只手，轻轻在桌面上急速地叩击了几下，说：

“是他们不懂得婚姻法吗？是他们没察觉美丽家园上上下下都看出他们平时十分亲密、形影不离吗？”

“他们肯定晓得，”纪娟有把握地说，我还听到其他老人，调侃他俩老在一块儿散步呢！”

“可他们我行我素，不因为有议论，就收敛一些。”吴秀芳补充道，“大家见怪不怪，懒得议论了。”

纪娟道：“有小服务员说，他俩是感情冲昏头脑，一对年轻人，在同一单位里相恋，上班时间还懂得克制呢。”

“所以呀！”陈琦的右手做出一个下结论般的手势：“这里面肯定是有原因的。”

吴秀芳和纪娟不约而同闭了嘴，她们知道，陈琦主任这么讲，下面就要问是什么原因了。而原因，凭她二人的年龄和对二位老人的了解，她们还真说不全。

见她俩一时没了话，陈琦微笑着问：“你们说，是不是？”

吴秀芳点头，纪娟瞥她一眼，也点点头，“嗯”了一声。

陈琦仰起了脸，眨巴着眼睛，自言自语般对她俩道：“苏彧是名人，在他的那个专业领域和社会上，有一定影响。我们也知道一点他家庭的具体情况。那位女士徐蓓萌呢，你们了解吗？”

纪娟显然不大了解，她把脸转向吴秀芳。

吴秀芳没把握地说："只知道她丈夫仍活着，在家待着，听说……"

陈琦一个手势阻止了她说下去，道："不要听说，我现在要的是，实打实的情况，出了让美丽家园传播得纷纷扬扬的老年恋情形，我们首先要做的是，尽快地了解清楚两位老人为啥会这么相恋。吴秀芳，你现在放下手头的一切工作，要把徐蓓萌的个人及家庭详情，冷冰冰的表格里不能反映的配偶及子女情况，弄清楚告诉我。"

"明白。"吴秀芳一口答应。

"同时关照美丽家园所有的工作人员，首先是你们服务客房的人员，"陈琦对二人道，"不要议论这件事了。"

"是。"纪娟嗓音亮亮地答。陈主任的决定，颇出她意料。

徐蓓萌的家庭情况，就是一个情节曲折的故事。

人们只知道她家平反得很晚，人们只知道她婚结得匆匆忙忙，嫁给了和她极不般配的丈夫石新武。那样粗俗的一个男人，是用啥征服了如此美貌的一个小姑娘的？和她同时代的过来人稍稍了解一点，"文化大革命"中她家先被贴过大字报，把她父亲的名字打上黑叉叉，公寓楼里的老邻居依稀还记得，那大字报上给当年工资很高的她父亲安的罪名是"特务""间谍"，比起"走资派""修正主义分子""历史反革命""地主婆""臭资本家"这些罪名来，"间谍""特务"给人的印象更加可怕一些，人们不能想象"修正主义分子""黑帮"的具体模样，"特务""间谍"的形象，反倒能从以往的电影中看到很多的。随后她父亲就被逮走了，有的说是弄去关了"牛棚"，有的说是逮捕了，还有的笼统地说是吃官司了。不等她妈妈去打听明白，她们母女俩自顾不暇了，她们被扫地出门，被从有煤气、有卫生设备的公寓楼里赶到了破旧石库门房子的亭子间里相依为命。"煤卫齐全"是上海人那些年里对生活条件优裕的家庭的尊称，小蓓萌家再也享受不到这样的生活待遇了。父亲不知去向，以往依靠父亲每月280元高工资专心在家相夫教子的母亲只能走出家庭，去里弄生产组监督劳动，和弄堂里那些在1958年、1959年大跃进时期走出家庭的妇女们一起，去捡铁钉、螺丝帽，那双本来每天空闲下来在公寓里弹奏钢琴的手，让机油和铁丝染得又粗又黑，有着"里通外国"嫌疑的"间谍""特务"父亲工资从被逮走之后就停发了，母女俩只能靠每月从里弄里生产组领到的二十几元生活费勉强糊口。

从小容貌出众的蓓萌头上就顶着特务的女儿、间谍的臭小姐的帽子，在弄堂、学校一片歧视的氛围里长大。母亲叮嘱她最多的，就是她得少说话，不要理睬任何人的谩骂、议论，指指点点，要本着"吃亏就是便宜"的道理，夹紧尾巴过日子。就是人家咒骂你、推搡你、吐你唾沫，你都得忍着，躲开是福、躲不过就逃，少惹是非。

只有关紧了亭子间的门，妈妈才会压低了嗓门对徐蓓萌说：你爸不是特务，不是间谍，只不过他留过学，技术上过硬，拿着高工资，当高级职员、高级工程技术人员，有一份保留工资，还有你爸的弟妹都在美国，人家怀疑他和你的叔叔、嬢嬢经常通信联系，泄露机密，才会说他是特务、里通外国、间谍，全是瞎三话四，你不要信！你爸总有一天会平反的。

徐蓓萌在怯弱、沉默、树叶子落下来都怕砸破头的谨小慎微中一天一天长大，她相信妈妈的话，相信曾经那么溺爱她的父亲是个好人。但是她没有等到父亲的平反，等来的只是一份冷冷的通知：父亲已经畏罪自杀。

他究竟是如何死的，死了魂归何处？母女俩一无所知，母亲被这个消息击倒了，一病不起。躺在亭子间的木板床上，妈妈望着她，哀叹着说："看样子，你中学毕业，也只有下农村的命了！"

这一次妈妈没有说准，徐蓓萌没有到上海郊区的农村去，她中学毕业那年，"四人帮"覆灭了，她前一届的学生还有被分到大丰，分到崇明和市郊奉贤、南汇农场的。到她毕业，国家不再上山下乡了。

她进了工厂，和前几届学生相比，她是幸运的。躺在病床上奄奄一息的妈妈又提起了爸爸平反的事儿，那两三年里报纸上天天在登平反昭雪的消息，"推翻一切污蔑不实之词"是报纸上出现频率最多的词眼。妈妈双手颤抖抓着报纸，读报读得泪花儿抹拭不净。她总在喃喃自语，"你爸也是被污蔑的"，是她说得最多的话。徐蓓萌也在等待，她按照妈妈的吩咐给爸的单位里写申诉信，她听说高考恢复，还想参加应届生的高考……

一切都被谁都没有思想准备的婚礼打破了。徐蓓萌说她要结婚了，要嫁的是比他大十多岁的老师傅石新武，据说此人根红苗正，响当当的工人阶级，在厂里还是工会小组长。没有人猜得到相貌、年龄、看啥都不般配的这一对是怎么好上的。幸好徐蓓萌进厂当的是普通工，没有三年学徒期，她进厂刚刚满一年，就和石新武成了夫妇。婚后十个月，有的人说不到十个月，女儿石小力就出生了。

有人窃窃私议，说徐蓓萌是未婚先孕，在那个年头这可是件没面子的丑事，为遮丑，她有了身孕就匆匆忙忙领了结婚证。

女儿生下来了，婚也结了，厂里、弄堂里也没人说三道四了。

徐蓓萌的父亲最终还是平反了，不过那已经是1980年代，她在美国的叔叔和孃孃回上海来探亲之前两个月的事儿。可惜，这一切对徐蓓萌的妈妈已经没啥意义了，厂里来家里宣布平反昭雪，推翻"造反派"当年硬栽在她父亲头上的一切污蔑不实之词，妈妈已经除了淌眼泪，一句话也说不出来了。她好像早就知道这一天会到来，她好像一直在等待这一天的到来。等到这一天来的时候，她淌下了眼泪。那几滴泪水溢出眼眶，在妈妈满是皱纹的脸颊上凝固般停留着时，糊满了眼泪的徐蓓萌一只手慌张地抹着自己的泪，一只手忙乱地伸过去替妈妈把泪水抹去。

半年之后，在终于见到了美国回上海来探亲的弟妹两家人，也就是徐蓓萌的叔叔和孃孃之后，妈妈离开了。

这以后，在人们的眼里，徐蓓萌和她丈夫石新武就拉开了距离。徐蓓萌先是靠上夜大，读出了大学的文凭，继而离开了车间，被公司聘去当技校教师，没几年又调到局里的正规专业学校，当上了老师。无论她走到哪儿，都受人尊敬。无论是她得体的衣着，还是她端庄俏丽的容貌，都显示出她是一位有教养的、品位甚高的女士。尤其和她接触，言谈举止，音容笑貌，都给人一种舒适的雅致的且有尊严的感觉。这固然是自小父母的教育。还有未经证实的传言说，除了父亲平反发还的工资和家庭积蓄之外，第一次从美国回来的叔叔和孃孃，听到哥哥已被迫害致死，嫂子又重病在床，临别之际给徐蓓萌留下了不菲的一笔钱。这使得徐蓓萌一辈子，能过上衣食无忧的安定生活。这也是徐蓓萌在气质上总给人以从容不迫、颇有一般女性少见的雍容华贵之态的原因。

　　和徐蓓萌相比，她那粗俗的丈夫石新武则在"文革"之后每况愈下，先是他那造反上台的亲戚被清除出领导班子，他的靠山倒了。继而他依仗亲戚的权势在厂里获得的那点儿小权力随之被抹去了。虽然只让他进了一阵子学习班"讲清楚"，没给他戴上"三种人""打砸抢"的帽子，但他被重新分到了规规矩矩干八小时的劳动岗位上。对一般工人来讲，这不算个什么事儿，厂里职工也没怎么歧视他。但对从进厂开始就自由自在、没好好干过活的石新武来说，就感觉苦不堪言了。他的烟越抽越多，回到家不是和人打牌、搓麻将、赌钱，就是喝闷酒。本就文化不高，技术上又没点儿特长，能偷懒则偷懒，到工厂转制时，他就成了第一批"下岗工人"。回到家中，一个中年男子，街道居委会也曾给他推荐出去干过协管员、保安、值班的活儿，他不是嫌这活儿累，就是发牢骚那活儿太"闷"，干下去要发神经病的，最长的一个活儿只干了半年，其他活往往去干了两三个月，就被人找个理由辞退了。好在徐蓓萌管着家中的经济大权，不要他上交下岗工资，还负责他的一日三餐，他赚得多，烟抽好点、酒喝得好点，赚得少，烟酒就低档一些，每个月有一份下岗工资，他也颇觉自得其乐，逍遥自在。未经证实的传言说，徐蓓萌娘家的钱，尤其是海外叔叔孃孃给的钱，都是有言在先定下规矩的，不但石新武没资格染指，连那些钱究竟有多少，他都不知道。喝醉了酒他发牢骚："妈的，我老婆一手遮天，掌着大权。我哪晓得有多少钱呀！"

酒肉朋友逗他："夫妻夫妻，有共同财产，她的钱有你的一半。"

"一半个鬼！"石新武瞪大双眼，涨红了脸道，"徐家人精得很！美国亲戚回上海时，送的钱都去过公证处。没老子的份儿。"

最让人没面子的是，就是整天混在小区棋牌室里，下下棋，打打牌，小赌赌，他都经常会跟人吵起来，掀桌子、骂人，尤其是喝过酒，常常同人闹得不可开交，弄得人家不愿和他玩。他自个儿也极为没趣。

连女儿石小力，都看不起他，高中时和同学说，我妈怎么会嫁给我爸这种人？

现在小力长大了，不会再说这种话。但女儿对她的父亲，自始至终采取一种避而远之的态度。

什么预兆也没有，石新武那一晚喝得烂醉如泥，被两个狐朋狗友送回家门前，躺在门口半天没动静。母女俩见他半夜未归，打他的手机，才发现手机在房门前响，打开房门，只见他把门前的脚垫都吐脏了，满是难闻的污秽物。母女俩费了老大劲儿，才把他架回床上躺下。

第二天一觉睡醒，他起不了床了，半边脸是僵的，一对大眼睛骇人地鼓出眼眶，自己在床上翻不了身。

叫来了救护车，送进医院抢救输液，又吃药又打针，命是捡回来了，落下半身不遂。病因也很简单，长期无节制地酗酒，导致血管堵塞和由此带来的多种疾病，人们只觉得他的头仿佛胀大了，半片僵滞的脸颊往下耷拉，非得撑一根拐才能扶着墙行走，人胖得和原先完全变了个样子。又臃肿又迟钝，勉强走动一步都会引得路人侧视。

但他能吃、能睡，食量还很大。医生警告他，严禁喝酒，他还要偷偷地抿上一口过过瘾。为此徐蓓萌没和他少发生过争执。拌嘴不算，他还要抡起半边能动的胳膊打人，一个巴掌能把徐蓓萌打得脸上现出五个手指印，眼冒金星。有时候没拌嘴，是他口齿不清，徐蓓萌根本没听明白，他就认为老婆嫌弃他，故意不理他，怠慢他，不把他当回事儿，也会跺着拐杖发怒吼人。

自从面瘫之后，他说话总像嘴里含了一只大橄榄，含含糊糊的，一边费劲地说，一边嘴角往下淌口水，让听他讲话的人不忍看着他。他一发声，你听他讲话，又不望着他，他就觉得你不尊重人，就来气，越生气越讲不清楚，口水滴滴答答往下淌。

这一天他不知让徐蓓萌要拿个啥东西，徐蓓萌没听明白，走近去还想细问他要什么，他抡起拳头，一拳头打过来，把徐蓓萌劈面打出了鼻血，猝不及防地跌倒在地，他支起身子，抡起拐杖，还要打老婆。

徐蓓萌受不了啦，石小力把父亲一顿训斥，断然下了决心，让母亲住进养老中心，专门为父亲请了个护工，这个护工什么事儿也别干，就为石新武准备一日三顿饭，管他吃饱了，收拾完碗筷洗涮后就走人。尽管工资开得高，一天做三顿饭管他吃饱，人家护工也有不干的，都换过两个了。最近，又找了个安徽六安农村新来的中年妇女，相对平稳些，没听她说要吵着走。

"情况就是这样，"吴秀芳把花一周时间，去徐蓓萌家所在的街道里弄、周围邻居处摸来的情况，翻着一个小本子，尽可能详尽地给陈琦主任作了汇报，见陈主任只是点了点头，没吭气儿，她又轻呼了一口气，以沉吟的口吻道："不去了解不知道，真正晓得了徐蓓萌的婚姻家庭情况，我还真是对她充满了同情。"说着垂下了眼睑。

陈琦的脸朝着自己办公室的一角，眼神转过来，询问似的瞅着吴秀芳，"嗯"了一声。

吴秀芳知道陈主任想了解她的态度："你想，像徐蓓萌这样一个有素质、有品位的女性，肯定也是有思想、有感情追求的。丈夫是这样一个人，他们之间，会有什么感情？"

"是啊！"陈琦赞同，"这种婚姻简直是时代的悲剧。"

"况且，"吴秀芳接着道，"我问下来，徐蓓萌丈夫发病，也不是一年两年了。"

"有几年？"

"前前后后，从他下岗、性格越变越古怪，到他病成现在这个样子，十几年了呀。"吴秀芳以她女性的细腻扳着手指头说，"他们之间，可以想象的，夫妻生活肯定也早就没有了。"

"你的意思是……"陈琦把脸转过来，望着吴秀芳道，"尽管说，我们探讨一下。"

吴秀芳淡淡一笑，仰起脸说："徐蓓萌进了美丽家园，接触到苏彧这样一个有修养、有水平、有文化内涵的男子，彬彬有礼、温文尔雅、知书达理，我们养老中心开办了人文讲座以后，他的课又充分显示出才华、博学、睿智，连我们在旁边听课的姑娘们私底下讲疯话时，都还说，他要是年轻些，我都愿嫁给他。你想想，徐蓓萌能不动心吗？"

"你是说……"

"我是说，苏彧很可能是徐蓓萌心目中多年存在着的一个影子。一个理想伴侣或小姑娘们常说的白马王子。"

陈琦双手一击掌："一个有共同语言的、心仪的男子。我同意你的分析，而徐蓓萌呢，她的形象我们都看在眼里，素洁、温馨、雅致，给人以赏心悦目之感。一点也没我们看惯了的家庭妇女的俗气。一句话，处于长期没人悉心照料的苏彧苏教授，缺乏温馨和女性的关怀，对徐蓓萌也是一见倾心。"

"是啊！"吴秀芳由衷地说，"这还真不是逢场作戏，是真正的老年爱情。如若他俩都没有家庭，旁人看看，还真是天造地设的一对儿。"

"现在的问题是，"陈琦判断着说："情况基本摸清楚了。唯独不能让人理解的是，当年，徐蓓萌一心向往着去学习深造，'文革'已经结束，对她的压制和束缚比原先好多了，她为啥又会突如其来嫁给和她的家庭极不般配的石新武呢？"

"问题就在这里呀！"吴秀芳也蹙着眉，双手一摊道，"无论是我找到徐家老弄堂的邻居，还是他俩原先工作过的那家厂的同事，大家讲到这一点，都表示是个谜。当年众人就不解，现在就更说不清了。唯一的解释是，未婚先孕了、生米煮成熟饭了，这是当年出了事儿最常见的说法。"

陈琦离座站了起来，在办公桌旁走了两个来回，双臂交叉着思忖道：

"我觉得，这里面还是有原因的。在这个原因没有搞清楚之前，我们还是别在美丽家园说三道四，你关照下去。"

吴秀芳点头："行。我会把陈主任的话传达给几个组长的，让她们给小姐妹和志愿者们打个招呼。"

陈琦走回自己的座位前，并不入座，双手撑着办公桌面道：

"想想办法，还是得弄清楚一切真实情况，我们才能找到妥善的处理办法。"

吴秀芳凝神瞅了陈琦一眼，只是"嗯嗯"地答应着说，如果陈主任没其他事儿，她就去召集组长们打招呼了。心里面，她吃不准陈主任确实是想了解详情呢，还是以这个理由在拖延，内心深处并不想认真地处理苏彧和徐蓓萌这一对老年婚外恋的行为。

其实吴秀芳也不想管这种风流事儿，要不是她处在这么个客房经理的位置上，在美丽家园负一点责，听到这类事儿，淡淡一笑也就过去了。若要她表态，要她对苏彧和徐蓓萌采取措施，她也想不出招儿啊！她能怎么办？找二位老人谈话，用法律规范他们的行为？她相信，连现今的法官，拿到这类案例，都得议了又议，讨论上半天的。不过，陈主任既然发了话，她总得把他的意见，传达给几位小组长。之所以没采取召集全体服务人员开会的方式，她知道，一旦当众这么说，小姐妹们肯定会当场炸了锅，叽叽喳喳说得更为热烈，事儿反而会越闹越大。

果然如吴秀芳心里所判断的，陈琦主任的意思可以往下传达，小组长们同样也会照此意见给自己班组的小姐妹们说。但这不过是主任的意见，又不是保密条规。表面上，服务员小姐们是不再七嘴八舌地公然议论这件事了，私底下，交头接耳、窃窃私议得却愈加厉害了。

"有啥不可以讲的？他们两个老的能做出来，我们讲一讲也不行吗？"

"是啊！拖下去也不是事啊！上班时不让讲，下班回了家，还能管住我们的嘴？"

"就是嘛！眼开眼闭拖下去，要出问题的。"

"传出去也不光彩呀！我们是美丽家园，不是随随便便提供婚外恋的地方。"

"人家会以为，只要有铜钿住进美丽家园，老年情侣就能自由自在，为所欲为。"

"嘘！陈主任不让多嘴，就是要维护美丽家园在上海滩名声啊！"

"我们的口碑一直是蛮好的！"

"可你们看看，有了开头，这一对儿，天天晚上都在一块儿住呢！"

"是啊！像新婚夫妇度蜜月，如胶似漆，形影不离啊！"

"嗨……这种事像传染病一样，会传开的，你们没看到，那些丧偶的，独身的男女，原来顾忌子女的反对，只是暗中传递情愫，偷偷摸摸地在一块儿多待待，现在，两位老人手拉手散步，并肩坐着晒太阳，一起搀扶着到小河边散步，已经成为美丽家园里一道风景了！"

"你说这种现象是好还是不好？是喜还是忧？"

"我看着蛮和谐的。"

"我觉得此风不可长。"

"我们陈琦主任，夫妇俩都喝过洋墨水，吃过洋面包，思想开放，他不是说，他和妻子交换过意见，觉得没有必要干涉黄昏恋，这有利于他们的身心健康嘛！"

"我看看，阳光之下一对对老年情侣相濡以沫的身影，也感到不必去打扰他们。"

"真的，你们看嘛！苏彧和徐蓓萌这一对儿，气色更好了，精神更抖擞了！眼睛里更有神采了，整日里相敬如宾的模样，完全沉浸在热恋之中。"

"确实是的。"

…………

正是热恋。

从未体验过的热恋，从未享受过的幸福和陶醉。徐蓓萌做梦都没想到，步上晚年的门槛，走过人生的秋天，她还能明白，爱情是如此美好，情爱和性爱是如此让人沉醉和欢悦，生活会呈现如此灿烂美好的一面。

那个雨声淅沥的夜晚，当她躺在苏彧怀里的时候，她还有些颤抖，有些羞惭，有点儿不好意思，慌得心怦怦乱跳，脸都涨得滚烫滚烫，比喝多了酒还要惶惑不安，还要不知所以。她甚至觉得发高烧时脸颊也不会如此发烫。

毕竟这是出轨，这是人们常说的偷情，这是她隐忍了一辈子都不敢逾越的雷池。年轻貌美的时候，是因为社会的舆论和周围的环境，她一次又一次地压下了自己想离婚的愿望，人到中年的时期，社会风气是开放了，离婚也逐渐由原来被人们大惊小怪而变得司空见惯，她又因为顾忌女儿小力的感受，小力的成长。更为主要的，无论是青春时代，还是人到中年，石新武都像会窥探得到她心思一般，借着酒性，对她发出一次一次令人心惊胆寒的威胁，逼使她在情感生活中总是处于一种受压抑的窒息状态。以致她这一辈子，从备受屈辱的第一次到以后漫长的人生，从来也没感受到爱的甜蜜和性的欢悦。相反，反而形成了一种对男性本能的排斥心理。不仅排斥石新武对她的一次次性要求，即使在日常生活中，在和异性的交往中，她也会有意识地回避和转移男子投射到她脸部和身上的目光，她会从说话的口吻到肢体的动作都显示出拒人于千里之外的冷漠态度，她的脸部神情都会给人以淡然冰冷的感觉。久而久之，青年时期有人背后会说她是个"冰美人"，中年时代人们甚至当面说笑时，讲她不苟言谈。她也把自己的感情世界，封闭得紧紧的，以显示她淡漠孤傲的尊严。

女儿小力安排她进入美丽家园养老中心，走出了氛围如同囚笼般的小家，摆脱了整天必须面对的石新武那张"欠他多还他少"的脸，她顿时感觉到了难得的轻松和快乐，放眼看去，美丽家园的一切都是悦目的。散步的庭园，爬满枝条绿叶的长廊，河边的依依垂柳，典雅精致的小剧院，布置得甚有文化气息的活动场所，窗明几净的教室，设施齐备的锻炼角，既有室外的，又有室内的，都考虑到了老年人各个年龄段的特点和需求，就连庭院中坐下来晒晒太阳的椅子，全设计得特别适合老人。

环境的优雅，伙食的营养搭配，护理和医疗服务到位，还有养老中心请来演讲的各界名士专家，都使得徐蓓萌深感小力事前的考察是细致认真的。当然，这是上海近郊高端的养老中心。他们追求的是陈琦主任所说的：美丽家园的一切，都应该是美好的。

收费也是高的。这一点，对徐蓓萌来说，也无须担心。邻居和同事们都知道徐蓓萌有底子，归还的抄家费用是一大笔钱，美国的叔叔、孃孃初次归国时给她母女留下了一大笔钱。其实，到了今天，当年的这笔钱，都不算啥大钱了，只不过，徐蓓萌利用这最早的两笔钱，购置了房地产开发初期的房产。现在的人们都说她虽是女性，却极具投资意识，经营头脑。夸她能干和目光远大。

其实，就她的人生经历，有什么投资意识啊！她之所以买房子，是怕靠不住的丈夫石新武最终会挥霍到她的这笔积蓄上，她是为女儿石小力着想。

房地产商品化初期购下的房子，很快让她尝到了甜头和惊喜。从中她看出了商机和上海人所说的"赚头"。是尝到了甜头，使得她在之后有意识地开始买卖房产了。

想一想吧，从房地产初期至今的二十来年，上海的房价涨了多少啊！

有的人证据确凿地说涨了二十倍，有的人不去细算，只是根据自己居住的商品房价格，说上涨幅度在十倍是绰绰有余的。

在限购之前，徐蓓萌所有的心思，除了本职工作之外，都花在了这一件事情上。她赚了多少钱，唯有她本人清楚，女儿石小力心里有点数，猜得出个大概。

也正是这样，她才会有众人不约而同感觉到的雅致而有尊严的风度，才会身心无忧无虑地步入晚年的门槛。

回味人生，她这一辈子，唯一欠缺的，就是真正的爱情了。

她怎么也没有想到，在迈入美丽家园养老中心准备安度晚年时，爱情以一股狂烈和凶猛的势头闯进了她的生活。

一切都始于那趟散步，徐蓓萌和苏彧在午后三四点钟的美丽家园边聊天边信步走着。他们相互之间十分谈得拢，从读过的古代诗词，谈到了相互之间的人生经历和个人命运。是徐蓓萌不经意的一句问话引出的："你的事业如此成功，怎么会一个人，住进美丽家园里来呢？"

"家家一本难念的经啊！"苏彧轻叹一声，她紧了嘴，没有往下说。

轻风拂来，送来阵阵花香。也许是感觉到了自己这么说，有点不知所云罢，苏彧手一指养老中心的环境："你看，这里多好，远离尘世的喧嚣，避开了琐事的烦扰。一切都是美的，你住进这儿，不也因为有此因素吗？"

他转过脸来，瞅了徐蓓萌一眼。

徐蓓萌眼前晃过石新武那张病态的脸，嘴角的唾沫，和他吃剩下的肮脏的碗和盘里的骨头残渣。她点头道："确实，付出不菲的代价，繁琐恼人的家务和干不完的俗务，都躲开了。"

步道旁的绿荫丛中，一棵枝丫虬曲的老树自上而下披挂着巨大的黑色网罩，连接树根处的粗壮树干被稻草绳包裹起来，横生出来的光秃秃的几根树枝上，醒目地垂吊着一只一只输液的瓶子。尽管采取了抢救性的保护措施，老树的枝头上还只是长出几片稀稀拉拉的叶子，和它身前身后的那些枝繁叶茂的伙伴相比，完全是一副奄奄一息的病态。

苏彧手指着这棵树，对徐蓓萌道："你看！"

散步时候常走过它，徐蓓萌已然熟视无睹，她说："入院时，客房吴经理给我们介绍，这是一棵有百年树龄的古树，花几万块钱买来的，为的是给美丽家园所有的新绿化增添一景，谁知，它一天不如一天，不得不使养老中心请来专家，对它输液抢救。现在看来，效果不佳。不少人说，熬不过今年冬天，它就枯死了！水土不服吧。"

"是啊！"苏彧叹息一声，道："我的妻子庄建羽，病入膏肓，现在就是这副模样。"

徐蓓萌愕然。微张着嘴，一句话也说不出来。半晌，她才冒出一句："不是听说，她只是抑郁症吗？"

"严重了，"苏彧挥挥手："最近两次，小蕾来看望我时，说她妈妈已躺倒在床，时而认得清她是女儿，时而连她是女儿都辨不清了！"

那你为啥不回去照顾她？徐蓓萌这句话到了嘴边，却不知为什么，没说出口。她想到了自己的家，人家同样问她呢？她如何作答？这家务事，惯常的伦理，人的情绪，如何讲得清。

她把目光投向远方。有两只蝴蝶，在绿荫花丛中追逐飘飞。庭院设置在隐蔽处的喇叭里，播放着轻柔舒缓的音乐，是一支小夜曲。

苏彧接着道出一句："我们的夫妻生活，从她发病至今，停止整整十多年了。"

苏彧的声气很低，低得只有和他并肩走着的徐蓓萌才听得见。

但是声音传进徐蓓萌的耳朵里，却犹如晴天霹雳。徐蓓萌惊惧地瞪大了双眼，这怎么说的就像她一模一样呢！半身不遂瘫痪在家的石新武的体态、身影、脸相不断地在她眼前晃过来掠过去。她，她和他，不也同样嘛，他们夫妇之间，也足足有十几年没有同睡在一张床上了，她曾经为摆脱了和他睡在一起而感觉庆幸，感觉解除了负担，感觉终于甩脱她厌恶的性而痛快地喘了一大口气。听了苏彧的话，她震惊得不知所以。他说这些话，是个啥意思呢？

苏彧轻叹道："草木一秋，人生一世。人和草木终究不一样，人是有感情的呀！没有感情，没有爱的生活，是不道德的、不可忍受的，是一种罪孽。"

说到这儿，苏彧停顿了一下，转过身子来，双眼灼热地望着徐蓓萌，温存地问道：

"你说呢？"

徐蓓萌的双眼一接触到他明亮的目光，连忙习惯地垂下了眼睑，心怦怦地跳荡着，不知如何答复。天哪！她只是逃避，只想尽快摆脱厌恶至极的石新武，她只认为结束这段噩梦般的婚姻就是上上大吉。她从来没有想过要开始一段新的感情生活，从来没有想过要打开多少年里紧紧封闭的感情窗户。现在有人在窗户上叩击了，现在有人要从外面把她的窗户打开了！她怎么办？

她只觉得手足无措，觉得六神无主，觉得惶然恐惑。尽管不敢回望他的凝定的眼神，她知道他仍固执地盯着她。她不由自主无言地摇摇头。脸色也变了。

他的声音却在她的耳畔响起："我们这一代人啊，自小接受的是正统的、正面的、正规的礼教般的教育，从来把爱情看得十分神圣，总是害怕从四面八方投射到我们身上的目光，唯恐引来风言风语、流言蜚语和各种各样的议论，就是没有想到自己的切身体会、感情要求，就是没有想到人人都有爱和被爱的要求和欲望，就是没有想到爱和被爱是人生而俱来的权利。"

她朝着他仰起了脸，脸上绯红一片，她想阻止他、让他别说了。可是一眼看到他脸上真挚的表情，望见他真诚而热辣辣的目光，她的心里什么东西融化了，一句话也说不出来。

他接着道："开放了，世界变得绚丽而又多彩，我们却老了，如若我们再顾忌这顾虑那，我们也会像这棵有药也救不过来的老树一般……你想想我的话吧，静下心来，好好地想一想。"

说着，他像对一个老朋友般拉起她的手，把另一只手盖在她的手背上，轻轻地摩挲了几下，而后松开双手，转过身，迈着轻捷的步伐快疾地走开了。

徐蓓萌望着他的背影，离她渐渐远去。她伫立在原地，一动也不动，脸上露出怅然若失的神情。他没再回头，转过弯去，不见了。

徐蓓萌觉得，自己多年来封闭的、不对任何人敞开的心灵，被一双有力的大手，捅开了窗户。

他们仍像以往一样接触着，共同走进餐厅用餐，步入剧场看演出，到教室里听课，在一起交流读书心得，看不出任何的变化。苏彧再没对徐蓓萌提起那次散步讲过的话题，探讨他俩之间的感情关系。徐蓓萌更似啥事儿也没发生一般，坦然平静地度过美丽家园里按部就班的一天又一天。

唯有他们的内心深处明白，他们之间的关系，已经有了一个质的转变，一个不言而喻的心心相印。

直到那个有点儿凉意的雨夜，徐蓓萌响应了苏彧的提议，在他的客房里留宿。

苏彧害怕惊着她似的轻吻着，双手柔柔的让人不易觉察地抚摸着她的身体。她蜷缩得紧紧的，使劲地往他的怀里偎依着。

噢，他的拥抱是如此温柔，他的吻是如此有滋有味，他的摩挲令她的身体、令她沉甸甸的乳房感觉到如此地陶醉，使得她的身心里油然而升起一股欲望，从未有过的强烈的欲望。贴着他、委身于他、向他献身的欲望。

她自己都感觉不到的轻声吟唱般哼了起来。她的低吟轻咏使得他的动作有了力度。她的乳房有感觉了，她的双肩和腹部有感觉了，她的背脊上更有感觉了。那是从未有过的舒服和陶醉。那是晕晕乎乎、飘飘悠悠欲仙欲死的甜蜜和快感。那是、那是那是……

徐蓓萌只觉令人舒爽的风儿在轻拂，随风飘来的，是万里蓝天上的白云，她犹如飘飞在那白云之上，轻盈地穿越于城市和乡村的上空。大地是如此宽广无垠，峡谷是如此深邃幽长，高原是如此无边无际，阡陌纵横的原野上，丰收在望的庄稼随风摇曳。那是啥，是淙淙潺潺的山泉，是顺着山坡淌下的清澈的溪水，溪水里有鱼儿在游弋，她在那晶亮的溪水中泼打着，溅起一片片水花，在阳光里闪烁着，闪现出万千银色珠玑。

她只觉得，整个世界都消隐了。她的意识里，只剩下了亲爱的苏彧。

他是她的唯一，是命运赏赐给她的男人。确实是晚了一点，可如果没有，她的情感世界里，就什么色彩也没有。

第二天醒来时，她亲昵地偎依在他的肩头，双手生怕失去他一般搂着他，耳朵却在倾听他平缓而有节奏的心跳。

睁开眼，他在她耳畔说出的，是发自肺腑的一声感激：

"谢谢你。"

她稍侧过身子，抬起头瞅了他一眼，看出他的神情是真诚的、由衷的。

她又躺下去，在他裸露出被窝外的肩膀上轻抚了一下，回了他一句：

"怎么办？我离不开你了。"

周末，女儿莹莹在小区里玩。苏小蕾斟了一杯咖啡，端给正在电脑前准备一份发言稿的耿巍，明天他要主持由处里承担的一个会议。耿巍闻着咖啡浓郁的香味，道了一声谢，突然冒出一句：

"有时候，老人也会为感情昏了头的。"

苏小蕾觉得耿巍这句话没头没脑，不由停下走出书房的脚步，转过脸问：

"你这话什么意思？"

耿巍笑了，对小蕾道："你没听说吗，一对退了休的夫妇，在我们小区生活得好好的，一道出去买菜，一起跳广场舞，还参加社区里组织的古筝班，什么预兆也没有，突如其来的，男的失踪了！"

"去哪儿啦？"苏小蕾也被丈夫说的情况吸引了，忍不住惊问。

"小区里传得纷纷扬扬，我也是下班回家，推自行车进门时听到的。"耿巍解释道，"惊动大了，妻子不知丈夫的去向，子女也不晓得父亲去了哪儿，亲戚、朋友、同事都打听了，无线索。现在报了警，社区民警介入了调查和寻找，电视台记者捷足先登，根据这个男人平时的表现、交往和他的人生经历，确定了他的去向……"

苏小蕾瞅了瞅耿巍的脸，耿巍的目光游移，她问："这个人能跑到哪儿去？"

"电视台记者采访了和男人一起在西双版纳插队落户的老知青，"耿巍说，"认定他是不声不响去找当年在版纳的情人了！电视台记者也要跟过去。"

"你是说，"苏小蕾沉吟着拖长了语调道，"一个现实版的《孽债》啰？"

耿巍的手一挥："这要等记者把事实真相调查清楚下结论了。小区里讲得太热闹了，说啥的都有。"

对丈夫深有了解的苏小蕾两眼望着耿巍的脸："你总不见得像那些婆婆妈妈一样，也喜欢议论这种花边新闻。"

"是啊，"耿巍低下头，不好意思地笑了笑，"在美丽家园，莹莹的外公，也传出一些……一些你说的花边新闻……"

"有这种事？"苏小蕾的脸色变了。

耿巍的脸转向她，两眼望着她的脸，眼睛也睁大了："你没听说吗？"

苏小蕾太了解自己的丈夫耿巍了，也不知是为了显示他的水平，还是他长期做人的工作形成的习惯，他说话总是远兜远转的，不会给你直奔主题。现在她明白了，耿巍不是对发生在小区生活中的现实版《孽债》感兴趣，他是要通过这件事，引到她父亲苏彧的话题上去。谈恋爱的时候，她为他的这种谈话本领和说话方式入迷，和他在一起，她不需要多讲话，他总有话说，而且说到最后，还总能像揭示谜底一般，道出他的真正意图。作为姑娘的她觉得十分有趣。谈恋爱嘛，总要找些话题来说，可以增加缠绵的时间。到了现在，结婚成家有了女儿莹莹了，苏小蕾觉得耿巍讲话就没必要绕来绕去了，况且话题涉及的是她爸，他的岳父！一个在社会上有点地位和名望的老人，她带点不悦地道：

“为了你的事业，我忙了公司里的事，还得盯着莹莹学习，哪有时间去打听小区里传播的那些消息啊！你听说的是啥？”

“说爸在美丽家园，和一个女伴相谈甚欢，交往得很频繁……”

“哎呀！都一大把年纪了！和一位异性多说说话，有啥大惊小怪的。”苏小蕾有些不耐烦地道，“你也真是……”

“不仅仅是这样，”耿巍正色道，“看得出你是一点没听说，传来的消息是，他不仅和那位异性形影不离地朝夕相处，还搬到一间客房里同居了。”说到最后那句，耿巍的声音都放低了。

“你别瞎三话四，”苏小蕾的脸色变得甚为恼怒，耷拉下眼皮，说话的声音都颤抖了，“妈还躺在床上，活着哪！”

耿巍的身子整个儿从座位上转了过来，面对着妻子，竖起了食指：

“引起小区那些说长道短的，就是这一点！人们在讲苏教授公然践踏婚姻法……”

“你就相信了？”苏小蕾噘起了嘴，不满地道，“议论嘛，都是不负责任的。爸可是知书达理的。”

“话说回来了，”耿巍息事宁人地说：“听到些风言风语，我也在反思，爸一个人住在美丽家园，终究是孤独的。我们是不是有一段时间没去探望他了？我忙不过来，你抽出空，带上莹莹去看看他。”

“你这一说，倒也提醒我了。”苏小蕾接过话道：“自从妈躺倒了，经常认不得熟人，我去看过爸一次，有几个月了。哪怕挤出时间，我也该到美丽家园去一次了。你看着吧，我这一去，谣言就不攻自破了。”

苏小蕾很有信心地笑了一下。

"但愿。"耿巍嘴里吐出两个字，想说的话，又咽下去了。作为丈夫，他是明白的，讲到岳父的不是，小蕾肯定是不悦的。哪怕真是事实，她也宁愿不信。

"这把野火，真是越烧越旺了！"

吴秀芳急得心怦怦跳，丰腴白皙的脸庞都涨红了，在这秋末的凉爽天气里，汗都要急出来了。她沿着长廊迈着快步赶回接待室。那里，苏彧教授的女儿苏小蕾，带着外孙女莹莹，那个可爱的戴着红领巾、左臂上还有三条红杠杠的小姑娘，好不容易挤出时间，来探望他，结果，苏彧不见人影了。哪里也找不到。真是怪事！

苏小蕾是熟门熟路，带着女儿直接走到父亲居住的客房里去的。

门紧闭着，没人应她俩。母女俩找到楼层服务员，服务员认得苏小蕾，应小蕾的要求打开了苏彧的门，房间里没有人。卧室、客厅、自助厨房、连着客厅的饭堂、盥洗室里都没有人，连壁橱门也打开找了，都不见苏教授的影子。服务员请她俩稍坐一会儿等待，只得搪塞说苏教授爱散步和与同住的老人们聊天，他可能在茶室、咖啡厅和人家探讨什么事儿，也可能在庭院里散步，这午后三点过的晚秋时光，阳光又好，什么都有可能的，苏教授说不定啥时候就回来了。

苏小蕾和莹莹在苏彧的房间里待了近一个小时，打手机询问值班室，值班室回话说苏教授常有社会活动，是不是到市里哪个宾馆或大学开会，这是常有的事。

苏小蕾倒没有责怪的意思，她找到了客房中心经理吴秀芳，麻烦吴经理向有关人员打听清楚，父亲究竟去了哪儿？如果确实是到市里开会去了，一时半刻回不来，她和女儿就回去了，下次再来。也怪她自己，为了给父亲一个惊喜，事前没给他联系。令她不明白的是，父亲的手机始终关机，也许他真的外出开会了，不像服务员们起先说的那样，在茶室、咖啡厅、或是散步。

吴秀芳一见苏小蕾找来，心里是紧张的。苏小蕾的话里含有批评他们的意思，管理这么严谨的美丽家园，怎么连老人的去向也搞不清楚，敷衍搪塞、连猜带蒙地乱说一气呢！苏小蕾母女在苏教授客房内待了那么长时间，作为一个细心的女性，吴秀芳肯定苏小蕾已经看见了父亲房间里明显的女性痕迹，去为苏教授客房服务的姑娘们都知道，徐蓓萌的盥洗用具、化妆品、拖鞋甚至外衣，都能在苏教授房间里见到，两位老人一点也不避嫌。连难得去检查客房服务的吴秀芳，进苏教授房间时都看得清清楚楚。作为女儿的苏小蕾，会看不明白？再说，苏小蕾来向吴秀芳询问父亲的去向时，那掩饰不住的脸色，也充分说明了问题。

那种脸色、眼神，是狐疑，是愠怒，也是不解和困惑。吴秀芳意识到，苏小蕾带着莹莹，事前不打一声招呼，就突如其来地出现在美丽家园，表面上的理由是要给外公见到莹莹的一个惊喜，实际上很可能是她在家中听到了啥风言风语。尽管陈琦主任让她给所有的工作人员打了招呼，不要多议论美丽家园苏彧和徐蓓萌这对老人的出格行为了，吴秀芳确实也在会上郑重其事地传达了陈主任的意见了，表面上似乎也起到了一定的效果了，但吴秀芳心里清楚，打招呼毕竟是打招呼啊，那又不是保密协定，不是禁令。回到家里，涉及到老年黄昏恋的话题时，人家还是会讲起的呀！就是她本人，不也把这事儿跟丈夫说了嘛！她都不能保证，丈夫去了单位不给人家说。

这是多么敏感的事情，苏小蕾听到她父亲的这类事儿，是极有可能的。

为此她连忙让接待室工作人员送咖啡和饮料上去，请苏小蕾和莹莹坐下，先喝点水，还特别亲切地问莹莹，是要吃酸奶还是小点心。当莹莹抬起头向她说"不"时，她不由分说地一招手，又让工作人员送曲奇饼和酸奶来。遂而她装作刚听说此事儿，让母女俩在沙发上稍坐，她即刻去问一下。

她作出的第一个决定，是让一个动作麻利的小服务员，赶到徐蓓萌的房间里去，看看苏或是不是在徐蓓萌的房间里。平时服务员们反映，他俩散散步，也会到徐蓓萌房间里，坐下聊半天的。

吴秀芳的第二个反应是，连忙把这事儿向陈琦主任汇报。不巧的是，陈琦主任今天去亲和源养老中心参加高峰论坛了，没在美丽家园。而作为客服中心的吴秀芳，还是头一回处理类似苏或和徐蓓萌这种特殊的黄昏恋，她真怕自己说错话、作错决定。幸好陈琦主任接了她的电话，听完她局促的忙慌慌的叙述，陈琦第一句话就说：

"你不用慌，沉住气。"

"陈主任，你不在，我急坏了！"

陈琦让她不用急，充分听取苏小蕾的意见，尽快打听到苏或包括徐蓓萌今日的去向。据他的了解，两位老人是认真的人，不可能擅自离开美丽家园，据他的判断，只有两种可能，一种是两人兴致所至，到美丽家园附近的小镇上逛老街去了；另一种是徐蓓萌又跟着苏或去出席研讨会和社会活动了，美丽家园给入住的客人们打过招呼，离园回家小住和出去旅游，不回养老中心睡的客人，一定要正式请假，告知去向。而离园半天，或去市里参加活动、应酬的客人，当天去当天回的，则只需给客房服务员说一下就行了。看这情况，再细微了解一下，就容易明白了。

听陈琦主任这么一分析，吴秀芳心安一些了。但她仍打了个电话到值班室，让他们派出一个人，去小镇老街上找找，看苏或和徐蓓萌是不是在逛街。遂而，她正准备召集服务员们到会议室来，打听苏或和徐蓓萌二位有没有给谁打过招呼，离园出门去活动，纪娟脚步匆匆地赶来了，她见了吴秀芳就说：

"吴经理，事儿一多，我就没及时给你说，苏教授和徐老师出门了。"

"去的哪儿？"

"说是盛泽……"

"盛泽？那不是离开上海了吗？"

"苏教授说，这地方在苏州的吴江，是离上海很近的一个镇，连参观带开半天会，吃过晚饭盛泽就负责把他和徐老师送回来。"纪娟端详着吴秀芳的脸色，急促地说，"我想他们晚上就会回来的，也没当回事儿。"

两人的去向已经弄清楚，吴秀芳不再焦虑了。确实这也怪不得纪娟，徐蓓萌跟着来接苏彧的小车出去参加社会活动，也不是第一回了。吴秀芳咽了一口唾沫，拿起桌上的杯子，喝了一口水，摆一下手道：

"你跟我到接待室，去给苏教授的女儿说一下，记住，不要提徐老师和他一起去的。"

纪娟的目光一闪，抿了抿嘴："我明白。"

苏小蕾听说父亲被接到盛泽去参观并咨询历史人文方面的课题了，点着头自言自语地说："这就解释清楚了，爸为啥不在还关机。"不知她是自我判断还是说给旁人听的。

"是啊是啊！"吴秀芳连忙接过话头说，"纪娟恰好走开了，要不，你也不会等这么久。"

莹莹拉了拉苏小蕾的衣襟，歪着头问："妈妈妈妈，盛泽在哪里啊？外公会很快回来吗？"

"外公跟阿姨说，要吃过晚饭才回来，"纪娟接过莹莹的问话，俯下身子，笑吟吟地对莹莹道，"还想吃蛋糕吗？"

吴秀芳提议道："小孩想见外公，要不，你们留在美丽家园吃晚饭？"

苏小蕾摆手道："下一回来陪外公一起吃晚饭吧。麻烦你们了。"

说着，她们告辞要走。吴秀芳连忙热情地道："我们让电瓶车送你们去公交车站。"

纪娟疾步走出接待室，招呼电瓶车开过来。

西斜的秋阳下，吴秀芳目送着电瓶车开远，对身旁的纪娟说：

"你看出了吗，苏教授的女儿欲言又止的神情。"

"吴经理的意思是……"纪娟窥视着吴秀芳的脸，猜测地问。

"你说，"吴秀芳转过脸来，正视着纪娟问，"苏小蕾事前不给父亲打个电话，带着女儿突如其来地到美丽家园来，是不是听说了啥？"

"作为女儿，她应该晓得苏教授是个名人，常有人东请西请的。"纪娟判断道，"吴经理这么分析，很有可能。"

"现在苏小蕾已经进过父亲的房间，'可能'变成了现实。"吴秀芳皱起了眉头，"唉呀，多好的女儿，多可爱的外孙女啊！我真不明白，苏教授一大把年纪，怎么会昏了头，情迷心窍？"

纪娟猜测着道："都说我们年轻人会让'爱情'冲昏头脑，会做出让人不可理解的冲动事儿。也许，年纪大的人，也会犯同样的毛病吧？"

吴秀芳笑着使劲摇头："难说，真难说。纪娟，一起去苏教授客房里看看。"

纪娟答应着，边随着吴经理沿走廊往前，边说："吴经理，你明知道徐老师是跟着苏教授一起坐车去盛泽的，为啥还要留她们母女吃晚饭，等苏教授回来呢？她俩真要留下来，不就看见苏教授和徐老师亲亲密密同车回来了吗？"

吴秀芳放慢了脚步，反问了一句："那不省我们很多的事了吗？"

"省事？"纪娟有些疑惑不解，她往吴经理身旁靠了靠，转脸问，"你是故意想让她们看到？"

"是啊！我在想，苏小蕾带着莹莹来美丽家园，如果确是像她说的，为的是给外公一个惊喜，那么她见到同车归来的徐老师，也很正常，徐老师雍容端庄的仪表，和一位女专家的形象十分般配。"

"这倒也是。"

"如果苏小蕾是像我们判断的那样，听到了她父亲和徐老师一些传言，故意事前不打招呼，带着察看的意图来的，那么，让她亲眼看到苏教授和徐老师同车来回，也比我们说啥好一些。"

"是啊是啊！"纪娟一迭连声应着，嗓音脆脆的，表明她十分佩服吴经理，"我是在犯难啊，要是苏小蕾问起来，我该怎么答复。"

"另一面，"吴秀芳竖起了食指，朝纪娟瞅了一眼说，"让苏教授和徐老师当面撞见苏小蕾和莹莹，对二位老人来讲，也是一种无言的提醒。"

纪娟先是一怔，继而双眼一阵辉亮，两只巴掌轻轻拍了一下，喜吟吟地道："吴经理想得真是又深又远，看着苏教授和徐老师日夜相伴，情深意切的样子，不了解情况的人，乍一看都会说两人般配。知道二人家庭内情的，又都会有想法，说三道四，尽管陈琦主任下了封口令……"

"封口令？"

"嘻嘻，吴经理，那是小服务员们私下说的。你知道，人的嘴，怎么封得住啊！其实，不但是我们美丽家园的工作人员、服务员；入住的老人们，也是传得纷纷扬扬，哈，说啥的都有。"

"都说些啥？"

"多啦吴主任。那些步履蹒跚，八九十岁，成双成对住进美丽家园的老人，多半持的是非议的态度，有的甚至连连摇头，极力反对，说得可难听了……"

"你说说看。"

"说这太过分了，太不把婚姻法放在眼里了。说开放，也不能开放到这种程度吧。传出去，把美丽家园的名声都败坏了。"

"噢？"

"但也有对他们表示理解和同情的，那多半是老年人中的'小朋友''少壮派'，刚退休没几年的男女。"

"他们怎么说？"

"他们多少知道一点徐老师和苏教授家庭的实际情况，对他们持谅解的态度。说，唉，你们小青年是不懂的，老人，也有情感需求啊！养老中心，不能仅仅只管好生活服务啊！我们走进美丽家园，不是祈望来过等着吃、等着睡、无所事事的日子啊。"

吴秀芳接过话头道："这些值得我思考。小纪，同样的道理，陈琦主任对我也提到过。"

"吴经理，这么说，"纪娟直截了当地问，"你对徐老师和苏教授，也是持同情的态度啰？"

"跟你道实情，纪娟，我是处于一种矛盾的心情。"吴秀芳放低声音道，"要晓得，人的情感需求，是没啥服务能取代的。"

"这倒也是。"纪娟思忖着，还想再说什么，一个剪短发的胖服务员迎面走来，向吴经理和纪组长打招呼："吴经理，娟姐，你们要去哪儿？"

纪娟朝她一摆手："正要找你，打开苏教授的客房门，我们去看看。"

"好的，"胖姑娘从兜里掏出钥匙，转过身，疾走几步，抢在她俩前面去开门。

打开灯，吴秀芳和纪娟一前一后走进苏教授购住的客房，苏小蕾和莹莹进过屋的痕迹已经看不出了，房间经过服务员及时清理规整和打扫，用过的杯子、拖鞋都放归原位。一切显得井井有条、洁净舒适；只是，鞋柜上，徐蓓萌进屋换穿的一双绣花拖鞋赫然在目，杯盘里的茶碗、小杯子是成双成对的，打开橱门，衣架上还挂着徐老师的羊绒衫和一件女士秋衣，盥洗室内，漱口杯是一对，牙刷有两只，一眼看得出，色彩的搭配是一男一女使用的。更令人瞠目的，是壁橱的衣架上，还挂着徐老师穿的色彩艳丽夺目的真丝睡衣。

吴秀芳和纪娟交换着眼神，当着胖乎乎不到20岁姑娘的面，吴秀芳只轻声问一句：

"苏教授的女儿，和你说点啥？"

"她只问苏教授去了哪儿？我回答没听苏教授讲起，该是在散步或者喝茶、喝咖啡去了吧。"胖姑娘小心翼翼地回答。

两人离开苏教授客房，在走廊上默默地走出一长截路，纪娟才说：

"苏小蕾看到她爸房间里徐老师的那么多东西，心里不知怎么想？"

吴秀芳紧走两步，陡然收住脚步，所答非所问地道："她是有涵养的，对服务员、对我们，啥都没说。"

"是啊，那么，"纪娟问道，"今天晚上，苏教授和徐老师从盛泽回到美丽家园，要不要对苏教授说一下，他女儿来过，母女俩进过他房间呢？"

吴秀芳道："你让我想想，让我想想。"

别克商务车开过青浦朱家角，路就畅通起来。时速提到了100公里，温暖如春的秋阳下，徐蓓萌只觉得车窗外的景物一掠而过，车子开得飞快。

上班那些年，她参加学校组织的教职工活动，到过青浦、游过淀山湖和古镇朱家角。朱家角再往外，她就没去过了。苏教授给她介绍，金泽、西岑一路出去，离开上海地界，就属于苏州吴江的地界了，吴江前些年是县，后来改称市，这几年又改为苏州市吴江区了。不过地域更大、更宽，面积更广，中央电视台广告里天天在说的"江南何处好，乐居在吴江"，就是这块地方。小时候说的，河网密布、鸟语花香的典型江南水乡农家景象，你在这里还能一睹其风貌。看啊！是不是沃野平展，湖泊交错，一座座古桥洞下，流淌着的是吴侬软语的温润和优雅。刚才开过的金泽，一路出去的泸墟、黎里、平望、横扇、震泽、同里，每一个小镇都有特点。

来接他们的驾驶员别了一下头，高声说："我们盛泽，比苏教授讲的这些小镇，都要繁华和热闹，光人口，就将近50万哩！"

苏彧说的那些地方，徐蓓萌只听说过平望，因为青少年时期，平望西瓜畅销上海，谁知道，竟是离上海这么近的地方。真是长了见识，开眼了。没想到，一个镇，人竟如此之多。竟然堪比一座小城市了。她不由得朗声问：

"为什么会有这么多人呢？"

"来打工的多。盛泽本地户籍人口，不过就十六七万，集中来我们镇上打工的，有三十多万。"驾驶员用颇感自豪的语气说，"我们镇长的级别，也比其他镇高一点点。"

徐蓓萌不由被驾驶员的率直逗乐了，忍不住笑出声来："为啥会有那么多打工的涌来？"

"我们这里丝绸业发达呀！唐朝，盛泽古人的吴绫，就是送皇帝的贡品。清朝，我们小小一个镇，和苏州、杭州、湖州并称四大绸都。现在，我们是中国丝绸名镇，来打工的就多啊！"驾驶员边驾车边道，"我是震泽人，离盛泽很近，来这里以后也不回去了。"

这爽朗的小伙子简直是现身说法了。苏或转过脸来，做了个驾车手势，示意徐蓓萌别和他对话，车速太快了，让他专心驾车。

徐蓓萌点头表示明白，又把目光投向秋日里的水乡。噢，这一带不愧是江、浙、沪金三角的中心，离上海如此之近，车速竟能开得这么快，和经常走的沪宁、沪杭高速车流滚滚的景象截然不同。

远远近近的湖泊倒映着湛蓝的秋空，一条条溪河连接着大大小小的湖荡，湖荡溪河边的土地上，一片片的绿荫和庄稼地，村落的农舍就座落其间，大多建起了三四层的小楼，可不知为啥，人烟并不稠密，鲜见农作的老百姓，远方没有散尽的晨雾显出朦胧的意味，不晓得是什么地方。

商务车开得真是快，两旁整齐划一的竹林、杨树似在向后飞奔。徐蓓萌坐着却感觉到舒适而又平稳。她不是第一次跟着苏或出来开会，不久前一所大学召开旅游文化研讨会，还有一次是探讨农家乐文化该如何记住乡愁，她都参加了，虽然坐在后排，作为旁听者，她仍觉得颇有收获，颇开眼界，听那些专家、学者、教授及专业人士发言，既增加了她的知识，又开拓了她的视野。不过，走出上海地界，虽然是离上海很近的盛泽，当天能来回的，对徐蓓萌来说，这是第一次。她不仅有一种新鲜感、亢奋感，还有一股从内心深处溢出来的喜悦之情。

自从大胆地逾越出感情上的一大步，在美丽家园和他搬住在一起，同吃、同住，形影不离，她感觉到相濡以沫的幸福和安然，感觉到从未有过的亲密和欢悦。精神上获得了难逢难遇的满足。想想嘛，走进美丽家园养老中心，本来对她来说是一种躲避，躲避石新武的火暴脾气、非分要求和病态的发作，躲避烦扰的家庭琐务，躲避小家之中的压抑气氛。不必天天看见石新武的丑态。寻找清静环境，安度晚年，多少充实点消磨时间。没想到，和苏彧相爱以来，她身心上都觉得自己年轻了许多，她由衷地感到，生活有了色彩、有了诗意，每天都是那么美好。天哪！这不正是她早已泯灭的少女时代的梦嘛！青春年少时，她憧憬、她向往的爱情就是这样五光十色的呀！

一切都让石新武蹂躏了。都被这个人粗暴地践踏了。

1977年末，高考恢复了。她是极力想争取走进考场的呀，她觉得自己能考上，能踏进大学的校门，不过，她已进厂当了一名普通工，报考需要单位同意盖章，她去找掌握着实权的石新武签字，石新武头天乐呵呵地答应她的呀，谁知这个畜生会干出如此卑鄙下流的事啊！他趁她不防，猛地把她推进一间堆着杂物的小屋，禽兽般地强奸了她。可怜她一个不到20岁的美丽少女，怯弱又胆战心惊地成长起来，养成了逆来顺受、以泪洗面的性格，当石新武发泄完他的兽性之后，抹了抹嘴笑道："我会对你好的，我会讨你当老婆的，嗲妹妹，从你进厂的第一天起，我就盯上你了。"

徐蓓萌受此奇耻大辱，只知埋头啜泣，不理他。他双手扳住了她瘦弱的肩膀，恶狠狠地道："如果你胆敢去告我，我就说你为了去上大学，故意勾引我的！记住吧。"

就是这句话，把一向胆小怕事的徐蓓萌震骇住了。

石新武得手一回，又缠她一回，没几次，徐蓓萌就有了妊娠反应。石新武没有食言，他堂而皇之地娶了她，成了她名副其实的丈夫。在厂里厂外制造了一个传奇般的新闻，直到女儿石小力出生，一切都归于平静，存在变成了现实。

徐蓓萌一辈子的感情生活，都毁在了石新武手里。她哪里有过恋爱，她哪里有过爱情，她一天也没爱过石新武这个法律上的丈夫。国家开放的几十年里，徐蓓萌无数次地反省过自己的这段难言的经历，她扪心自问，她内心深察，感觉到自己也毁在了从小养成的怯弱的性格上。

万万没有想到的是，在美丽家园，她会和苏彧碰撞出爱的火花，燃烧成熊熊的火焰。她享受着这份感情，感觉到生活向她洞开了另外一扇大门。

盛泽之行让她愈加坚定了这份信念。哦，没想到离开上海这么近的距离会有如此一个丝绸之府，如此丰饶繁华绚丽厚泽的城镇。

苏彧是被他们请去梳理千年盛泽丝绸业的历史人文脉络的，他在会上侃侃而谈，讲得多么好啊！日出万绸、衣被天下的盛泽，应该有一部属于自己的历史。图案精致、色泽华丽夺目的宋锦，应该在重塑辉煌的行程中，走出国门，为世界各国人民所喜爱。在参观上久楷的丝绸博物馆时，徐蓓萌都忍不住为自己购买了一条典雅耐看、艳而不俗的披肩。营业员姑娘夸她：你真有眼光，同样的披肩，是被选为国礼，赠送给外国总统夫人的。

徐蓓萌还发现，她钟爱的秦淮八艳之一的柳如是，原来就是水乡盛泽人。哦，她的气度尊严、她的勇气胆魄、她的独特性格曾经让一辈子谨小慎微的徐蓓萌多么羡慕，她的才华横溢的诗词，曾经令徐蓓萌在孤寂的精神生活中百读不厌。在盛泽才知这位江南女子，原来出生在这里。徐蓓萌真有一种他乡遇故知般的喜悦。

在回美丽家园路上，见她忍不住取出那条在上久楷购买的披肩抚摸那凸出的花纹时，苏彧凑近她耳畔道：

"如此爱不释手，算是我送你的罢。披肩的钱该由我出。"

徐蓓萌经济上宽裕，不在乎一条披肩的价格，但听了苏彧的话，她仍然从心底里感觉高兴，不由向他露出一个灿然的笑容。

苏彧道："我发现你今天的心情特别好。"

徐蓓萌承认："能不好么，精神、物质双丰收。"

水乡原野上一片灿若繁星的灯光，时间仅晚上七点半钟，接他俩来的直爽率性的驾驶员说："要不了一个小时，就把你们送到美丽家园了。"

别克车的幽暗中，苏彧的手伸过来，紧握住了徐蓓萌的手。

徐蓓萌的手柔滑细腻，稍显饱满，充满了温馨。两人的目光相接，会心会意地一笑。

车在高速公路上疾行。平稳而快捷，陡地，别克商务车弹跳了两下，发出一声异响，车速慢了下来，往高速路侧的紧急避车道停了下来。

苏彧不由问："怎么回事？"

"不好意思，可能是爆胎了，我看看。"驾驶员停稳车子，打开车门下了车。

由于妻子庄建羽由严重的抑郁症逐渐演变成阿尔茨海默症，苏彧觉得自己颇为圆满的人生有一个缺憾，他和庄建羽相敬如宾的亲密伴侣之旅，遭受了一场难言的灾难。曾经设想过的，游遍祖国名山大川、去往世界各个名胜古迹一饱眼福的梦破灭了。家庭琐事的无尽烦扰，感情生活的缺失，使得他精神上经常感到空泛和枯燥。

女儿苏小蕾看出了他的烦躁不安，日渐消瘦，安排好了照顾母亲的护工，提议他住进美丽家园养老中心。

美丽家园幽静的庭院环境，配置合理营养的一日三餐，远离尘世喧嚣的小世界，可供多种选择的一个个活动场所，让他的心情平静安定下来，有充足的时间阅读、思考、写作。但时间一长，虽时有社会活动，仍难免感觉乏味。

徐蓓萌是命运送到他生活中来的，她像一股清新的微风，时时向他拂来温馨的气息；她像一朵馥郁含蓄的蓓蕾，令他的精神为之振奋；她的谈吐，她的气度和衣着，她温存闪亮的眼波，令他的眼睛一亮。从她出现在他演讲的课堂里，他就为她所吸引。而当她带着问题，在他坐着品茗沉思时主动和他探讨，他很快发现，和她的交流是那么有滋、有味、有话题，有说不完道不尽的话。他情不自禁地爱上了她，同住在美丽家园，他时时刻刻都想见到她的倩影，去餐厅吃饭，他想和她坐在一起，到艺术厅倾听音乐，他想和她并肩而坐，风和日丽时在庭院中散步，走再多的路他都不觉得累，还时常忘了时间，喝茶、品各式咖啡，他更愿意和她相对坐着，倾心交谈。当他主动向她谈到自己的人生、家庭以后，她不由得也向他敞开了心扉，细叙了她感伤无奈的经历，和一天也没爱过的石新武。他不由瞪大了双眼，对她充满了怜惜。

朝夕相伴地越聊越深入，他觉得自己不但动情地爱上了她，而且在感情上离不开她了。当他在那个下着秋雨的夜晚大胆主动地提议她留下以后，他感到和她的关系起了质的变化。是的，这是爱，是真正的步入晚年门槛的爱情。他们相互之间没有利益关系，尤其是世人看得很重的经济利益。他收入颇丰，在外讲学、研讨都有相关费用，他还有著作版税，女儿苏小蕾和女婿耿巍，三口之家是上海标准的自食其力的中产阶级，他们有自己的住房，他们的收入维持日常生活开支还有节余。妻子庄建羽的退休工资，除了一日三餐，足够支付全日陪护她的保姆。他入住费用昂贵的美丽家园，市中心还有庄建羽住着的一套房子，这套房子现在少说也值个七八百万吧。

徐蓓萌更不用说了，光是她的女儿石小力、女婿杜海斌带外孙杜辉住着的那套三居室的公寓，那是父母平反之后归还给徐蓓萌的，苏彧一听公寓所在的地段，就知道这套老上海市中心这煤卫齐全的三居室，现在价值在二千万以上。且别说她丈夫石新武和他的护工现住的两室一厅，及她多年投资房产购置的另外三套房产了，这些房子加上她的存款，苏彧心中一算就明白，她的富裕程度远超过自己，决不会是看上了他的钱财。现在他倒担心，人家会说他觊觎徐蓓萌的财富哩！

他们是心心相印地深爱，他们是一往情深地爱，他们的爱情虽然来得晚了一些，可充满了诗情画意。

瞧，人家的车子在高速公路上出了故障，一时走不了，自然而然会沮丧和焦急。他俩却在路边，手搀着手，肩并着肩，欣赏起江南水乡夜晚远近的灯光和景色来了。徐蓓萌还饶有兴味地道：

"我还从来没有在旷野上欣赏过水乡夜景哩！"

有风，带着点深秋的凉意，徐蓓萌随意地系上了她买下的那条宋锦披肩，哇，秋夜的星光下，她的脸在色彩绚丽的宋锦烘托之下，显得格外的柔美动人，要不是驾驶员还在一旁踮着脚朝高速路上眺望，苏彧真想凑过去吻她一下。

手机响了，在水乡的路边，手机的铃声显得急促而响亮。

徐蓓萌瞅了他一眼，他摸出手机，星光之下，手机屏上显示，是美丽家园的纪娟打来的，纪娟关切的声气，站在旁边的徐蓓萌甚至都能听见：

"苏教授吗？你现在哪里？上午你走之前，跟我说晚上八点半就能回园，现在都九点过了，领导很关心，让我问你一下，今晚上一定回来吗？"

"回来的回来的，小纪，谢谢你和领导的关心，"苏彧笑吟吟地回答着，"盛泽送我们回上海的车子，半路上抛锚了……"

"哎呀！那怎么办？"

"一时半刻修不好，"苏彧连忙说，"驾驶员已经打电话到盛泽，让他们另外派一辆车过来。"

"车子什么时候到？要美丽家园派车来接吗？苏教授。"

"不用，不用啦，电话打回去半个多小时了，估计……"

"最多十多分钟车就来了。"站在路边眺望着高速公路的驾驶员听着苏教授通话，大声地插进话来。

苏教授笑了："小纪，驾驶员说车子一会儿就赶过来了。你放心吧！"

"好的，苏教授，"纪娟的声音仍清晰可闻，"徐老师也和你在一起吗？"

"在一起，在一起。"苏彧连声答着，"对不起，出了一点小意外，让你们费心了。"

　　纪娟收了线，抬起头来，望着倾听她打电话的吴秀芳和陈琦。陈主任办公室的灯光十分亲和，不是张扬的雪亮一片。九点钟，苏彧和徐蓓萌仍没回到美丽家园，值班的纪娟连忙找客房中心吴主任汇报，吴秀芳探头瞧了一下，陈琦办公室亮着灯，就说陈主任回来了，正好我们一起去向他汇报。

　　陈琦让她俩分别入座，听她俩详细谈了苏教授和徐老师一同外出去盛泽，下午苏小蕾带着女儿来探望，进苏彧客房，及此刻苏徐二人还未按时归园的情况。

　　陈琦揭开杯子，喝了一口水，让纪娟先打个电话问一下苏教授。他总是这样，凡事不慌不忙的，有章法有想法。

　　见纪娟询问地望着她，吴秀芳低头看了看表，推测说："看这样子，两个人回到美丽家园，约摸要十点左右了。"

　　"我等着，"纪娟乖巧地说，"两位领导可以安心去休息了。"

　　"那就放心了。"陈琦放在办公桌面上的食指轻叩了一下玻璃台板，显然还有话要说，他问纪娟，"你听苏教授的语气，有啥异样吗？"

　　纪娟坐得端端正正，摇头说："没有啊！我奇怪的是，苏教授的手机一拨就通，他女儿苏小蕾怎么说，父亲不接手机呢？"

　　"她是下午打的，"吴秀芳表示能理解，"那个时间，也许他们正在开会。"

　　"从苏教授接电话的语气，"纪娟蹙着眉分析，"我估计，他女儿从美丽家园回去以后，也没给苏教授打电话。看见房间里明显地挂着女人衣服和生活用品，她如果生了气，是要给当爸的打电话发泄的。"

　　陈琦的两眼望着她，淡淡一笑问："你让苏小蕾给当爸的怎么说呢？"

　　纪娟一怔："呃……这……"

　　"陈主任说得对，"吴秀芳接过话头道，"细想想，当女儿的，又能怎么对父亲说呢？劈头盖脸责备，该不是他们这种家庭的做派；装作啥也不知地问，又未免太虚伪了。"

"况且，"陈琦坐在自己椅子上，眼睛望着自己办公桌的一角，用沉思的语气道，"她母亲是那种情况，她若对父亲感情好，也会同情和理解父亲。"

陈琦虽是一位事业有成的中年男子，但他显得分外老成，说话也是能给人以启示和引发美丽家园管理人员们的思考，纪娟见吴秀芳两眼望着陈主任，倾听着他慢悠悠道出的话，也不由得望着陈琦。

陈琦意识到两人都望着他，希冀听听他的想法。他抬起头来说：

"上海的老弄堂，过去因为住房拥塞，家家户户挨得近，几乎没啥秘密和隐私可言；进入21世纪的各式新小区，一幢幢大楼，一个个社区，邻居们有整体搬迁的，也有楼上楼下相熟的，听到某人有婚外情，或察觉某家有婚外恋的迹象，如何处理？会不会大惊小怪？还是跑去派出所打小报告？"

"那是老皇历了，陈主任你说的是你出国之前的情形，"吴秀芳快人快语地道："现在哪会大惊小怪呀……"

"嘻嘻，现在是见多不怪。"纪娟插话道。

"是啊，最多是背后说说，议论几句，"吴秀芳说："谁还愿去管这种闲事啊！"

纪娟笑道："有一次小区里的人在说这种事，户籍警也和他们一块儿发议论，一副事不关己高高挂起的姿态。"

陈琦的食指重重地一叩桌面："对了嘛！故而对苏教授和徐老师的关系，美丽家园千万不要轻易介入。现在很多地方对这类事儿采取眼开眼闭、民不告官不究的态度，就是只因这类事情难缠啊！况且，据我从旁观察，他俩还是在真正地相爱，是认真的，是真情投入。这就更麻烦，你们听说过吗？国外把爱情比作啥？"

吴秀芳终于看清陈主任对这件事的态度了，她摇着头说：

"讲得天花乱坠？"

"我没出过国，不晓得。"纪娟照直道。

"说爱情是宿命的，说爱情是欲念的，说爱情是绝望的燃烧的，说是像吸食了海洛因般疯狂的，啥都有。"陈琦扳着手指，慢条斯理一一道来，"最直接最简捷的，干脆就说爱情是毒药。"

"这样啊！"纪娟倒吸了一口凉气，"真可怕。"

过来人吴秀芳淡淡一笑，脸上的神情是"你姑妄言之，我姑妄听之"，很沉得住气。

陈琦的目光在她俩脸上扫视了一下，放缓语气："当然，这都是哲理性的、精神层面的一家之言。但是，也提醒我们，对待真情投入的一对老人，我们不能横加干预。"

"是啊是啊，一家区法院判了个案子，一个保姆要一个和她相爱的老教授明媒正娶，嫁给他当夫人，老教授碍于众子女反对，不敢办手续，保姆拿剪刀刺伤了教授。"吴秀芳附和着陈主任的话道，"真像吃了毒药一样，看见血从老教授身上淌出来，保姆又用血涂了自己满脸满身！"

"真的呀！"纪娟听得嘴巴惊成了"O"状。

"都登《法制报》了。"吴秀芳手一甩说，"纪娟，你没听说吗，网络上传播得纷纷扬扬的一个失踪的退休老人，经电视记者跟踪采访，这老知青果然跑回西双版纳，寻找当年的情人去了。嗨，竟然被他找着了，还去照顾对方哩！"

"有结果了呀？"纪娟的眉毛扬了起来，"吴主任一会儿你发给我，我也要看看，到底是怎么回事。"

"好的，一会儿我转给你，还是个充满温情的结局呢！"吴秀芳把话题找了回来，"我同意，陈主任，处理老人间的情感纠葛，我们一定慎重。"

"那么，"纪娟又提出一个问题，"而对有些人说，他俩家中都有配偶，公然违反婚姻法，我该怎么应对呢？"

"你就说，法律规定，不准偷东西，可小偷天天有，我们就该满街去抓小偷吗？"吴秀芳半真半假地道。

"这样吧，"陈琦离座站了起来，把话题引开了，"苏教授去盛泽这事儿，提醒了我们美丽家园，以后要为老人参与社会活动提供方便和服务。这也是改变老年人住进养老中心后社会参与度下降、'隔离'的举措。"

吴秀芳当即赞同："陈主任就是想得深，我们客房中心来落实。"

"这好办，"纪娟的主意来得快，"我们可以为有这方面需要的老人提供免费呼叫'滴滴'打车服务。"

有人把母亲在美丽家园和一个男的相好的消息告诉石小力时，虽有些惊讶，石小力多少还为母亲感到庆幸。惊讶的是，母亲年轻貌美的时候，面子薄、优柔寡断，下不了决心离婚，步入老年门槛时，反而萌生了春心；庆幸的是，母亲终于找到一个心仪的人了！凭她对妈一辈子的了解，能入妈法眼的，一定是位有品位有气质的男士。

自小受妈的教育，石小力从小对父亲石新武就看不顺眼，觉得他粗暴、低俗、脏话连篇，一点没文化素养，经常喝得醉醺醺的。在厂里，同事们瞧不起他，在弄堂里，邻居们对他嗤之以鼻。十三四岁倒懂不懂的年龄，石小力就对妈说过，你怎么会嫁给我爸这种人。年事稍长，邻居们的只言片语，妈时而对她讲起的"文革"往事，她多少猜出了些妈当年无奈下嫁的情况，那时她就鼓动妈，离开这个素质低下、品质恶劣的男人。但是，一辈子怯弱和怕人说三道四的妈，始终维持着家庭表面上的完整。

受妈命运的影响，到了石小力谈婚论嫁的年龄，她选了个标标准准的上海男子杜海斌作为丈夫。她有条件选择啊，家境好，住房宽敞，除了父亲提不上台面，妈妈的收入丰厚，底子好，又有经济头脑，几乎是上海滩投资房产的人中第一批得益股实的成功者。杜海斌什么都会干，在单位上是个受领导器重、和同事们关系处得和睦融洽的小人物，公认的能人，业务能力强，本职工作中的事务，他处理得井井有条。在家庭里，几乎包揽了一切家务事，买、汰、烧，小修小补，包括家里水管漏、电器故障，他都有办法搞定。最主要的是，他对石小力百依百顺。用他的话来说，我今天所有让人羡慕的一切，宽敞的住房，优裕的经济条件，令人满意的儿子杜辉，都是娶了石小力得来的，我不听石小力的听谁的？石小力呢，除了上班之外，所有的心血和精力，都放在精心教育儿子杜辉身上。在她悉心照料之下，即将小学毕业的杜辉也十分出色，家访时老师说了，杜辉进重点中学，老师是可以打包票的。

除了隔三差五地去距离家不远的小区里看看父亲石新武有啥情况，石小力可以说是事事称心、处处满意的。父亲石新武半瘫在床后，仍得生活啊！经社区保姆介绍所推荐，三方签约，最近又花高价雇了个来自苏北响水的中年妇女，专职陪护他，安排他们住在附近小区两室一厅的房子里。这套房子原先也是妈作为投资买下的。

陪护的保姆一脸忠厚，十分勤快地管着石新武的一日三餐。杜海斌从厂里食堂抄来了几份每周职工菜肴，夫妇俩针对父亲病情稍作调整，定下一张有荤有素的菜单，基本上一周之内不重复。保姆看了，说比我想得还周全，她做好以后一分为二，吃完了她收拾干净，也不多费事儿。有时保姆在上海近郊厂里打工的女儿也过来，在屋里过一夜，石小力碰到过一回，是个规规矩矩的打工姑娘，石小力没多言语。她看到，保姆把两室一厅的房间，收拾得干干净净，久卧在床的父亲屋里，没啥异味。除了吃三顿饭，保姆要做的是按时让父亲吃药，不下雨的日子，搀扶着他下二楼，在小区里拄着拐杖走几圈，或者走进棋牌室，喝一杯茶，坐上一会儿，听着棋牌室里的老人们天南海北吹一通。

自从妈住进美丽家园养老中心之后，石小力觉得，父亲发病后的家庭波澜过去了，现在是相对平静的一个时期。

故而，听说了妈和一个男的相好，她觉得情有可原，没怎么往心里去。美丽家园是她听人介绍后给妈讲的，讲之前她带着考察的目光去参观过。条件是没话讲了，是超一流的！收费也贵，妈承担得起。唯有一点，她没对妈提过，那就是养老养老，福利护理条件是甚好的，正如一首诗里所说，"春有百花秋有月，夏有凉风冬有雪。若无心事挂心头，便是人间好季节。"但终究是一板一眼有规律的生活，早起晚息，等着一日三餐，等着午间小憩和晚上入眠，天天如此啊！住久了是会感觉寂寞，感到枯燥乏味的。诗是寺庙里老和尚写的，那是有精神境界的人；凡间的人，尤其像妈妈那样内心情感还十分丰富，天天晨钟暮鼓刻板的生活，住久了会习惯吗？

这一感受，在妈欣然入住美丽家园的时候，石小力没给妈说。

现如今，果然，传来消息说，妈和人擦出感情的火花了。

也好，让妈的精神上多少有点安慰，让一辈子没得到过爱情的妈多少有些感情的慰藉。只要不让这种话传到父亲耳朵里，传到年龄还小的儿子杜辉耳朵里，就随它去吧。

杜海斌完全同意石小力的想法，他对着妻子连连摆着没擦干的巴掌说：

"不要紧，不能管，我们也无法管。陪你去美丽家园时，我就想到了，医疗护理、康复护理、日常生活照料、营养美餐配置、临终关怀等等等等，美丽家园可谓一应俱全，再完美的机构设置、再多再细微的照护，都替代不了人的感情要求，尤其是老伴之间的那种需求啊！"

没想到他和自己想到一处去了，石小力笑道："把手擦干吧。你的思想倒是开放哩！那时你怎么不说？"

"一切，不都听你的嘛！"杜海斌坦然地一笑道，"你不说，我还敢讲么？你别讲我开放、婚外情、黄昏恋，在社会上、单位里，我们听得还少吗？连报纸、杂志、网络、手机微信里，也都是这样东西啊！正宗的报纸，还拿来讨论呢。"

石小力笑道："不过，这事儿也提醒我们，该去美丽家园一趟，看看妈妈了。"

"该去该去！"杜海斌使劲地擦着手道，"不过有这种事，我们不能带着杜辉去看外婆了。"

石小力点头："是的，是的，你想得周到。"

夫妻之间还在饭前谈得热烈，门铃响了，杜海斌快步走过去打开了门。

"小力阿姨！"苏北响水来的保姆两眼惊恐地瞪得老大，气喘吁吁地喊着，"不好了，出大事啦！你……你爸爸他、他、他、他……"

石小力侧身走到杜海斌前面，望着保姆，冷静地说："别慌，你慢慢说，我爸发病了？"

小力沉着的语气使得惊慌失措的保姆镇静了一点，她喘了口气，说："十点过钟，我看天不冷，风也不大，就搀扶你爸下楼走走，走过棋牌室，他表示要进去坐坐，我陪他走了进去，要了一杯热茶，喝得好好的。哪晓得，哪晓得，棋牌室的那些人，你一言我一语的，讲起了你妈……嗨呀，没讲几句，哎呀呀，我都没回过神来，他……你爸他……他就发作来……"

保姆结结巴巴，前言不搭后语，拖着哭声，带着忧心，双手扶着门框，在小力和杜海斌连续追问之下，总算把事情讲清楚了。

原来，棋牌室的人们讲道，徐蓓萌和一个男人，在美丽家园好上了。话传进石新武耳朵，他当即又气又急地扶着桌角陡地站了起来，脸憋得通红，眼睛鼓得滚圆，把桌上的茶杯扫到了地上，嘴巴张了几张，整个身子就倒在了棋牌室地板上。慌得整个棋牌室里一阵忙乱，叫社区医生的叫社区医生，打手机喊救护车的喊救护车，这会儿在社区医生的陪护下，已经送去医院抢救了。居委会干部让她快点来找石小力他们报告，及时赶到医院去。

石小力和杜海斌交换了一下目光，两人的脸色随即变了。

这真是哪壶不开偏偏提哪壶啊！

压抑的气氛是逐渐浓郁起来的。徐蓓萌在几天里也是慢慢感觉到的。

先是接到小力的电话，说爸发病住进了医院，她和杜海斌隔天去医院探望一下，那都是在晚饭后去的，因为一个人要留在家里盯着杜辉做作业。白天上班时，都是保姆陪护着。小力的语气平静，没细说石新武发病的原因。徐蓓萌请纪娟订了车，直接到了医院。

石新武的病情已经稳定，医生明确说目前没有生命危险，只是这一次的发作来势凶猛，即使保住一条命，人也已经瘫痪了。

"是全身瘫痪吗？"徐蓓萌问了一句。

"全瘫。"医生明确答复，"但他仍有意识。"

这一点徐蓓萌看得出来，当她出现在他面前时，石新武朝她瞪起一对眼睛，嘴巴里"呼呼呼"出气，两颊上的肉直往下垂。一副凶神恶煞之态，那神情恨不得一口吞了她。

和他一辈子生活的徐蓓萌太熟悉他的神态了，在他身强力壮的时候，每当他暴跳如雷时，就是这副丑态。而在徐蓓萌的记忆深处，第一次，他把她推倒在那间小屋里恶狠狠强奸时，脸上露出的也是这么一副狰狞之态。

她把保姆叫到病房外走廊里，问及他是如何发病的？保姆瞅了她几眼，含糊地说他在棋牌室听到了关于美丽家园的谣言。

徐蓓萌一听就明白了，她和苏彧的关系，传到外面来了。

是怎么传的，她虽然不甚了解，但想象得出，社区棋牌室里那些人会说些啥。

血涌上了她的脸，头脑随即也热乎乎的。眩晕不安的情绪笼罩着她，仿佛有几根粗绳搭上了她的肩，环绕她的肢体在渐渐拉紧。一辈子最怕的就是遭人说三道四，被人诟病，落下让人耻笑的话柄，没想到会突如其来地像雾霾般袭来。雾霾是会随着气候变化，随着西北风劲刮消散的，而这种人们津津乐道的流言蜚语，会久久地像病菌般在外面传来传去，不晓得会传成个啥不可想象的版本。

　　她很想知道，女儿小力和女婿杜海斌听说这件事之后的态度，对他们来讲，这会是惊讶的，愕然的，只因他们没思想准备，会感觉突然。但根据她对小力的了解，和多少年里和小力的沟通，她还有把握小力会理解母亲、谅解母亲。

　　现在她更想尽快知道的，是当事另一方的苏彧的态度，毕竟他俩是传言的主角啊！这是至关重要的，是关键的。事情是他们两个引出来的，考验是冲着他俩来的。

　　她泛泛地叮嘱了保姆几句，还掏出五百块钱，交到保姆手里，说陪病人辛苦，她留下随时可用。

　　保姆是个忠厚人，老实地推让着，说小力已经给过了，不能再收。

　　徐蓓萌让她留着，以备不时之需，随即离开病房，走出医院，招手打的回美丽家园。

　　一眼看到苏彧的时候，徐蓓萌就察觉出了他神情上的变化：他有心事！

　　认识他至今，在她的心目中，在她的眼里，在众人面前，他始终从容自信、坦然自在，他总是显出一副达观亲切的模样，给人以一种庄重儒雅的感觉，一种少见的绅士风度。他时常微笑，淡淡的眼神温和地瞅人，故少年儿童总说他慈祥，青年人总说他有气质、有风度。她从没见他有过发愁的时候，有过像她此刻一眼就看出来的，遇上了烦心事儿的神情。

　　他坐在客房临窗的一张圈手椅里，双手搭在两边的椅把上，桌子上一本打开的书，显然他没心思读，左手掌里，握着一只手机。

　　徐蓓萌在他的侧面坐下，决定先把自家的事放一放，先问问他遇到了啥不悦的事。她倾身向他，悄声问：

　　"哪里不舒服吗？"

　　他淡然微微一笑，眼角边的笑纹随着他无声的笑拓展到整张脸上。都恭维他长相年轻，毕竟六十多了，比她还大几岁，年轻只是就他的具体年纪而言。他没有答话，张开握着的手机，用右手点了两下。手机屏幕上清晰地显出一条短信，几行文字。他把手机递给徐蓓萌，徐蓓萌接过手机细看，短信显示的是几句话：

> 爸爸：
>
> 今天莹莹从学校回来，关起门来哭了好久。经我和耿巍追问很长时间，她才道出了实情，说是在学校听到了外公在美丽家园的一些谣言，她委屈得直哭。外公的形象，在莹莹心目中，是多么有光彩、多么引人自豪啊！被人说成这样，莹莹幼小的心灵实在接受不了。
>
> 经我们安慰了很久，莹莹总算平静下来做作业了。我和耿巍探讨以后，想来想去要让你知道一下这件事情，相信谣言会不攻自破。专此
>
> 　　小蕾

读着短信，徐蓓萌只觉得自己的头瞬间胀大了，眼前一阵金星闪烁，胃里有什么东西在翻腾，烧灼，搅得她阵阵难受。

她把短信读了两遍，将手机递还给苏彧时，她干巴巴地说：

"看来，关于我们之间的事，已经传播得很广了。"

"噢？"苏彧朝她抬起眼皮，疑惑地"哼"了一声。

"我那口子突然发病，由半瘫成了全瘫，"徐蓓萌的眼睛投向窗外，院子里，几株移植的树木被西北风刮得在颤动，"也是在小区棋牌室听说了我的事儿。"

苏彧点头，客房里一片沉默。两人相对无言。

虚掩着的客房门上被人轻轻叩击了两下，徐蓓萌一惊，苏彧朝她摆摆手，仰起脸来对着门放声道："进来！"

门被轻轻推开了，胖乎乎的服务员探脸问："清扫服务员，苏教授、徐老师好，需要清扫整理一下吗？"

苏彧朝她摇手微笑："谢谢！今天不必打扫了。"

"打扰了。"服务员拉上了门，走了。

徐蓓萌瞅着苏彧的脸，真奇怪，一条短信，苏彧脸上的光泽褪去了，炯炯的眼睛也失去了神采，整个人也像病后初愈一般，疲惫、沉郁、无精打采。是啊！上了年纪，人就靠着精、气、神，才能把日子过得有声有色。她见苏彧没有谈话的兴趣，不由探询地问：

"要不，我先回自己的客房，你休息一下。"

苏彧睁大眼睛，疑讶地望着她："你是想退却？"

徐蓓萌听出来了，这是一句双关语，苏彧的意思是，面对这传言纷纷的局面，她是否害怕了？恐惧了？想要畏怯地缩回去了？

徐蓓萌摇了摇头，反问一声："你呢？"

苏彧朝她郑重地摆摆手，低沉而判断地道："不会。蓓萌，你觉得，我们之间的关系，发生质的变化以来，好吗？"

"好。"

"幸福吗？"

"那还用问。"

"这就对了，从今天开始，我们俩明显地感觉到舆论和周边氛围的变化以后，压力会越来越大。"

"还要大吗？"

"那是毋庸置疑的，甚至可能会让我们在精神上感觉喘不过气来……"

"这么严重？"

"是啊！在这种情况之下，说什么的都会有，会讲我们是黄昏恋、婚外情、风流艳事、桃色新闻，甚至于可以想象到的所有那些难听的话。"苏彧用分析的口吻，不无忧心地道。

徐蓓萌点头："棋牌室里那些小市民的闲言碎语……"

"但那都是不负责任的议论，"苏彧向徐蓓萌竖起了食指，"说过之后，他们回家之后照样吃饭、喝啤酒、呼呼大睡，一点不上心，因为和他们毫无关系。"

"但这是舆论，会形成一股于我们很不利的氛围，会……"

"关键是我们，"苏彧点头道，"是你和我……"

"我明白。"

"我们最清楚自己家庭的实际情况，我们最明白自己的切身感受……"

"我们相爱，没伤害任何人的意思。"

"是啊，倒是他们在伤害我们的生活，一个由严重的抑郁演变成阿尔兹海默症，实际就是植物人，已经没啥意识，或只有间歇意识……"

"一个是长期酗酒由半瘫变为全瘫，非得由专人服侍才能活得下去。"

"况且从一开始年轻时他就严重伤害了你。"

"那是我一辈子不爱他的根本原因。"

"是啊！蓓萌，你回来之前，面对女儿发过来的短信，我一直在思考，狂风刮来了，暴雨袭来了，我们该如何应对？"

"我刚才说回客房，就是想让你，静下心来深思熟虑。"

"你留下，"苏彧道，"我们俩，我和你，为什么要住进美丽家园？"

"你说呢？"

"为的是生活得更好、更有质量，我们的收入、我们的经济状况和家庭，是可以让我们过上雅致而又有尊严的生活。"

"没错。"

"我们双方的女儿提议住进美丽家园，安置好另一方，也是这个意思。"

"小力就是这么跟我说的。"

"其实呢，我和你都是具备自理生活能力的健康人，哪里需要养呢？"

"是啊，管好自己的一日三餐，不进美丽家园，我也有的是办法。"

"我虽然不会干家务，但离家几步路的大学里那个校长，曾是我的学生，他明确跟我言明，一日三餐全可以在学校里搭伙。"

"这就对了嘛！进入美丽家园，我们只不过是进入人生的又一历程时，活得更加有滋有味、更加多姿多彩一些。"

苏彧笑了，他一笑，脸颊上又泛出光泽来了："你和我想到一处去，我的心头就有底气了。"

说着，他把手盖在了徐蓓萌搁在椅把的手背上。徐蓓萌顿时感觉一股暖流由手背传遍全身。她不由自主把自己的另一只手盖在苏彧的手上。

两人倾心地相视而笑。

正如苏彧所料，美丽家园的氛围从当天晚餐时就显得严峻和怪异起来。

挨近黄昏时分刮起的西北风一阵紧似一阵，降温了，晚餐之前，客服中心就让服务员用短信和打电话进房间的方式，通知每一位入住的老人，出门进餐厅用晚饭时，一定要穿足衣裳，披上大衣，戴好帽子，系上围巾，走廊上的风尤其大，不要以为路程短，疏忽大意。

老人们一出门就感觉到了，正像广告和电视里通知的，上海气象意义上的寒冬来临了。地处市郊的美丽家园，气温往往要比市区还低一至二度。

当徐蓓萌随着苏彧走进熟悉的温暖如春的餐厅时，端坐在位置上等待着推餐车送来饭菜的老人们，像约好了似的，从不同角度向他俩射来惊异的、好奇的、鄙视的、疑讶的、幸灾乐祸的、看白戏般的目光。

徐蓓萌的心作怪地"怦怦怦"地跳动起来，她微笑着准备和熟悉的人打招呼的脸色，顿时僵住了，她感觉到了人们眼睛里的诧异。没人像以往一样和他们招呼、点头、微笑、做手势。

她的眼角瞥向身旁的苏彧，苏彧显然感觉到了餐厅里的凝重气氛，径直走向一张空着的餐桌，朝徐蓓萌摆手示意她入座。

徐蓓萌哪里经历过这样难堪的场面啊，她紧绷着脸，动作笨拙地在椅子上坐下。

餐厅里飘散着饭菜的香味，餐车推过来了，服务员照例热情地询问：

"苏教授，徐老师，你们是吃鱼，还是选排骨啊？"

餐厅里一下子安静了，好像所有的食客约好了似的，静听着他俩的回话。

徐蓓萌答："我吃鱼吧，拿小黄鱼。"

"照例，"苏教授答道，"上一盘排骨，麻烦你添一把刀子，我们可以割开。"

苏教授回答的声音不大，但在静寂无声的餐厅里，传得很远。

以往每一顿饭，他俩都是这样，分别点不一样的菜肴，放在桌上一起吃。

服务员答应着，把荤素搭配的菜肴、饭、汤一一给他俩端到桌面上，还用报喜般的嗓音说：

"今晚主食还有馄饨，你们俩是要一碗还是两碗，荠菜馄饨，味道很好的。"

苏彧和徐蓓萌相对望了一眼，苏彧做了一个手势，让徐蓓萌答。

徐蓓萌的嗓音柔柔的，格外的清脆悦耳："要一碗吧，我们分来吃。"

"好的，一碗馄饨，我去替你们端过来。"

服务员朗声答应着，推起餐车离开了。

餐厅里顿时响起一片嘤嘤嗡嗡的议论之声，夹杂着讪笑，和毫不掩饰的干咳。

徐蓓萌只觉得所有人都在斜视着他们，都在私下议论她和苏彧。饭菜吃进嘴里，味同嚼蜡。她的脸涨得通红，悄声对苏教授提议：

"我们端着饭菜，回房间里去吃吧！"

苏彧定睛瞅了她一眼，她在询问似的回望他。这气氛让人不舒服了。

苏彧压低了嗓门，食指点住桌面，轻轻地道："饭菜端回去，都凉了！赠你八个字：淡定从容、旁若无人。"

徐蓓萌心乱如麻地点点头。苏彧又道："我会找陈琦去。"

晚餐厅里的异样氛围，餐厅经理几乎是同一时间报告了陈琦主任。

陈琦主任端坐在椅子里，招手让来汇报情况的餐厅主任坐下，目光若有所思地扫了一下在座的吴秀芳和纪娟，她俩的脸上也是忧心忡忡的。

信息社会，消息传得真是快。徐蓓萌的丈夫石新武在棋牌室里听到流言蜚语，当即发作，送进医院由半瘫变成全瘫，传遍了美丽家园；苏彧的外孙女莹莹，在就读的小学里，也听到了关于外公的风言风语，放学时哭泣着跑回家中，连美丽家园里的园艺工都听说了。吴秀芳和纪娟就是来汇报这些情况。

美丽家园在上海社会上有良好的口碑，这些负面消息越传越广，他们都觉得不是好事，得采取措施，扭转这一局面。

陈琦思考了一阵，眼睛里灵光一闪，举起自己的手来，下了大决心一般道：

"我要和两位老人谈谈，为这件事画一个句号。"

"什么时候谈？"吴秀芳急切地发问。

"你说呢？"陈琦问。

"时不我待，越快越好。"

陈琦离座站了起来："那就今晚上谈，等他们吃完晚饭，你们通知二位来我的办公室。不，是请他们二位来。"

纪娟迫不及待离座而起："我现在就去。"说着就要走。

餐厅主任插话："现在餐厅里都是吃晚饭的老人，众目睽睽之下，你小纪去通知，太引人注目了。"

陈琦点头赞同："还不知谈的结果呢。不动声色地通知为好。"

餐厅主任表示，由他回餐厅去，让送餐的服务员推着餐车到他俩身旁，悄悄地跟他们说。

陈琦当即表示：这办法好。

美丽家园的这一顿晚饭时间，明显比往日长。

徐蓓萌和苏彧二位老人，是感觉到气氛压抑，饭菜难以下咽，才吃得慢吞吞的，勉强地填饱肚皮。

比他俩早来的老人们，仿佛不约而同有啥默契一般，吃完了也要舀一碗汤，或是慢条斯理地剥着橘子皮，磨蹭着不走。

搞得准备推着餐车来收拾的服务员们，只得静静地站在餐厅四周，耐心地等着大伙儿离去。她们身上的红马甲特别醒目。

直到从厨房走出的一位服务员，直接走到苏彧和徐蓓萌的餐桌旁，朗声问：

"苏教授、徐老师，最后一碗馄饨，还有几个，你们只要了一碗，还要么？"

两人几乎同时仰起脸来，一个摆手，一个摇头连连道："不要了，谢谢！吃饱了。"

服务员一边捡拾他俩桌上的碗筷，一边凑近苏彧耳畔，通知他俩晚上去一趟陈琦主任的办公室。

所有人都看见了服务员低声说了些啥，却谁也没听见她说的是什么。

庭院里的西北风越刮越凶了，"呼呼呼"地吼啸。听那势头，一时半刻不会消停。

西北风刮了整整大半夜，天亮之前，风不刮了。

天亮得很迟，是一个大阴天。上海的冬日，不出太阳的日子，是最难受的。一天到晚阴沉沉的，夜也显得特别长。白日里不看钟表，不晓得是啥辰光。

美丽家园的老人们，也都尽量待在室内活动，气温低啊，降到了零度以下。

上午吃早饭时间，几乎所有人都发现，天天准时双双一起进餐厅用早点的苏彧和徐蓓萌，没有来吃。自始至终都没有出现。

他俩是不会来了，不可能来了。整个餐厅的人都有意无意地用那种目光注视他们，这样无形的压力多么大啊！再有修养、再自恃风度好，都会被摧毁，被这股气氛压抑得透不过气来的。

当然，周到热情的服务员们会把早餐送到他们的客房里去，让他们单独吃。这样也好，让他们好好反省反省，婚姻法也是法，公序良俗是不能随意践踏的。

人们都心知肚明地理解他俩没有出现在餐厅里。谁都不提起他们的缺席。至多只是点点头，微微一笑，或是相互握一下手表示心照不宣。

住进美丽家园的，可都不是一般的人啊！这里收费高，服务质量上乘，照护服务周到，河道、绿化、长廊、堪比花园，人们不可能像小市民般对他俩的事津津乐道。

当中餐、晚餐时分，他们二位同样没有出现时，人们猜测，他俩的精神上受不了啦，或者是知难而退却了，各自回到自己的家里去了。

是嘛，毕竟都是有配偶、有子女的人，再是病人、躺倒在床，还是一家人嘛！感情这东西，尤其是男女之情，有时候就像感冒，有热度的，热度退了，人也就好了，正常了，不会犯混了。

当苏彧和徐蓓萌两人第二天、第三天、第二周、第三周都不再在美丽家园出现时，人们想当然地以为，他们退住了。这也可以理解，美丽家园的人们，都知道他俩的底细，知道他们不检点而引发的糗事，他们面子薄，不好意思再在众人面前露脸。

那么已经花高价买下的客房怎么办呢？转手呗，不是听说，这房子已经上涨了近一倍嘛！

　　有人为证实自己的猜测和判断，还分别到苏彧和徐蓓萌的客房前，透过窗户朝里窥视，发现果真是人去室空的景象，短时间内是不会有人来入住的。

　　也有人仗着和服务员关系好，时常聊天，不经意地打听过，这两个人是怎么回事？得到的回答都是简洁明了的：不知道，真的不晓得。

　　关于他们的议论、不屑、讽刺、叹息、讥诮、嘲笑、同情……都平息了，烟消云散了，久而久之，人们也便淡忘了。

　　他俩肯定没出啥事儿，因为家人从来没到美丽家园打听过。

　　其实家人心里是有疙瘩的，苏小蕾和石小力，分别接到两条大同小异的短信：我联系了一家山区的农家乐，那里青山绿水，空气更好，服务堪比美丽家园，你们尽可放心，不要来找我。发出这条短信，我已更改了手机。

　　无论是苏小蕾和石小力，在收到短信的第一时间，都急忙打电话过去，得到的是"已关机"的回音。

　　她俩也曾分别征询过美丽家园的主任陈琦，老人去了哪儿？陈琦如实相告：我是知道老人去处的，不过他（她）一再叮嘱我，不要透露，这是君子协定，对不起！我可以承诺，老人有什么情况，我会第一时间向你们家人通报。目前老人生活得很好，比在上海的美丽家园还要好。你们尽可放心。

　　"你们尽可放心，"是和短信上一样的话。

　　苏小蕾和石小力不放心，也只能放心了。不过她俩之间，互不相识，互不相知。

　　海南岛的环翠湾，蓝天白云，海天一色。那直接衔接到地平线尽头的海湾，甩出一条美得醉人的弧线。

　　这里是海南的环翠湾美丽家园，依山傍水，一道洁白的泉水从山上奔涌而出，沿着郁郁葱葱的翡翠色山坡淌下来，和环翠山脚的温泉汇在一处，形成一泓月牙形的湖泊。湖泊边上，耸立起三座33层的大楼。

这是陈琦和友人合股开发的美丽家园养老中心，他的夫人在这里参与管理。陈琦觉得，在这里，可以更好地践行他的养老观念：步入老年，是每个人正常且必然要迎来的一个人生阶段，生命历程中的这一阶段，也应该有着"人"的尊严安然幸福地度过。就如同秋阳照耀之下散步走过的河滨林道，静美而富有诗情画意。

那天夜晚，他基于苏彧和徐蓓萌的处境，给他俩推荐了环翠湾美丽家园，二位老人欣然接受下来，入住于9009的三套间房内。

温暖如春的海南气候，如诗如画的生态环境，朝夕相伴的海潮涨落，让苏彧和徐蓓萌尽得怡然。